Patrimony

PHILIP ROTH

PATRIMONY
by Philip Roth

이 도서의 국립중앙도서관 출판예정도서목록(CIP)은
서지정보유통지원시스템 홈페이지(http://seoji.nl.go.kr)와
국가자료공동목록시스템(http://www.nl.go.kr/kolisnet)에서 이용하실 수 있습니다.
(CIP제어번호: CIP2017028891)

Patrimony

PHILIP ROTH

아버지의 유산

필립 로스 지음

정영목 옮김

문학동네

살아 있는, 또 죽은
우리 가족에게

일러두기

1. 주석은 모두 옮긴이주이다.
2. 본문 중 고딕체는 원서에서 이탤릭체로 강조한 부분이다.

/차례/

자, 어떻게 생각하니? • 009

엄마, 엄마, 어디 있는 거야, 엄마? • 024

내가 좀비가 되는 거냐? • 072

다시 살기 시작해야겠어 • 140

어쩌면 잉그리드가 나를
끝까지 돌봐줄 수도 있겠구나 • 177

그 아이들은 투사라서 싸웠고,
또 유대인이라서 싸웠어 • 237

자, 어떻게 생각하니?

아버지는 여든이 넘도록, 오른쪽 눈의 시력을 거의 잃은 것을 빼면 그 나이의 남자치고는 경이로울 만큼 건강해 보였지만 여든여섯에 안면신경마비에 걸렸는데 결과적으로 이것은 플로리다 의사의 오진이었다. 본래 이 병은 바이러스 감염으로 발생하며 보통 일시적으로 얼굴 반쪽이 마비된다.

마비는, 아버지가 경리 일을 하다 퇴직한 일흔의 릴리언 벨로프와 전대轉貸 아파트를 하나 빌려 겨울 몇 달을 보내려고 뉴저지에서 웨스트팜비치로 날아간 다음날 갑자기 나타났다. 릴은 엘리자베스에서 아버지 집 위층에 살던 여자로, 1981년 어머니가 죽고 나서 일 년 뒤 두 사람은 로맨틱한 관계를 시작하게 되었다. 아버지는 웨스트팜 공항에 내렸을 때는 기운이 넘친 나머지 심지어 포터도 내치고(물론 포터를 쓰면 팁을 줘야 하니까) 수하물 찾는 곳에서 택시 타는 곳까지 자신의 짐을 들고 갔다. 그러다가 다음날 욕실 거울에서 얼굴 반쪽이 자신의 것이 아니라는 사실을 알게 되었다. 전날까지만 해도 자신처럼 보이던 게 이제는 누구도 아닌 것처럼 보였다—시력을 잃은 눈의 아래쪽 눈꺼풀이 축 처지며 눈꺼풀 안쪽을 드러냈고, 그쪽 뺨은 밑의 뼈를 발라낸 것처럼 생기 없이 늘어졌고, 입술은 이제 수평을 유지하지 못하고 얼굴을 가로질러 대각선을 그리며 아래로 끌려내려왔다.

아버지는 손으로 오른쪽 뺨을 전날 밤에 있던 자리로 밀어올린 다음 열을 셀 동안 그대로 잡고 있었다. 그날 아침—그리고 그뒤에도 매일—여러 번 이 일을 되풀이했지만 손을 놓으면 뺨은 그 자리를 유지하지 못했다. 아버지는 침대에 누운 자세가 나빴던 것이라고, 자다가 피부에 깊은 주름이 생긴 것뿐이라고 속으로 되뇌었지만 내심 뇌졸중이라고 믿었다. 아버지의 아버지가 1940년대 초반 뇌졸중으로 불구가 되었기 때문에 아버지는 자신이 노인이 되자 나에게 여러 번 말했던 것이다. "아버지처럼 가고 싶지는 않구나. 그렇게 누워 있고 싶지는 않아. 그게 내 가장 큰 두려움이야." 아버지는 시내 사무실로 출근하는 길에 아침 일찍 병원에 들러 할아버지를 문병하고 밤에 퇴근하는 길에 다시 들르곤 했다는 이야기를 해주었다. 하루에 두 번 담배에 불을 붙여 할아버지의 입에 물려주었고 저녁이면 침대 옆에 앉아 이디시어 신문을 읽어주었다. 오직 담배의 위로만 받을 뿐 무력하게 꼼짝도 하지 못하는 상태로 거의 일 년을 그렇게 시름시름 앓던 센더 로스가 1942년 어느 늦은 밤 두번째 뇌졸중으로 생을 마감하기까지 아버지는 하루에 두 번 옆에 앉아 그가 죽어가는 것을 지켜보았다.

안면신경마비에 걸렸다고 말한 의사는 아버지에게 시간이 조금 지나면 전부는 아니라 해도 마비가 대부분 사라질 거라고 장담했다. 그리고 이런 예후를 듣고 며칠 지나지 않아 거대한 콘도미니엄 단지에서 바로 아버지와 같은 구역에 사는 세 명, 똑같은 병을 앓다가 회복한 세 명도 그런 예후를 보였다고 확인해주었다. 그들 가운데 한 명은 거의 넉 달을 기다려야 했지만, 결국 마비는 나타났을 때처럼 신기하게 사라져버렸다.

그러나 아버지의 마비는 사라지지 않았다.

곧 아버지는 오른쪽 귀가 들리지 않게 되었다. 플로리다의 의사는 귀를 검사해보고 청력 손실 정도를 측정해보더니 안면신경마비와는 관계가 없다고 말했다. 그냥 나이가 들면서 생기는 일이다—아마 오른쪽 시력과 마찬가지로 오른쪽 청력도 그동안 서서히 사라져왔던 것인데 이제야 그것을 알아채게 되었을 뿐이다. 이때 아버지가 얼마나 더 기다려야 안면신경마비가 사라지겠느냐고 묻자 의사는 아버지처럼 오래 지속된 경우에는 가끔 아예 사라지지 않는 경우도 있다고 대답했다. 자, 그러지 말고 복 받은 것들을 헤아려봐라, 의사는 말했다, 한쪽 눈이 멀고, 한쪽 귀가 안 들리고, 얼굴 반쪽이 마비된 것만 빼면 아버지보다 스무 살 젊은 사람만큼 건강하지 않은가.

일요일마다 전화를 할 때면 나는 입이 아래로 처지는 바람에 불분명하고 따라가기 힘든 아버지의 목소리를 들을 수 있었다—가끔은 치과에서 한 노보카인 마취가 풀리지 않은 사람이 말하는 것처럼 들리기도 했다. 아버지를 보러 비행기를 타고 플로리다에 갔을 때는 아버지가 전혀 말을 할 수 없게 될지도 모른다는 느낌까지 들어 깜짝 놀랐다.

"자," 아버지는 저녁을 같이하려고 내가 묵던 호텔의 로비에서 릴과 함께 만났을 때 말했다. "어떻게 생각하니?" 그것이 내가 아버지에게 입을 맞추려고 허리를 굽히는 순간 아버지가 더 기다리지 못하고 내뱉은 첫마디였다. 아버지는 태피스트리가 덮인 이인용 의자에서 릴 옆에 깊숙이 자리를 잡고 있었지만 벌어진 일을 내가 볼 수 있도록 얼굴은 똑바로 나를 바라보고 있었다. 그 전해부터 아버지는 가끔 빛이나 바람이 성가실 때면 멀어버린 눈을 검은 안대로 가리곤 했는데, 그 검은 안대에, 그 뺨, 그 입 때문에, 그리고 거기에 그동안 살까지 많이 빠졌기 때문에 엘리자베스에서 본 이후로 다섯 주 만에 아버지가 허약한 노인으로 변해버린 것 같아 섬뜩한 느낌이 들었다. 불과 육 년 전, 어머니가 돌아가시고 나서 처음 맞은 겨울, 오랜 친구 빌 웨버의 밸하버 아파트에 들어가 살 때는, 그전 여름 코네티컷의 내 집에서 모두 모여 여든 살 생일을 기념했음에도, 이제 막 일흔이 되었다고 아파트 건물의 부유한 미망인들을 거뜬하게 속여넘겼다—미망인들은 즉시 새 시어서커 재킷에 파스텔톤 바지를 입은 이 사교적인 새 홀아비 주위에 모여들기 시작했다—는 사실이 믿기지 않을 정도였다.

나는 호텔에서 저녁을 함께하면서 안면신경마비가 단지 형체를 일그러뜨릴 뿐 아니라 심각한 장애이기도 하다는 사실을 이해하게 되었다. 이제 아버지는 빨대를 이용해야만 음료를 마실 수 있었다. 그러지 않으면 액체가 입의 마비된 반쪽으로 흘러나왔다. 먹는 것은 한입 한입 노력을 기울여야만 하는 일이었고, 그 일은 좌절과 부끄러움으로 얼룩졌다. 아버지는 타이에 수프를 흘린 뒤에야 마지못해 릴이 목에 냅킨을 둘러주는 것을 허락했다—허벅지에는 이미 냅킨이 놓여 있어 바지를 그럭저럭 보호하고 있었다. 이따금씩 릴이 자신의 냅킨으로 아버지도 모르는 새에 입에서 흘러나와 턱에 들러붙은 음식 조각을 닦아주었고 그때마다 아버지는 툴툴거렸다. 릴은 몇 번이나 아버지에게 전보다 포크에 음식을 덜 담고, 먹을 때도 입안에 조금 덜 넣으라고 이야기하곤 했다. "그래." 아버지는 서글픈 표정으로 접시를 물끄러미 보며 웅얼거렸다. "그래, 그래야지." 그러나 두세 입 먹고 나면 잊어버렸다. 먹는 것이 이렇게 우울한 시련이 되어버렸기 때문에 그렇게 몸무게가 빠지고 그렇게 애처로울 정도로 영양실조같이 보이게 되었던 것이다.

상황이 훨씬 심각해진 것은 양쪽 눈의 백내장이 그 몇 달 새에 심해져 성한 쪽도 앞이 뿌옇게 보이게 되었다는 점이었다. 몇 년 동안 뉴욕에서 내 눈을 봐주던 의사 데이비드 크론이 아버지의 백내장 진전 상태를 확인하고 약해지는 시력을 관리해왔기 때문에, 아버지는 플로리다에서 우울하게 지내다가 3월에 뉴저지로 돌아갔을 때 뉴욕에 들러 성한 눈의 백내장을 얼른 제거해달라고 말했다. 안면신경마비를 어쩌지 못한다는 무력감 때문에 시력을 회복하는 문제에 더욱더 열심히 달려들고 있었다. 그러나 아버지가 찾아가고 난 뒤 데이비드는 오후 늦게 전화해 안면마비와 청력 손실의 원인이 무엇인지 더 검사를 해서 확인해보기 전에는 눈 수술을 하지 않는 게 좋겠다고 말했다. 그것이 안면신경마비라는 확신이 없다는 것이었다.

그렇게 확신하지 않은 것이 옳았다. 뉴저지의 아버지 주치의 해럴드 와서먼은 데이비드가 요청한 MRI 검사를 현지에서 처리했고, 검사실의 결과 보고를 받은 초저녁에 나에게 전화를 걸어 결과를 알려주었다. 아버지는 뇌종양이었다. "대형 종양." 해럴드는 그렇게 불렀는데, MRI 사진으로는 양성종양인지 악성종양인지 구별할 수 없다고 했다. "어느 쪽이든 이런 종양이면 죽지요." 다음 단계는 신경외과의와 상담하여 이 종양이 어떤 종류인지 정확하게 판단하고 할 수 있는 일이 있다면 무엇인지 알아보는 것이었다. "나는 낙관적이지 않습니다." 해럴드는 말했다. "선생님도 그래야 한다고 보고요."

어찌어찌 MRI에서 이미 드러난 것을 미리 말하지 않고 아버지를 신경외과 의사에게 데려갈 수 있었다. 검사에서는 아무것도 나오지 않았지만 데이비드가 무척 조심스러워서 백내장 제거를 진행하기 전에 안면마비에 관하여 마지막으로 한번 더 신경외과의의 소견을 듣고 싶어한다고 거짓말을 했다. MRI 사진은 일단 뉴욕의 에식스하우스 호텔로 보내라고 했다. 클레어 블룸과 나는 아파트를 찾는 동안 임시로 그 호텔에 살고 있었다—우리는 십 년 동안 그녀의 런던 집과 나의 코네티컷 집을 옮겨가며 살다가 이제 맨해튼에 거처를 마련할 계획이었다.

사실 아버지의 뇌를 찍은 MRI 사진이 방사선 전문의의 보고서와 더불어 커다란 봉투에 담겨 호텔로 배달되기 불과 일주일 전에 클레어는 딸을 만나고 집 수리 상태를 살펴보고 오랫동안 끌어온 영국 세무 당국과의 협상 문제로 회계사와 이야기도 할 겸 런던으로 돌아갔다. 사실 그전부터 런던을 몹시 그리워하고 있었기 때문에, 한 달간의 영국 방문은 단지 실무적인 일을 처리하는 것만이 아니라 향수를 달래기 위해 계획된 것이기도 했다. 만일 아버지의 종양이 더 일찍, 클레어가 나와 함께 있을 때 발견되었다면, 나는 아버지 일에 그렇게 온 마음을 빼앗기도록 몰두하지는 않았을 것이고, 적어도 저녁에는, 아버지의 병 생각을 하며 나 혼자서 그렇게 우울하게 지내지 않았을 것이다. 그러면서도 그때에도 클레어가 없다는 것—호텔에 살기 때문에 내 집 없이 어딘가로 옮겨가는 도중이라는 느낌이 들어 글을 쓰는 것이 불가능하다는 사실을 깨달았다는 것과 더불어—이 묘하게 시의 적절한 우연으로 보이기도 했다. 다른 책무 없이 전적으로 아버지에게만 관심을 쏟을 수 있었기 때문이다.

또 혼자 있었기 때문에 남자답거나 성숙하거나 철학적인 척할 필요 없이, 느끼는 대로 감정 표현을 할 수 있었다. 혼자서 울고 싶을 때는 울었는데, 잇따라 찍은 아버지 뇌 사진을 봉투에서 꺼낼 때만큼 울고 싶은 마음이 복받친 적은 없었다—그 뇌를 침공하고 있는 종양을 쉽게 확인할 수 있어서가 아니라, 단지 그것이 다름 아닌 그의 뇌, 나의 아버지의 뇌, 아버지가 그 솔직한 방식으로 생각하게 하고, 그 단호한 방식으로 말을 하게 하고, 그 감정적인 방식으로 추론하게 하고, 그 충동적인 방식으로 결정하게 한 뇌였기 때문이다. 이것이 그 끝없는 걱정들을 만들어내면서 팔십 년 이상 그 고집스러운 자기 규율을 지탱한 신체 조직이고, 사춘기 때 아들인 나를 그렇게 좌절하게 만든 모든 것의 원천이고, 아버지가 막강한 힘을 휘두르며 우리의 목적을 결정하던 시절 우리의 운명을 지배하던 물건인데, 이제 그것은 "주로 우측 소뇌교小腦橋 뇌각腦角과 뇌교조腦橋槽로 이루어진 구역 안에 자리잡고 있는 커다란 덩어리" 때문에 쪼그라들고 밀려나고 파괴되고 있었다. "이 덩어리는 우묵한 공동空洞으로 팽창하면서 경동맥을 둘러싸고 있다." 나는 소뇌교 쪽이나 뇌교조를 어디에서 찾아야 할지는 몰랐지만, 방사선과 의사의 보고서에서 경동맥이 종양에 둘러싸였다는 내용을 보는 순간 아버지의 사형선고를 듣는 것 같았다. "또 우측 추체첨부椎體尖部가 무너진 것으로 보인다. 이 덩어리에 의해 뇌교와 우측 소뇌 뇌각腦脚의 배면 전위와 압박이 상당히 발생했다……"

나는 혼자였고 아무런 억제도 없었기 때문에 모든 각도에서 찍은 아버지의 뇌 사진들을 호텔 침대에 펼쳐놓은 채 어떤 것과도 맞서 싸우려는 노력을 하지 않았다. 내 두 손바닥에 그 뇌를 진짜로 들고 있었을 경우만큼 큰 충격을 받지 못했을지는 몰라도 어쨌든 그와 비슷했다. 불붙은 떨기나무에서 하느님의 뜻이 분출했다면, 오랜 세월 동안 허먼 로스의 의지 또한 그에 못지않게 기적적으로 이 구근 같은 기관에서 솟아나왔던 것이다. 나는 아버지의 뇌를 보았고, 그 결과 모든 것이 드러났고 또 아무것도 드러나지 않았다. 거의 신성하다고 할 수 있는 신비였다, 이 뇌란 것은, 그것이 아무리 뉴어크의 13번가 학교에서 팔학년까지만 교육을 받은 퇴직한 보험사 직원의 뇌라 해도.

조카 세스가 아버지를 차에 태워 밀번으로 가 교외에 있는 진료실에서 닥터 마이어슨을 만났다. 나는 아버지가 그 의사를 뉴어크 대학병원이 아니라 그곳에서 만나도록 주선했는데, 그의 병원 진료실은 종양학 병동에 자리잡고 있다는 이야기를 들어, 암이라는 진단이 내려진 것도 아니고 아버지가 심지어 자신에게 종양이 있다는 사실조차 모르는 상황에서는 그 장소에 간다는 것만으로도 아버지에게 암이 있다는 신호를 주게 될 것이라고 생각했기 때문이다. 그곳을 피하면 적어도 한동안은 아버지가 겁을 먹는 일은 피할 수 있을 것이었다.

그날 아버지가 다녀간 뒤 통화를 했을 때 닥터 마이어슨은 나에게 아버지의 경우처럼 뇌간腦幹 앞쪽에 자리잡은 종양은 95퍼센트 정도가 양성이라고 말했다. 마이어슨에 따르면 그 종양은 최장 십 년 정도 그곳에서 자라고 있었을 수도 있지만, 최근 들어 안면마비가 오고 오른쪽 청력을 잃은 것을 보면, 그의 표현을 빌리면 "비교적 단기간에 상태가 훨씬 나빠질 수 있다"는 뜻이었다. 하지만 수술로 종양을 제거하는 것은 아직 가능했다. 그는 그렇게 수술을 받은 사람들 가운데 칠십오 퍼센트는 살아남아 더 좋아지고, 십 퍼센트는 수술대 위에서 죽고, 나머지 십오 퍼센트는 수술 후에 곧 죽거나 아니면 상태가 악화된다고 말해주었다.

"살아난다면 회복은 어떻게 이루어지나요?" 내가 물었다.

"어렵습니다. 회복 요양원에 한 달은 계셔야 할 겁니다—어쩌면 두세 달로 길어질 수도 있고요."

"말을 바꾸면, 지옥 같을 거란 얘기군요."

"힘들죠." 그가 말했다. "하지만 아무것도 하지 않으면 더 힘들어질 수 있습니다."

나는 아버지에게 마이어슨의 이야기를 전화로 전할 생각이 없었기 때문에 다음날 아홉시쯤 전화를 걸어 아버지를 만나러 엘리자베스로 가겠다고 말했다.

"그래, 그렇게 심각한 거구나." 아버지가 말했다.

"제가 차를 몰고 갈 테니, 앉아서 이야기하도록 해요."

"내가 암이냐?" 아버지가 물었다.

"아니요, 암 아니에요."

"그럼 뭐야?"

"한 시간만 참으면 제가 거기 가서 어떤 상황인지 정확하게 말씀드릴 거예요."

"지금 알고 싶어."

"겨우 한 시간이에요—한 시간도 안 걸려요." 전화상으로 단도직입적으로 말해 내가 도착할 때까지 아버지 혼자서 충격을 받은 상태로 앉아 있게 하기보다는 아무리 겁을 먹는다 하더라도 기다리게 하는 쪽이 낫다는 것이 나의 확신이었다.

이제 곧 수행해야 할 과제를 생각하면 엘리자베스의 유료 고속도로를 내려서다 출구 갈림길에서, 노스 애비뉴를 타고 몇 블록 떨어진 아버지의 아파트로 곧장 가는 길을 놓친 것도 놀랄 일은 아니라고 할 수 있을 것이다. 결국 나는 칠 년 전 어머니가 묻힌 묘지 바로 옆을 지나가는 뉴저지 간선도로를 따라 일이 마일을 그대로 달려가야 했다. 내가 그곳으로 가게 된 데에 무슨 신비가 작용하지는 않았다고 믿지만, 그래도 맨해튼에서 이십 분 차를 달려 도착한 곳을 보게 되자 놀라지 않을 수 없었다.

묘지에는 딱 두 번 가보았는데, 첫번째는 1981년 어머니 장례식 날이었고, 또 한번은 이듬해 아버지와 함께 묘비를 보러 갔을 때였다. 두 번 다 맨해튼이 아니라 엘리자베스에서 차를 타고 간 것이었기 때문에 유료 고속도로에서 묘지로 가는 길이 있다는 사실조차 알지 못했다. 그날 처음부터 묘지에 찾아갈 생각이 었다면 오히려 뉴어크 공항, 포트뉴어크, 포트엘리자베스로 빠지는 길이 복잡하게 얽힌 곳에서 길을 잃고 뉴어크 시내로 돌아갔을 것이다. 아버지의 목숨을 앗아가게 될 뇌종양 이야기를 하러 가던 날 아침에 나는 의식적으로건 무의식적으로건 그 묘지를 찾고 있지는 않았지만, 그럼에도 맨해튼의 호텔에서 어머니의 무덤과 그 옆 아버지가 묻히게 될 자리까지 흠잡을 데 없는, 가능한 가장 빠른 길을 타고 달려갔던 것이다.

아버지가 꼭 필요한 시간 이상 기다리게 하고 싶지는 않았지만 막상 묘지에 도착하고 나니 아무 일도 없었던 것처럼 계속 갈 수는 없었다. 그날 아침 가던 길에서 벗어나 어머니 무덤 앞에 선다 해도 새로운 것을 배울 거라는 기대는 없었다. 어머니의 기억에서 위로를 받거나 힘을 얻을 것이라는, 어떤 식으로든 아버지가 괴로운 상황을 버티어나가도록 돕는 일을 더 잘 준비하게 될 것이라는 기대도 없었다. 그렇다고 어머니 무덤 옆의 아버지 자리를 본다고 크게 힘이 빠질 것이라고 생각하지도 않았다. 길을 잘못 들었다는 우연이 나를 그곳으로 데려갔고, 내가 차에서 내려 묘지로 들어가 어머니의 무덤을 찾은 것은 우연이 몰아붙이는 힘에 굴복한 것일 뿐이었다. 어머니와 다른 죽은 자들은 결국 더 그럴 법하지 않은 우연—한때 이 세상에 살았다는 우연—

이 몰아붙이는 힘 때문에 이곳에 오게 되었다.

무덤을 찾게 되면 대체로 비슷한 생각을 하게 되며, 이것은 얼마나 웅변적으로 표현하느냐 하는 점에서는 차이가 있겠지만, 햄릿이 요릭의 두개골을 보고 생각한 것과 크게 다르지 않다고 본다. 드는 생각이나 하는 말은 거의 모두가 "그는 나를 천 번이나 업어주었다"의 변형이다. 묘지에 가게 되면 일반적으로 이 주제에 관한 자신의 생각이 얼마나 편협하고 진부한지 깨닫게 된다. 아, 도움이 된다고 느끼면 죽은 자에게 말을 해볼 수도 있다. 내가 그날 아침에 그랬던 것처럼 "어, 엄마……" 하고 시작할 수도 있지만, 첫 문장을 간신히 넘기고 나면 접골의사 진료실에 걸려 있는 척추와 대화를 나누는 것이 차라리 낫다는 것을 알기 어렵지 않다. 죽은 자에게 약속을 할 수도 있고, 새로운 소식을 들려줄 수도 있고, 이해, 용서, 사랑을 구할 수도 있다. 아니면 다른, 더 활동적인 접근법을 사용하여 잡초를 뽑고, 돌을 고르고, 묘석에 새겨진 글자를 어루만질 수도 있다. 심지어 주저앉아 유해가 묻힌 곳을 손으로 만질 수도 있다—땅, 죽은 자의 땅을 어루만지면서 눈을 감고 그 사람이 나와 함께 있을 때 어땠는지 회상할 수도 있다. 하지만 이런 회상으로 어떤 것도 바뀌지 않는다. 십 분 전 차에 타고 있을 때보다 죽은 자가 더 멀어지고 더 손이 닿지 않는 곳으로 가버린 것처럼 보일 뿐. 묘지에 지켜보는 사람이 아무도 없다면 죽은 자가 죽은 자가 아닌 다른 것으로 보이게 만드는 어떤 미친 짓을 해볼 수도 있다. 하지만 그런 일에 성공하여 죽은 자의 존재를 느끼도록 자신을 몰아붙인다 해도, 결국은 그를 놔두고 떠나야 한다. 묘지가 적어도 나 같은 사람에게 증명하는 것은 죽은 자는 여기 있는 것이 아니라 가버렸다는 사실뿐이다. 그들은 가버렸지만, 우리는, 아직, 가지 않았다. 이것이 핵심이며, 받아들이기는 어렵다 해도, 이해는 쉽다.

엄마, 엄마, 어디 있는 거야, 엄마?

메트로폴리탄 생명에서 나오는 아버지의 퇴직연금은 큰 욕심 안 부리고 수수한 스타일로 계속 살아가기에는 충분하고도 남는 것이었는데, 거의 빈곤 상태에서 성장해 약 사십 년 동안 노예처럼 일하면서 가족에게 소박하지만 안정된 가정생활을 제공했고 이목을 끄는 소비, 허세, 사치에는 조금도 관심이 없는 사람에게는 그런 스타일의 삶이 자연스럽고 충분해 보였다. 이제 이십삼 년간 받아온 연금에 덧붙여 사회보장 소득과 더불어 그동안 축적한 부—약 팔만 달러에 해당하는 보통예금, 양도성 예금증서, 지방채—에서 나오는 이자도 있었다. 그러나 견실한 재정 상황에도 불구하고 나이가 들어갈수록 아버지는 자신에게 돈을 쓰는 것에는 옆에서 보기에 짜증이 날 정도로 인색했다. 두 손자가 돈이 필요하다 할 때는 망설임 없이 활수하게 내어주었음에도 자신이 좋아하거나 자신에게 필요한 것은 사지 않고 몇 푼 되지도 않는 돈을 계속 절약했다.

그 가운데도 꽤 피곤한 절약의 한 예는 뉴욕 타임스를 돈 내고 보지 않으려 하는 것이었다. 아버지는 그 신문을 숭배했고 그 신문을 통독하며 아침을 보내는 것을 사랑했지만, 이제는 직접 사는 대신, 삼십오 센트를 내고 그 신문을 살 만큼 헤픈, 건물 안의 누군가에게서 자신에게 신문이 건네지기를 하루종일 기다렸다. 아버지는 또 폐간한 뉴어크 뉴스와 더불어 내가 어린 시절, 신문 이름이 뉴어크 스타-이글이던 시절부터 읽어오던 십오 센트짜리 일간지 스타-레저를 사는 것도 그만두었다. 또 어머니가 있을 때부터 매주 한 번씩 아파트 청소와 빨래를 돕던 청소부도 한 달에 한 번만 오게 하고 나머지 시간에는 아버지가 직접 청소를 했다. "내가 달리 할 일이 뭐가 있냐?" 아버지는 물었다. 하지만 아버지는 한쪽 눈은 거의 실명인데다 다른 쪽 눈은 백내장이 심해졌고 동작 또한 아버지 스스로 상상하는 것과는 달리 민첩하지가 못해 아무리 청소를 열심히 해도 결과는 끔찍했다. 욕실에서는 냄새가 났고, 카펫은 더러웠으며, 부엌의 기구 가운데는 뇌물을 주지 않는 한 위생검사관의 검열을 통과할 수 있는 것이 거의 없었다.

평범하다고 할 수 있는 방 세 개짜리 아파트의 가구는 편안했고, 장식은 화려한 미적 감각을 자랑할 만하지는 않았지만 그렇다고 천박한 취향도 아니었다. 거실 양탄자는 기분좋은 아보카도 빛깔이었고 가구는 대개 골동품 복제품이었으며, 벽에는 다북쑥 나무 액자에 담긴 고갱의 커다란 복제 풍경화(미술학교에 다니던 형이 거의 사십 년 전 부모를 위해 골라준 것이었다)와 더불어 형이 1970년대 초 아버지를 그린 표현주의적 초상화가 걸려 있었다. 남쪽으로 가로수가 늘어선 조용한 주택가 거리를 내다보는 길게 줄지은 창문들 옆에는 식물이 무성해지고 있었다. 방마다 사진이 있었고—자식, 손자, 며느리, 조카, 조카딸—식탁이 있는 공간의 책꽂이에는 내 책이나 유대인 문제에 관한 책이 몇 권 있었다. 모든 것이 제자리에 있으면 된다는 어머니의 고지식한 미학에는 놀라울 만큼 어울리지 않는 약간 현란한 램프 외에는 사람을 환대하는 느낌을 주는 따뜻한 아파트로, 그 은은하게 빛나는 모습은—적어도 어머니가 살아 있을 때에는—다가가고 싶지 않을 정도로 헐벗고 조금씩 황폐해지고 있는 우울한 로비나 복도와는 상당한 대조를 이루었다.

아버지가 혼자된 뒤로는 그곳을 찾을 때, 가끔 볼일을 본 뒤에 세면대를 문질러 닦고, 비누 받침을 씻고, 양치용 잔을 물로 닦아내고 나서 거실로 돌아와 아버지 옆에 앉곤 했다. 아버지는 지하 세탁실의 세탁기와 건조기를 사용하는 데 드는 이십오 센트짜리 동전 몇 개가 아까워 속옷과 양말을 욕실에서 직접 빨겠다고 고집을 부렸다. 그래서 내가 갈 때마다 샤워 커튼을 거는 막대와 수건걸이에는 철사 옷걸이에 걸린 볼품없는 잿빛 천들이 늘어져 있곤 했다. 아버지는 말쑥하게 차려입는 것에 자부심을 갖고 멋지게 재단한 새 스포츠 재킷이나 스리피스 히키프리먼 양복을 늘 즐겨 입었지만(특히 시즌 마감 세일에서 산 것을 즐겨 입었다) 다른 사람 눈에 띄지 않는 것은 무엇이든 대충 입었다. 파자마와 손수건도 속옷이나 양말처럼 어머니가 돌아가신 뒤에는 새로 산 적이 없는 것처럼 보였다.

그날 아침 아버지 아파트에 도착한—우연히 어머니의 무덤을 찾아간 뒤에—나는 얼른 볼일 좀 보겠다고 하고 화장실로 갔다. 처음에는 길을 놓쳤고, 이제 욕실에서 다시 몇 분을 들여 아버지에게 종양에 관해 이야기할 가장 좋은 방법을 마지막으로 연습하려는 것이었다. 나는 변기를 굽어보는 자세로 서 있었고, 사방에는 겁을 주어 새를 쫓으려는 농부가 늘어놓은 자투리 천들처럼 아버지의 속옷이 걸려 있었다. 그때 변기 위의 문 없는 선반, 갖가지 처방약들과 더불어 폴리덴트, 바셀린, 애스크립틴, 티슈 상자, Q팁스,* 탈지면을 둔 곳에서 한때 할아버지가 사용하던 면도용 컵이 눈에 띄었다. 아버지는 그 컵에 면도기와 면도 크림

튜브를 넣어두었다. 컵은 연한 파란색 도기로, 섬세한 꽃무늬가 앞쪽의 넓고 흰 사각형을 둘러싸고 있었고, 사각형 안에는 흐릿해진 금박 고딕 글자로 'S. 로스'라는 이름과 '1912'라는 연도가 새겨져 있었다. 내가 아는 한 이 컵은 우리 집안의 가보로, 뉴어크의 이민자 시절에 누군가 마음먹고 챙겨둔, 낡은 스냅사진 몇 장 외에 손에 잡히는 유일한 물건이었다. 나는 할아버지가 내 일곱 살 생일을 한 달 앞둔 채 세상을 뜨고 나서, 아버지가 아직 뻣뻣한 솔과 면도용 비누로 면도를 하던 시절 이 컵이 우리의 뉴어크 집 욕실로 오게 된 이후부터 이것에 흥미를 느끼고 있었다.

어린 시절 센더 로스는 멀리 떨어져 있는 신비한 존재였다. 길게 잡아 늘인 듯한 몸에 머리는 아주 작았으며—나의 골격과 가장 비슷한 선조다—하루종일 담배를 피우고, 이디시어만 하고, 일요일에 우리 모두가 부모들과 함께 나타나도 미국인 손자들을 귀여워하는 일에는 시큰둥했다는 것이 내가 아는 전부였다. 오히려 나에게는 그가 죽은 뒤 우리 욕실에 오게 된 면도용 컵이 그를 훨씬 생생하게 살려내는 것 같았다. 하지만 할아버지로서가 아니라, 그때는 이 점이 더욱 흥미로웠지만, 남자들 가운데 있는 평범한 남자로서, 다른 이웃 이민자들과 함께 선반에 면도

* 폴리덴트는 의치 세정제, 애스크립틴은 진통제, Q팁스는 면봉의 상표명.

용 컵을 보관해두는 이발소의 손님으로서 살려냈다. 어린 시절에는, 내가 주워들은 모든 이야기를 종합해볼 때 여윳돈이 한푼도 있어본 적이 없는 집이었음에도, 할아버지가 일주일에 한 번씩 이발소에 가서 안식일맞이 면도를 하려고 십 센트를 쟁여두었다는 사실을 생각하면 적이 마음이 놓였다.

나의 할아버지 로스는 폴란드령 갈리시아의 렘베르크에서 멀지 않은 작은 도시에서 랍비가 되려고 공부를 했지만, 1897년 아내와 세 아들(나의 삼촌들인 찰리, 모리스, 에드)을 두고 홀로 미국에 오게 되자 가족을 데려오려고 모자 공장에 취직을 했으며 결국 그곳에서 인생 대부분을 보냈다. 1890년에서 1914년 사이에 일곱 자식, 아들 여섯과 딸 하나가 태어났으며, 마지막 두 아들과 딸을 빼면 모두 팔학년만 마치고 학교를 떠나 가족을 부양할 일자리를 찾았다. 'S. 로스'라고 새겨진 면도용 컵은 할아버지를 덫에 가두었던, 또 내 상상으로는, 소통하지 않는 모진 성격의 원인이 되었던 음침하고 긴박한 상황으로부터 그를 해방해주었던—잠시라 해도, 금요일 오후 늦게 이발사가 면도를 하는 동안 의자에 앉아 있는 그 몇 분 동안이라 해도—것 같다. 할아버지의 컵에서는 고고학적 발견물의 분위기가 물씬 풍겼다. 예기치 않은 수준의 문화적 세련미를 보여주는 물건, 다른 면에서는 옹색하고 거치적거리는 것이 많던 삶에 자리잡은 놀라운 사치품이었다—우리의 평범하고 좁은 뉴어크 욕실에서 그 컵은 나에게 민족의 신화적 기원을 묘사한 그리스 꽃병 같은 충격을 주었다.

1988년에 내가 그 컵에 놀랐던 것은 아버지가 그것을 버리거나 남을 주지 않았다는 사실 때문이었다. 아버지는 오랜 세월에 걸쳐 자신이 할 수 있는 일일 때에는, 우리 가운데 누가 혹시 감정적인 애착을 가지고 있을지도 모른다고 여겨지는 것이라도 "쓸모없는" 것은 다 없애버렸다. 이런 증여 충동 발작은 전체적으로 동기가 훌륭했지만, 가끔 본래의 소유권에 대한 존중이 부족하기도 했다. 물건을 받는 사람의 요구(진짜든 상상한 것이든)에 응하는 데 열심인 나머지 자신의 충동적 행동의 결과가 자신이 기부자인지도 모르는 기부자에게 미치는 영향에 관해 늘 깊이 생각하는 것은 아니었다.

예를 들어 내가 초등학교 후반 내내 열심히 모았던 우표를 보관한 두 권짜리 우표 수집 책—이 나라에서 가장 유명한 우표 수집가인 프랭클린 델라노 루즈벨트에게서 어느 정도 영향을 받기도 했는데, 여기에 내가 가진 것 거의 전부를 투자했다—을 아버지는 내가 대학으로 떠난 해에 아버지 조카의 아들에게 주어버렸다. 나는 십 년이 지난 뒤 소년 우표 수집가 시절 학술적으로 발견한 것들을 이용하여 소설에 들어갈 에피소드를 하나 꾸며볼까 하는 생각으로, 다락방에서 수집 책들을 챙겨오려고 무어스타운의 부모 집으로 내려갔을 때에야 그 사실을 알게 되었다. 내가 다락방에 보관해둔 상자들을 샅샅이 뒤져도 찾아내지 못하자 어머니는 그제야 머뭇거리면서—그것도 우리 둘만 있게 되었을 때—우표 수집 책들이 사라진 경위를 설명해주었다. 어머니는 아버지를 저지하려고 노력했고, 내 우표는 아버지 마음대로 처분할 수 없는 것이라고 설득했음에도, 아버지는 듣지도 않으려 했다고 힘주어 말했다. 아버지는 나는 다 커서 멀리 대학에가 있으니 이제 우표를 "사용"할 일이 없는 반면, 아버지의 조카의 아들인 치키는 학교에 가져갈 수도 있다는 둥 어떻다는 둥 길게 설명을 늘어놓았다. 치키—나에게는 거의 남이나 다름없었고 그때는 결혼까지 한 청년이었다—한테 연락을 하면 내 수집품 가운데 일부라도 남아 있는지 확인할 수 있었겠지만 다 그만두기로 했다. 나는 아버지가 한 일을 듣고 엄청나게 화가 났지만—또 내 유년 가운데 얼마나 많은 부분이 그 수집에 들어갔는지 떠올리자 정말로 고통을 느끼기까지 했다—아버지가 그렇게 한 것은 아주 오래전 일이고 또 당장 그보다 더 어려운 문제도 감당해야 했기 때문에(살벌한 이혼 과정을 밟고 있었다) 아버지에게 아무 말도 하지 않았다. 또 설사 그럴 마음이 있었다 해도, 내가 그때 스물여덟 살이기는 했지만 면전에서 아버지를 비판하는 것이 열여덟이나 여덟 살 때보다 쉽게 생각되지는 않았을 것이다. 아버지의 그 뻔뻔스러울 정도로 생각 없는 행동은 늘 지원하고자, 돕고자, 구출하고자, 구원하고자 하는 자발적 충동에서 촉발되었고, 자신이 하는 행동—예를 들어 내 우표를 주어버리는 것—이 관대하고 유용하고 도덕적으로나 교육적으로 효과가 있는 행동이라는 확신을 바탕으로 이루어졌기 때문이다.

1981년 5월 어머니를 묻고 돌아와, 아파트에 집안사람들과 친구들이 가득 들어차기 시작한 상황에서 아버지는 방으로 사라져 어머니 장롱을 비우고 옷장의 옷을 정리하기 시작했는데, 이때는 아버지 안에서 또다른 동기—더 이해하기 힘들고 이름 붙이기도 어려운 동기—가 작용하고 있었다고 생각한다. 나는 그때 여전히 형과 함께 문간에서 우리를 따라 묘지에서 돌아온 조문객들을 맞이하고 있었기 때문에 어머니의 여동생 밀리가 방에서 달려나와 복도를 뛰어내려오며 도와달라고 하지 않았다면 아버지가 무슨 일을 하고 있는지 바로 알아차리지 못했을 것이다. "저 안에 들어가 어떻게 좀 해보는 게 좋겠다, 얘야." 밀리는 내 귀에 대고 소곤거렸다. "네 아버지가 죄다 버리고 있어."

내가 문을 열고 들어가 단호하게, "아버지, 뭐하시는 거예요?" 하고 말했음에도 아버지는 속도를 늦출 생각을 하지 않았다. 침대에는 이미 옷장에서 꺼낸 원피스, 코트, 스커트, 블라우스가 흩

어져 있었고, 아버지는 장롱의 제일 아래 있는 서랍 구석에서 물건들을 꺼내 비닐 쓰레기봉투에 담느라 바빴다. 나는 아버지 어깨에 손을 얹고 꽉 쥐었다. "아버지를 위해서 사람들이 여기 와 있어요." 내가 말했다. "아버지를 보고 싶어하고, 아버지와 이야기를 하고 싶어해요—" "이런 것들이 이제 무슨 소용이 있냐? 여기 걸려 있어봐야 나한테 아무 소용이 없어. 이런 건 유대인 구호 단체에 보내면 돼—이건 새거나 다름없어—" "그만, 제발—그만 좀 하세요. 이런 건 다 나중에 해도 되잖아요. 나중에 같이 하면 돼요. 물건 버리는 것 좀 그만하세요." 내가 말했다. "정신 차리세요. 거실로 가세요. 사람들이 거기서 기다리고 있어요."

하지만 아버지의 정신은 멀쩡했다. 멍하거나 히스테리 발작으로 인한 고통에 사로잡힌 것처럼 보이지 않았다—그냥 평생 해오던 일을 하고 있었을 뿐이다. 순서대로 어려운 일을 처리해가는 중이었다. 삼십 분 전에 어머니의 몸을 묻었으니, 이제 어머니의 물건을 버리는 것뿐이었다.

나는 아버지를 이끌고 방을 나왔고, 일단 조의를 표하러 온 손님들 사이에 들어서자 아버지는 곧 이런저런 이야기를 하면서, 자신이 괜찮다는 것을 모든 사람에게 보여주었다. 나는 방으로 돌아가 쓰레기봉투에서 아버지가 이미 버린 추억거리들, 어머니가 오랜 세월에 걸쳐 깔끔하고 조심스럽게 보관해온 추억거리들을 도로 꺼냈다—그 가운데는 아주 작은 갈색 봉투에 담긴, 어머니가 간절히 바라던 나의 파이 베타 카파* 열쇠, 가족 졸업식 프로그램들, 형과 내가 보낸 생일 카드, 좋은 소식을 전하는 전보 몇 장, 어머니 친구들이 보내준 나와 내 책에 관한 신문 기사 스크랩, 어머니가 특별히 귀중하게 여기던 두 손자의 어린 시절 스냅사진도 있었다. 그것을 소중하게 여기던 사람이 갔으니 그런 물건들이 아무런 기능을 할 수 없다고 아버지는 생각했다. 한 사람의 감정적인 기념품이었는데, 그 사람의 감정은 늘 하던 대로 일요일 밤 저녁을 함께하려고 친구들과 찾았던 해산물 레스토랑에서 이틀 전 밤에 영원히 꺼져버렸다. 어머니가 무척 좋아하던 요리인 클램차우더가 막 나왔다. 하지만 어머니가 "나 이 수프 싫어" 하고 말하는 바람에 모두 놀랐다. 그것이 어머니의 마지막 말이었다—잠시 후 어머니는 관상동맥이 꽉 막히는 바람에 세상을 떠났다.

내가 놀란 것은 아버지의 미개한 태도 때문이었다. 아버지는 홀로 어머니의 서랍과 옷장을 비우며 야생동물이나 원주민 부족에게나 자연스러울 것 같은 어떤 본능에 내몰리는 것 같았는데, 이런 본능은 문명화된 사회에서 사랑하는 사람을 죽음으로 잃은

* 미국 대학 우등생들의 친목 단체.

사람들의 상실감을 완화하기 위해 발전해온 모든 애도 의식에 반하는 것이었다. 하지만 동시에, 자신이 이제 혼자 살아가는 늙은 남자이며 상징적 유물이 오십오 년간의 진정한 동반자를 절대 대신할 수 없다고 즉각 인정하는 이 무자비하게 현실주의적인 단호함에는 거의 감탄할 만한 구석도 있었다. 내가 보기에 아버지가 그것들을 지체 없이 아파트에서 없애버리고—당장 그것들도 묻어버리고—싶었던 것은 어머니의 물건이나 그 유령 같은 힘에 대한 공포 때문이 아니라 모든 사실 가운데에서도 가장 가혹한 사실에서 물러서지 않으려 했기 때문이었다.

내가 아는 한 아버지는 평생 한 번도 무시무시한 충격의 힘을 피하려 한 적이 없었지만, 나중에 내가 알게 된 바로는 어머니가 죽은 저녁에는 어머니의 주검으로부터 달아났다. 이 일은 어머니가 사실상 죽은 레스토랑에서가 아니라, 구급요원들이 레스토랑에서 응급실로 가는 앰뷸런스에서 어머니를 소생시키려고 애쓰다 실패한 뒤 사망선고가 내려졌던 병원에서 벌어졌다. 병원에서 어머니의 들것을 아무것도 없는 작은 방에 밀어넣은 뒤, 자신의 차로 구급차를 따라온 아버지는 혼자 어머니를 보러 갔는데, 자신의 눈에 보이는 것을 견딜 수 없어 달아났다. 아버지는 몇 달이 지나서야 이 이야기를 꺼낼 수 있었다. 아버지가 이야기를 한 사람은 나나 형이 아니라 클레어였고, 그녀는 아버지가 수치를 털어내는 과정에서 필요한, 여성만이 줄 수 있는 면죄부를 줄 수 있었다.

아버지는 왜 자신이 그렇게 달아났는지 설명할 능력이 없었지만, 나는 그것이 그날 오후 어머니가 견딜 수 있는 한계를 넘어서까지 걷도록 밀어붙임으로써 자신이 심장마비에 일조했을지도 모른다는 생각과 관계가 있을지도 모른다고 보았다. 어머니는 얼마 전부터 숨이 몹시 가빠 고생했으며, 나는 몰랐지만 협심증을 앓고 있었다. 그전 겨울에는 오랫동안 관절통으로도 고생해 기운이 많이 빠진 상태였다. 그 겨울에 어머니는 의자에 편안하게 똑바로 앉아 있는 것만도 힘들었는데, 죽던 날에는 5월 날씨가 너무 아름답고 어머니도 모처럼 운동을 좀 하려고 문을 나섰기 때문에 두 사람은 아주 먼 거리라고 할 수 있는, 세 블록 떨어진 약국까지 걸어갔고, 아버지가 몸에 좋을 것이라고 고집을 부려 집까지 다시 걸어왔다. 밀리 이모에 따르면—저녁에 식사하러 나가기 전에 어머니가 이모에게 전화를 했다—약국에 이르렀을 때 어머니는 이미 대책 없을 정도로 지친 상태였다. "돌아올 수 없을 것 같았어." 어머니는 이모한테 그렇게 말했지만, 아버지는 택시를 부르거나 버스를 기다리는 대신 근처 벤치에서 잠깐 쉬고 나서 어머니를 일으켜 돌아가자고 했다. "네 아버지 알잖니." 이모는 나에게 말했다. "네 어머니한테 할 수 있다고 한 거야." 어머니는 돌아와서 저녁 먹으러 나갈 힘을 회복하려고 남은 오후 내내 누워 있었다.

공교롭게도 둘이 산책을 나가기 불과 한 시간 정도 전에 나는 일요일이면 늘 그러듯이 영국에서 전화를 해 어머니에게 그해 여름 어머니와 아버지가 내 집으로 오면 나하고 바깥의 시골길을 따라 일 마일을 걸을 수도 있겠다고 장난스럽게 말했다. 어머니는 대답했다. "일 마일까지는 모르겠구나, 얘야. 하지만 해보지 뭐." 몇 달 만에 처음으로 어머니의 목소리는 밝았고 자신감이 넘쳤다. 어쩌면 그날 오후에 우리의 여름 산책 준비를 시작할 마음으로 나간 것인지도 모른다.

실제로 다음날 미국에 돌아가 케네디 공항에서 택시를 타고 바로 엘리자베스로 갔을 때, 아버지가 나에게 처음 한 말은 "어, 어머니가 그 산책은 못하게 됐구나, 필"이었다. 아버지는 어머니의 안락의자에 앉아 있었고, 몸은 노쇠했으며, 얼굴은 까칠하고 모든 생명이 빠져나가 있었다. 나는 생각했다(알고 보니 잘못 생각한 것이 아니었다). "아버지가 죽으면 바로 이 모습일 거야." 형 샌디와 형수 헬렌은 그날 나보다 일찍 시카고에서 도착해 내가 갔을 때는 아파트에 있었다. 샌디는 다음날 매장을 준비하기 위해 이미 장의사에 다녀왔다. 형이 장의사에 가기 전 아버지가 먼저 나이든 주인과 전화로 이야기를 했는데, 그는 제1차세계대전이 끝날 무렵 어머니와 함께 엘리자베스 배틴 고등학교를 다닌 사람이었다. 아버지는 눈물을 흘리며 그에게 말했다. "그 사람 몸을 보살펴주게. 잘 보살펴줘, 히긴스." 그런 다음 아버지는 하루종일 울었다, 거기, 어머니가 저녁을 먹은 뒤 함께 뉴스를 보는 동안 관절염의 통증을 좀 덜어내려고 몸을 쭉 뻗고 앉아 있던 그 의자에서. "어머니는 뉴잉글랜드 클램차우더를 주문했어." 아버지는 내가 코트를 입은 채로 옆에 무릎을 꿇고 앉아 손을 잡자 말했다. "나는 맨해튼을 주문했고. 그게 나오니까 어머니가 말했어. '나는 이 수프 됐어요.' 그래서 내가 그랬지. '내 걸 먹어—바꿔 먹자고.' 한데 그냥 가버린 거야. 그냥 앞으로 푹 쓰러졌어. 심지어 바닥으로 떨어지지도 않았어. 누구한테도 폐를 끼치지 않았지. 뭘 할 때나 늘 그랬던 것처럼 말이야."

아버지는 되풀이해 나에게 어머니의 사멸 전 몇 초 동안의 순수한 평범함을 전해주었고, 그러는 동안 나는 내내 생각하고 있었다. "이 노인을 어째야 할 것인가?" 어머니가 두 분 결혼에서 나이들어 오래 남는 쪽이었다면, 어머니에게 필요한 것을 살피는 건 할 만한 일이고 충분히 자연스러웠을 것이다. 우리 가족의 과거를 담고 있는 보고寶庫, 우리의 유년과 성장기의 역사가는 어머니였고, 이제 깨닫게 되었지만, 형과 내가 집을 떠난 이후 수십 년 동안 가족이 계속 응집력을 유지한 것도 조용하고 능률적인 존재인 어머니라는 중심이 있기 때문이었다. 아버지는 더 까다로운 성격이며, 훨씬 덜 매혹적이고 덜 유연하기도 했다. 그 자신의 지배적인 편견들로부터 아주 조금만 벗어난 관점에도 대놓고 맞서는 것은, 사실, 아버지의 철저하게 아무 생각 없는 행동들 가운데 하나로 꼽을 만했다. 나는 여전히 아버지 앞에 무릎을 꿇고 앉아 그의 손을 쥔 채 얼마나 아버지를 도와야 할 것인지 생각했다—하지만 내가 이해하지 못한 것은 우리가 아버지에게 가닿는 방법이었다.

아버지의 강박적 고집스러움—아버지의 고집스러운 강박—은 어머니를 말년에 신경쇠약으로 몰아갈 뻔했다. 아버지가 예순세 살에 퇴직한 이후, 한때 활기찼던 어머니의 가정주부로서의 독립은 아버지가 안달하면서 고압적으로 위세를 부리는 통에 거의 무너져버렸다. 오랫동안 아버지는 자신이 완벽한 결혼생활을 한다고 믿었고, 오랫동안 아버지의 믿음은 그렇게 틀리지 않았다—어머니는 미국의 가사家事를 위대한 예술의 경지로 끌어올린 그 헌신적인 유대인 이민자의 딸들 가운데 하나였기 때문이다.(우리 가족 누구에게도 집안 청소 이야기는 하지도 마라—우리는 집안 청소의 최전성기를 본 사람들이다.) 하지만 아버지는 저지 남부의 메트로폴리탄생명 대형 지점 한 곳에서 직원 쉰두 명을 관리하다가 퇴직했고, 그러면서 그들의 결혼을 성공으로 규정짓는 데 아주 많은 역할을 했던 분명한 노동 분업이 점차 흐릿해지기 시작했다—아버지 때문에. 아버지는 할일이 전혀 없었고 어머니는 할일이 너무 많았다—그래서는 안 될 일이었다. "너도 내가 지금 뭐하는 사람인지 알잖니?" 아버지는 예순다섯 살 생일에 서글픈 표정으로 나한테 말했다. "나는 베시의 남편이야." 그러나 기질로나 받은 훈련으로나 거기에만 머무는 것은 아버지에게 어울리지 않았다. 그래서, 두어 해 자원봉사를 하고—이스트오렌지의 보훈병원에서 유대인 구호 단체나 적십자와 함께 몇 번 일했다—철물점을 운영하는 친구 밑에서 졸개로 일도 해보고 난 뒤, 그는 베시의 사장으로 정착했다—다만 공교롭게도 어머니에게는 사장이 필요 없다는 것이 문제였다. 멀리 1927년, 형이 태어났을 때 일급 가정관리 및 보육회사를 단독으로 설립한 후로 늘 혼자였기 때문이다.

세상을 뜨기 직전 여름 주말에 코네티컷에 와서 나와 둘이 부엌에서 차를 마실 때 어머니는 이혼할까 생각중이라고 말했다. 어머니 입에서 '이혼'이라는 말을 듣게 되자 나는 마치 어머니가 욕이라도 한 것처럼 깜짝 놀랐다. 하지만 어머니와 아버지의 삶이 가장 깊은 곳에서 한데 얽히는 방식, 또 그들의 어려움과 실망과 지속적 긴장은 사실, 영영, 모르고 살 수도 있다, 특히 안정되고 질서가 잘 잡힌 가정에서 착한 소년으로—동시에 착한 소녀로—성장하게 되면. 우리, 아이를 양육하고 가사를 돌보는 데 빈틈없는 솜씨를 발휘하는 나의 어머니 같은 어머니들이 물고 빠는 어린 아들들이 얼마나 착한 소녀로 성장하기도 하는지 사람들이 늘 잘 아는 것은 아니다. 감수성이 예민한 아주 긴 시기에 하루종일 옆에 없는 남성은 손에 잡히는, 마법사처럼 능란한 여자보다 훨씬 멀고 신화적으로 보이게 된다. 이 여자는 내가 어린 시절을 보낸 시기에 향기가 나는 부엌에 굳건하게 닻을 내리고 있었으며, 부엌에서 그녀의 관할권은 절대적이고 그녀의 권위는 신성했다. "하지만, 엄마," 내가 말했다. "이혼하기에는 늦었잖아, 안 그래? 엄마는 지금 일흔여섯이야." 하지만 어머니는 이미 아주 애처롭게 울고 있었다. 나는 그것 때문에 또 깜짝 놀랐다. "네 아버지는 내가 하는 말을 듣지를 않아." 어머니가 말했다. "늘 내 말을 끊고 딴소리를 해. 함께 밖에 나가면 그때는 최악이야. 그럴 때 네 아버지는 내가 아예 말을 못하게 해. 입만 열라 치면 그냥 입 닫으라고 해. 사람들이 다 있는 데서. 내가 거기 있는 사람이 아닌 것처럼." "그러지 말라고 해요." 내가 말했다. "아무 소용 없어." "그럼 또 말하고, 그래도 효과가 없으면 일어나서 가서 '나 집에 가요' 하고 말해. 그리고 가버려." "오, 얘야, 그럴 수는 없어. 안 돼, 그런 식으로 네 아버지한테 창피를 줄 수는 없어. 사람들이 있는 데서는 안 돼." "하지만 엄마는 지금 나한테 아버지가 사람들 있는 데서 엄마한테 창피를 준다고 말하고 있는 거잖아." "그건 다르지. 네 아버지는 나하고 같지 않아. 네 아버지는 그걸 받아들이지 못해, 필. 부서져버릴 거야. 죽고 말 거야." 어머니가 세상을 뜨고 나서 석 달 뒤인 1981년 8월 나는 아버지를 데리고 웨스트오렌지의 '유대인 연맹 플라자'로 가서 퇴직 고령자들을 위한 생활 시설을 둘러보려고 코네티컷에서 내려갔다. 플라자는 형의 오랜 뉴어크 친구로, 연맹 이사인 뉴저지 변호사가 우리에게 권해준 곳이었다. 형 친구는 아버지가 관심만 있으면 시간 오래 끌지 않고 아파트를 하나 구해줄 수 있을 것이라고 말했다. 플라자 거주자들은 혼자 방 둘 또는 세 개짜리 아파트에 살았지만, 생활 범위 자체는 매우 공동체적이었다. 매일 저녁식사가 마련되는 식당에서 함께 먹었고, 이웃의 번창하는 Y*의 모든 그룹 활동에 쉽게 참가할 수 있었다. 웨스트오렌지는 여전히 뉴어크의 쾌적한 교외로 꼽히고 있었으며, 내가 듣기로, 플라자는 큰길을 굽어보는 녹색 산비탈에 자리잡아 쇼핑센터만이 아니라 브나이 아브라함 성전도 걸어서 몇 분 거리였다. 이 성전도 Y와 마찬가지로 쇠퇴하는 뉴어크로부터 자리를 옮겨

* 기독교인의 YMCA에 대응하는 YMHA(Young Men's Hebrew Association 히브리 청년회)를 가리킨다.

와 고령자들에게 회당만이 아니라 문화센터 역할도 하고 있었다. 어느 모로 보나 플라자는 아버지에게 동무가 부족할 일은 없는 곳으로 비쳤으며, 한번 둘러보고 나면 아버지도 이사가고 싶은 생각이 들지 모른다는 기대가 생겼다. 만일 아버지가 엘리자베스 아파트에서 혼자 더 오래 버티려 하면 말 그대로 거기서 외로움으로 죽을지도 모른다는 걱정이 들었다. 잘 먹지도 않았지만 먹으려고 앉아도 식사는 주로 삶은 핫도그와 하인츠 베이크드빈스였으며, 낮에 전화를 하면 종종 자거나 울고 있었다.

그날도 아파트에 가보니 아버지는 혼자 앉아 울고 있었던 것이 분명해 보였다. 일어나서부터 줄곧 울었을지도 몰랐다. 어쩌면 밤새 울었을지도 몰랐다. 아버지는 그전 6월 몇 주 동안, 또 7월에도 우리와 함께 코네티컷에 있었는데 그때 나는 아버지가 최악의 슬픔 가운데에서도 맨 꼭대기에 올라가 있다고 생각했다. 하지만 이제 어머니 없는 아파트에 돌아와 있으니 다시 가망 없을 정도로 상실감에 사로잡혀 있었다. 바깥은 아름다운 8월이었지만 아버지는 커튼을 내린 채 불도 켜지 않고 앉아 있었다. 옷은 깨끗하기는 했지만 침대에서 나와 아무거나 손에 잡히는 대로 걸친 것처럼 어울리지 않는다는 것이 눈에 들어왔다. 아침으로 뭘 먹었느냐고 묻자 아버지는 대답했다. "안 먹었어. 아, 먹었던가. 기억 안 나."

"선물 가져왔어요." 나는 불을 켜고 비닐 쇼핑백을 보여주었다. "아버지가 늘 원하던 거예요. 눈 감으세요."

놀랍게도 아버지는 선물을 기다리는 아이처럼 순순히 말을 따랐다. 그렇다고 얼굴에 기대의 표정이 분명하게 밝혀진 것은 아니었지만.

"여기요." 나는 세 시간 전 코네티컷을 떠나기 전 동네 잡화점에서 산 변기 브러시와 라이솔 소독제 한 통을 쇼핑백에서 꺼냈다. 나는 2밀리그램짜리 발륨도 한 병 가져왔다. 어머니가 세상을 뜨고 나서 아버지가 잠드는 것을 돕기 위해 구해주었던 5밀리그램짜리 알약을 끊게 하자는 것이었다. "이리 오세요." 내가 말했다. "아버지가 13번가 학교에서 배우지 못했던 걸 가르쳐드릴게요."

아버지는 나를 따라 욕실로 왔고, 그곳에는 철사 옷걸이 두 개에 커다란 사각팬티 몇 장이 걸려 있었다. 나는 그곳에서 브러시로 변기를 닦는 법을 가르쳐주었다.

"아버지가 굳이 청소부 노릇을 하시겠다면—" 나는 그렇게 입을 열었지만 아버지가 갑자기 말을 잘랐다.

"내가 할 수 있는데 뭐하러 다른 사람한테 돈을 주냐? 나는 다섯시에 일어나 청소기를 돌리기 시작해. 나는 맹세했어, 어머니가 갔을 때 내가 이곳을 어머니가 하던 대로 유지하겠다고 나 자신에게 맹세했어." 그 말만으로도 아버지는 다시 울기 시작했다.

거실에서 나는 아버지에게 2밀리그램짜리 발륨이 든 새 병을 주면서 발륨이 필요하면 이제 밤에 이걸 먹고 다른 건 배수구에 쏟아버리라고 말했다. 아버지는 전에는 아스피린을 먹을 때도 멈칫하던 사람이었지만, 그 말에 아무런 대꾸가 없었다. 그러나 한시에 유대인 연맹 플라자에 가기로 했다는 사실을 일깨워주었을 때는 운이 그렇게 좋지 않았다. 아버지는 더 이야기하지 말라는 듯이 관심 없다고 말했다. "집어치워." 아버지가 말했다. "나는 여기서 아주 좋아. 다 괜찮아."

"그래요?"

"그딴 건 집어치워, 필—나는 가고 싶지 않아."

"보세요, 이런 식으로 하시면 안 되지요. 아시잖아요. 공정하지 않아요. 부탁인데, 저를 가족 구성원처럼 대하지 마시고, 아버지가 지금도 보험회사 관리자라고 생각해보세요. 만일 누가 아버지한테 도움이 될 수도 있는 제안을 들고 메트로폴리탄생명에 온다면 아버지는 적어도 그 사람이 이야기는 해보게 할 거예요. 앉아서 이야기를 다 들어보고, 그런 다음에 생각을 해보고 결정을 내리겠죠. 당연히, 이야기를 하라고 권유해놓고 나서 '그딴 건 집어치워' 하고 말하면서 아예 듣지도 않지는 않을 거예요. 저는 그냥 가서 한번 둘러보자고만 제안하는 것뿐이에요, 일주일 전에 우리가 약속한 대로. 거기는 요양원도 아니고 양로원도 아니고 그 비슷한 무엇도 아니에요—사람들이 들어가고 싶어 줄을 서고 있고, 다른 사람들, 아버지 같은 상태인 남자나 여자들 사이에서 편안하게 사이좋게 살아갈 수 있도록 설계한 새 아파트 단지예요. 거기가 아버지한테 맞을 수도 있고 아버지한테 맞지 않을 수도 있지만, 아버지가 협조하지 않으시면 그걸 알아낼 방법이 없어요. 지금 아버지는 뭐하는 사람인지 모르겠어요. 제발, 보험회사 관리인처럼 행동하세요, 그러면 오늘 우리가 뭔가 해낼 수도 있어요."

그것은, 그러니까 내 말은 단지 효과를 보았을 뿐 아니라—극적인 효과를 보았다. "좋아!" 아버지는 아주 단호하게 말하고, 힘차게 소파에서 일어났다. "가자."

나는 내 평생 아버지가 하고 싶어하지 않는 일을 하도록 설득한 경우를 떠올릴 수가 없었다. 과거에 내가 그런 시도를 해볼 만큼 멍청한 적이 있었는지 잘 알 수가 없었다.

"훨씬 낫네요." 내가 말했다. "이제 먼저 들어가서 그 양말 좀 어떻게 해보세요. 색깔이 짝짝이잖아요. 그 체크무늬 셔츠가 격자무늬 바지하고 어울리는지 잘 모르겠는데요. 둘 중 하나를 갈아입는 게 좋을지도 모르겠어요."

"맙소사." 아버지가 자신의 복장을 내려다보더니 말했다. "이게 뭔 꼴이람?"

연맹 플라자는 광고에 나온 대로 노스필드 애비뉴를 굽어보는 언덕 꼭대기의 멋진 잔디밭에 자리를 잡고 있었지만, 단지 자체는 기대와는 달리 아늑하지도 않고 친근감이 느껴지지도 않았다. 새 건물이었고 완벽하게 관리가 되고 있었지만 거주지라기보다는 무슨 시설에 가까워, 작은 대학 기숙사와 개방형 교도소를 섞어놓은 것 같았다. 우리는 이사벨 버코위츠라는 이름의, 안내를 자원한 여성 거주자를 만날 예정이었다. 아파트 번호가 있었지만, 미로 같은 통로들을 거쳐 건물에 다가가야 했기 때문에 노스필드 애비뉴로 내려가는 큰길에서 이야기를 나누고 있던 나이가 아주 많은 여자 둘에게 이사벨 버코위츠의 아파트로 가는 길을 알려줄 수 있느냐고 물었다.

"내 이름도 버코위츠예요." 한 여자가 말했다. 여자는 이디시 억양으로 말했으며, 거기에 옷차림과 태도가 합쳐져, 어머니와 아버지나 그들의 친구들보다는 조부모 세대와 공통점이 더 많아 보였다. 아버지도 똑같은 생각을 하고 있는 게 분명했다—자신은 이 사람들과 같은 종류의 노인은 아니고, 나아가서, 자신은 이곳에 있을 사람이 아니라고. "나는 다른 버코위츠라우!" 그녀는 우리에게 명랑한 목소리로 말했다.

"어디 출신의 버코위츠인가요?" 아버지가 그녀에게 물었다.

"어디긴 어디에요? 뉴어크지."

아버지는 그녀의 죽은 남편, 센트럴 애비뉴에 있던 센트럴 페이퍼 서플라이 주인을 알았고, 또 반대로 그녀는 아버지의 친구인 파이너의 형제를 알았고…… 등등이 드러나는 데는 불과 몇 초밖에 걸리지 않았다.

자신의 아파트에서 아버지는 침울하고 화가 나 있었으며, 웨스트오렌지로 차를 타고 오는 동안에는 말이 없고 험상궂은 표정이었지만, 뉴어크에서 자신이 아는 누군가를 아는 누군가를 만난 것만으로 더없이 행복하게 자신을 잊었다—말이 많고, 힘이 넘치고, 사교적이 되어, 뉴어크에서 보험 중개인이자 부관리자로 오랜 세월을 보내며 도시의 거의 모든 유대인 가족과 친해진 막강한 보험사 직원의 모습을 상당히 되찾았다.

이제 아버지는 자신의 비애는 물론이고 심지어 우리가 거기 간 목적에도 무심해진 채 이 다른 버코위츠 부인을 위해 약 사십 년 전 그녀 남편의 센트럴 애비뉴 가게 옆에서 장사를 하던 모든 가게 주인들의 이름을 읊었다.

나는 옆에 서서 아버지가 그들에게 완벽한 기억력을 과시하는 일을 마치기를 기다렸다가 늙은 여자에게 다시 한번 우리가 가고 싶은 곳으로 가는 방법을 알려줄 수 있느냐고 물었다. 하지만 그녀는 그럴 수 없다는 것이 드러났다. 그렇게 하려고 노력을 시작하자마자 당황하더니 갑자기 정신을 전혀 집중하지 못했다. "이봐요." 여자는 정신을 집중하려고 열심히 노력한 뒤에 말했다. "나는 머리가 호박 덩어리라우—그이가 사는 곳에 내가 직접 데려다드리리다."

또 한 여자는 아무 말도 하지 않았는데, 두 사람이 이사벨 버코위츠의 복도가 보이는 문간까지 우리를 이끌고 가는 동안 나는 그 여자가 뇌졸중 환자라는 것을 알았다. 아버지도 그 점을 눈치챘으며, 다시 한번, 나한테 말한 것은 아니지만, 자신은 이런 종류의 노인이 아니라는 말이 내 귀에 들렸다. '맞아요.' 나는 생각했다. '하지만 아버지 같은 종류의 노인을 혼자 놔두면 어떻게 되겠어요?'

우리가 찾고 있던 버코위츠 부인은—다행스럽게도—재치가 있고, 활달하고, 매력적인 여자로, 일흔이라는 나이보다 열 살은 아래로 보였다. 그녀의 방 두 개짜리 아파트는 약간 입방체 같은 느낌은 있었지만, 햇빛이 잘 들었고 벽에는 그녀가 오랜 세월에 걸쳐 수집한 작은 그림들이 걸려 있었다. 심지어 한 점은 그녀가 직접 그린 채색 정물화로, 그 옆에는 그녀의 자수 작품들이 액자에 걸려 있었다. 그녀는 우리를 만나 기쁜 듯했으며, 바로 시원한 걸 좀 마시겠느냐고 물었고, 만난 지 오 분도 안 되어, 잠시 우리 둘만 남게 되었을 때, 아버지는 나를 보며 말했다. "괜찮은 아가씨네!" 이사벨은 브루클린의 간호사로 직업생활을 시작해 마지막에는 뉴욕의 공중보건 관리자 자리까지 올라가 어머니보다 약간 더 세속적일 수는 있었지만, 외향적인 생기와 선한 고상함이 섞인 모습은 성장기에 보던 어머니의 모습을 많이 떠올리게 했다. 그런 닮은 점 때문에 아버지는 심지어—이사벨이 아파트 문을 잠그고 우리를 안내하러 나서기를 밖에서 기다리는 동안—묻지도 않았는데, 마치 모든 고민이 사라진 것처럼 말하게 되었을 것이다. "저 여자를 사랑해! 끝내줘!"

이사벨은 자신이 10월에 플라자가 처음 문을 열었을 때 입주했으며, 아직 '적응'하느라 어려움을 겪고 있다고 우리에게 말했다. 이것은 그녀의 노년에 일어난 큰 변화였다. 그녀와 지금은 고인이 된 남편—자수성가한 정력적인 남자로 아버지와 이력이 아주 비슷했다—은 저지시티에서 자유의여신상이 내다보이는 널찍한 아파트에 살았다. 하지만 그녀는 최근 건강이 나빠졌기 때문에, 또 버코위츠 집안 사람들 근처에 있고 싶었기 때문에 플라자로 이사했다.

아버지는 "그래요, 훌륭한 집안이죠" 하고 말해 나를 놀라게 했다. 그전까지 아버지는 이사벨의 버코위츠 집안만이 아니라 아까 그 여자의 버코위츠 집안 사람도 안다는 티를 낸 적이 없었기 때문이다. 하지만 아버지는 감출 수도 없을 정도로, 놀랍게도 그냥 곤두박질치듯이 그 여자에게 끌리는 것처럼 보였는데, 어쩌면 그 여자의 비위를 맞추려고 노력하고 있는 것인지도 몰랐다.

복도를 걷는데 이사벨 버코위츠가 나에게 말했다. "그러니까 댁이 필립 로스로군요. 그렇게 맘껏 웃게 해줘서 고맙습니다." 그녀는 아버지를 향해 말했다. "아드님이 유머 감각이 대단해요."

"우스개는," 내가 그녀에게 말했다. "아버지한테서 얻어들은 겁니다."

"그래요?" 그녀는 웃음을 지으며 아버지에게 말했다. "우스개 하나만 해주세요, 허먼."

그녀는 자신이 상대하는 남자를 금방 파악했다. "두 유대인 친구 이야기는 알고 계시려나…… 아침에 잠을 깬 사람 이야기는 아시려나…… 플로리다에서 병이 난 사람 이야기는 아시려나……"

어머니가 세상을 뜬 뒤로는 말할 것도 없고, 몇 년 동안 아버지가 그렇게 활기찬 것을 본 적이 없었다. 실제로 아버지는 유대인 우스개 레퍼토리를 펼치느라 바빠 이사벨이 우리에게 보여주기 시작한 시설은 거의 구경할 생각도 하지 않았다. 우리는 깨끗하고 소박한 식당, 그냥 학교 식당과 똑같아 보이는 큰방을 통과했다. 열린 문으로 주방을 들여다보았는데, 시설은 모두 흠 하나 없이 반짝거렸으며, 몸집이 큰 흑인 여자가 긴 탁자에 앉아 저녁 샐러드 수백 개에 들어갈 상추를 쐐기 모양으로 꼼꼼하게 썰고 있었다. 우리는 플라자에서 Y로 건너가 모임이 진행되고 카드 게임이 이루어지는 방들을 들여다보았다. 나는 계속 아버지가 주위의 삶에 반응을 보이기를, 다만 약간의 호기심이라도 드러내기를, 또 그 안에서—반드시 지금은 아니더라도 다가올 날들에—외로움에서 벗어날 길을 찾아내기를 계속 바라고 있었지만, 아버지의 관심은 이사벨에게 고정되어 있었으며, 이제는 그녀에게 이민자들이 모여 살던 뉴어크에서 보낸 어린 시절 이야기, 나도 얼마간은 들어본 이야기를 들려주고 있었다.

Y에서는 낮 동안 어린이 캠프가 열려, 체육관을 들여다보자 어린아이들 서른 명 정도가 바닥에 원을 그리고 앉아 두 카운슬러의 새로운 게임 설명에 귀를 기울이고 있었다. "우리 유대인 아이들이 아름답지 않나요?" 이사벨이 말했다. 하지만 아버지가 눈앞에 있는 것을 보게 하려고 그런 말을 한 것이라면 소용없었다—아버지는 그녀가 가리키는 곳을 보지도 않고 계속 1912년의 뉴어크를 묘사하고 있었다.

Y의 관장 사무실에 가서야 그곳의 소장과 부소장에게, 아버지가 일주일에 몇 번씩 아침마다 찾아가는 엘리자베스 Y의 소장이

형편없다고 말하느라 아버지는 회고를 잠시 뒤로 제쳐두었다. 엘리자베스 소장은 헬스클럽에 내려와 사람들과 이야기하는 법이 없다, 사람들이 어떻게 지내는지 전혀 모른다, 이어 아버지는 두 사람에게 매우 퉁명스럽게 말했다, 자신도 그 사람과 전혀 사이가 좋지 않다고. "그 사람은 신경도 쓰지 않아요. 나는 노인들 alte kockers의 특별 소모임인 '로스 레이더스'를 조직했고, 그래서 우리끼리 재미있게 지내고 있소. 그깟 소장은 꺼지라고 해." "여기에 바로 어르신 같은 분이 필요합니다." 소장은 대꾸했지만, 그 은근한 권유는 아무런 반응을 끌어내지 못했다. 소장실 바깥 복도에서 우리는 플라자 사교 조직의 회장인 블라이버그와 마주쳤는데, 일흔다섯의 그는 다발성 경화증으로 고생하고 있었다. 이사벨이 우리를 소개했다. "블라이버그. 블라이버그. 기억나네요, 블라이버그." 아버지가 그에게 말했다. "그린 스트리트에서 보석상을 했지." 블라이버그는 실제로 뉴어크의 그린 스트리트에서 보석상을 했다. "여기서 지내시기가 어떻습니까, 블라이버그 씨?" 내가 물었다. "아주 마음에 들어요." 블라이버그는 말했고, 그러는 동안에도 아버지는 말하고 있었다. "맞아, 그린 스트리트야. 그린 스트리트에 또 누가 있었는지 말해드리지." 아버지는 그렇게 했다.

나중에 차로 돌아왔을 때 나는 길을 따라 올라가 쇼핑센터를 보자고 말했다. 그곳에는 서점과 은행과 커피숍이 있으며, 이사벨이 해준 말에 따르면 플라자 거주자들이 가끔 점심을 먹으러 갔다. 거기 갔다가, 나는 말했다, 새 브나이 아브라함*을 보러 가면 되겠다.

"거긴 아무것도 볼 거 없어." 아버지가 말했다.

"하지만 성전 한번 보고 싶지 않으세요? 엘리자베스에서도 금요일 밤 예배에 가시잖아요."

"집에 가자."

"자," 나는 쇼핑센터와 성전의 반대 방향인 노스필드 애비뉴로 방향을 튼 뒤 말했다. "어떻게 생각하세요?"

"아무 생각 없어."

"전혀 아무 생각 없어요?"

"나한테는 아냐."

"뭐, 아버지 말씀이 옳을 수도 있죠. 물론 그건 첫인상이지만. 조금 기다려보세요. 아버지가 이사벨의 초대를 받아들였으면 좋겠는데요."

이사벨은 우리가 그곳을 떠날 때 아버지에게 며칠 뒤에 다시 와 Y에서 일주일에 두 번 저녁에 틀어주는 영화를 함께 보러 가

* 유대인 회당.

자고 제안했다. "내가 팝콘을 가져갈게요." 그녀는 매력적인 미소를 보이며 말했다. 아버지는 그 순간에는 그 계획에 확 끌리는 것 같았다. 전화번호를 적으며 연락을 하겠다고 말했다. 하지만 지금은 그녀의 제안이 완전히 터무니없다는 듯이 나에게 말했다. "아서라, 영화 보려고 여기까지 차를 끌고 오지는 않아."

소장이 아버지에게 준 Y의 8월과 9월 사교 활동 계획이 아버지의 손에서 미끄러져 차 바닥에 떨어졌지만, 엘리자베스에 돌아갔을 때 아버지는 그것을 줍지도 않았다. 그렇다고 내가 주워 든 것도 아니지만. 아파트에 들어가자 나는 빛이 들어오도록, 돌아다니며 커튼을 올렸고 아버지는 욕실로 갔다. 변기에 아버지의 소변 줄기가 떨어지는 소리 위로 아버지가 외치는 소리가 들렸다. "엄마, 엄마, 어디 있는 거야, 엄마?"

아버지는 혼자되어 맞은 첫 겨울을 마이애미비치 바로 북쪽 밸 하버에서 보냈다. 오랜 친구 빌 웨버와 콘도미니엄의 아파트를 함께 썼다. 내가 어렸을 때 빌과 지금은 고인이 된 그의 부인 리아는 어빙턴의 뉴어크 철로를 건너면 바로 나오는 우리 레슬리 스트리트 아파트에서 그리 멀지 않은 곳에 살았다. 1940년대 초에는 그들은 형의 또래인 둘째아들 허비를 데리고 와, 저지 해안에 있는 작은 여름 별장에서 우리, 또다른 두 가족과 함께 여름을 보냈는데, 그들 모두 전쟁 전부터 내 부모의 친구들이었다. 빌은 가정용 보일러를 설치하고 수리하는 일을 했는데, 우리의 가까운 가족 친구 가운데 유일하게 영업사원이나 상점 주인이 아닌 숙련 노동자였으며, 하루가 끝나면 시커메진 모습으로 퇴근했다. 빌은 제1차세계대전 때 어린 해병대원으로 쿠바의 관타나모 주둔지에서 근무했으며, 그곳의 해병대 밴드에서 트럼펫을 불었다. 이제 팔십대 중반이 되었지만 귀가 좀 안 들리는 것 외에는 아주 정정했는데, 다만 자신의 이齒 안에서 당시 해병대 밴드에 들어가 연주하던 곡들이 들린다고 주장했다. "말도 안 돼." 아버지가 단정적으로 말했다. "허먼, 들린다니까." 빌이 말했다. "지금도 들려." "들릴 리가 없어." "정말 들린다니까. 내 입안에 라디오가 있는 것 같아." 나는 아버지를 보기 위해 런던에서 플로리다로 날아왔고, 우리 셋은 작은 부엌에 앉아 아버지가 점심으로 준비한 볼로냐 샌드위치를 먹고 있었다. "무슨 곡이 들리는데요?" 내가 빌에게 물었다. "오늘밤에? 〈해병대가〉지." 그가 말했다. "'몬테수마의 산으로부터……'" 그가 노래하기 시작했다. "상상일 뿐이야." 아버지가 지지 않고 말했다. "허먼, 네 아들 필립이 이 부엌에 앉아 있는 것만큼이나 진짜라니까."

아버지는 플로리다에서 몇 달을 보내면서 예전의 힘과 열정을 모두 회복한 것처럼 보였으며, 겉모습도 멋지게 회춘을 한 듯했다. 몇 년 전 수술 결과 몸통 중앙부의 근육을 잃는 바람에 배가 튀어나오기는 했지만 그것만 빼면 아버지는 나이에 비해 아주 건강해 보이는 중키의 남자였으며, 꾸밈없이 자연스럽게 흘러나오는 사내다움과 활기찬 품위는 곧바로 주위의 과부들에게 매력으로 비쳤다. 아버지는 젊은 시절에는 팔과 가슴이 놀랄 만큼 튼튼했으며, 지금도 상체에서 조금이나마 그런 단단함을 찾아볼 수 있었는데, 이렇게 활력을 되찾자 그 부분이 더욱 도드라져 보였다. 통명스러울 정도로 솔직하고 뜨거운 반공화당 장광설로 대화를 지배하기는 했지만, 그래도 아버지는 호감을 주는 외모였으며, 그런 겉모습이 뿜어내는 현세적인 솔직담백함은 온갖 종류의 사람들에게 진짜 매력으로 다가갔다. 그럴 여유, 또는 본능, 또는 필요가 있었다면 아버지는 특별한 개성은 없다 해도 꽤 잘생겼다는 말을 들을 정도로 자신을 가꾸어나갈 수 있었을지도 모르지만, 아버지가 전투를 치르는 곳에서는 '잘생김'이 자산이 아니었으며, 그래서 오래전에 사람들이 질투하거나 칭찬하기보다는 신뢰하는 외모 쪽으로 방향을 잡았다. 이제는 물론 머리숱이 아주 적었고 갈색은 아주 조금밖에 남지 않았다. 얼굴에 주름은 없었지만 턱선을 따라 살이 늘어져 우리 집안 특유의 군턱이 두드러지고 있었다. 귀는 어떻게 된 일인지 태피 사탕처럼 약간 쭈글쭈글해지면서 길어졌다. 사실 눈만이 '아름다운' 모습을 유지하고 있었지만, 아버지가 잠깐 안경을 벗었을 때 근처에 있지 않는 한 그것은 절대 알 수 없었다. 하지만 혹시 그런 기회가 있었다면 그 눈에 회색이 얼마나 많고, 또 심지어 녹색도 약간 있다는 것을 알 수 있었을 것이다—또 더 바싹 다가갈 수 있었다면, 그 눈이 얼마나 부드럽고 평온한지도. 아버지는 조악하고, 불완전하지만 그럼에도 완강한 자가제 발전기를 폭발시킬 듯 가동하여 장애물경주—삶의 거의 모든 것이 장애물경주였다—를 통과해온 셈인데, 그 눈만큼은 1901년 이래 그 발전기의 영향권에서 벗어난 채 존재해온 것 같았다.

아버지가 플로리다에서 회복한 것은 그곳에서 빌 웨버라는, 어머니를 상당히 훌륭하게 대신할 수 있는 존재—천성이 선하고, 기질이 평온하고, 귀찮게 하지 않는 파트너인 동시에 아버지가 쉼 없이 허물과 약점을 교정할 수 있는 존재—를 발견한 것에 얼마간 빚지고 있는지도 몰랐다. 나는 밸 하버에 도착한 거의 그 순간부터 아버지가 빌을 나은 사람으로 만들려고 노력하는 모습을 발견했다. 그들이 사는 층에서 엘리베이터를 내렸을 때 아버지와 빌은 내 앞 이십 피트 정도 떨어진 곳에서 함께 복도를 걸어내려가고 있었다. 나는 그들을 부르는 대신 조용히 뒤를 따르며 아버지가 빌의 사교상의 약점을 호되게 꾸짖는 소리에 귀를 기울였다. "영화를 보러 가자고 해, 저녁을 먹으러 가자고 해—

그냥 매일 밤 집에만 앉아 있지 말고." "나는 그 여자와 데이트를 하고 싶지 않아, 허먼. 누구하고도 데이트를 하고 싶지 않아." "형님은 반사회적이야." "네가 그렇게 부르고 싶다면, 좋아, 나는 그런 사람이야." "형님은 은자처럼 살고 있어." "그래." "그래가 아니야. 사람들하고 더 섞여야 한다고. 이 근처에는 어울리고 싶어 죽을 지경인 여자들이 많아. 문제가 있는 여자들 얘기를 하는 게 아냐. 그 여자들이 다 형님을 소유하고 싶어하는 건 아니야. 그 여자들 모두가 형님을 물어뜯고 싶어하는 건 아니라고." "나는 여자를 원치 않아. 내가 여자를 위해 할 수 있는 게 아무것도 없잖아. 나는 여든여섯이야, 허먼." "왜 이래, 나 참, 난 그런 얘기를 하는 게 아니야. 누군가하고 즐거운 식사를 하고, 인간다운 사람들과 사귀는 얘기를 하는 거라고." "너는 그런 거 잘하지만, 나는 아니야. 나는 그냥 집에 있을 거야." "이해를 못하겠어. 왜 나는 그저 형님을 도우려고 하는데 형님은 나와 이렇게 싸우려고 하는지 이해를 못하겠다고."

내가 도착한 저녁에, 초겨울에 실내악 앙상블을 결성한 콘도미니엄의 거주자 네 명이 연주하는 음악 프로그램이 예정되어 있었다. 러시아 태생의 나이든 바이올리니스트가 앙상블의 리더였는데, 아버지가 그날 오후 수영장 가에서 나에게 소개한 사람들 말에 따르면 "빈에서 훈련을 받았다"고 했다. 그들은 음악을 좋아하면 꼭 오라고 말했다. 콘서트는 '갤러해드 홀 사교클럽'의 주례 모임 뒤에 열릴 예정이었으며 갤러해드 홀의 거의 모두가 참석할 예정이었다. 걸을 수 있는 사람은 물론이고, 심지어, 나중에 보게 되지만, 휠체어를 탄 사람이나 보행 보조기를 이용하는 사람도 간호사와 함께 왔다. 매주 오락 프로그램이나 슬라이드 쇼나 강연이 있고, 다과를 주었으며, 다들 내가 즐거운 시간을 보낼 것이라고 장담했다.

핫도그와 콩—빌이 식탁에 깔끔하게 세 사람 자리를 만드는 동안 아버지가 준비한 것이었다—으로 식사를 한 뒤 아버지는 빌에게 재킷을 입고 구두를 신고 우리와 함께 '음악회'에 가자고 말했다. 빌은 그저 위층에 머물며 텔레비전으로 프로 농구를 보고 싶었지만, 아버지가 빌이 사람들과 섞이지 못하는 것, 친구를 사귀지 못하는 것, 저녁에 나가 즐거운 시간을 보내지 못하는 것을 두고 잔소리를 그만둘 생각을 하지 않았기 때문에 빌은 굴복하고 음악회 뒤에 다과나 먹으러 가겠다고 동의했다. 그러나 '뒤에'로 만족할 아버지가 아니었다. 아버지가 여전히 그냥 내버려두려 하지 않자 십 분 뒤 빌은 옷장에서 재킷을 꺼내고 구두를 신었으며, 우리와 함께 엘리베이터를 타고 로비 뒤쪽 사교장으로 갔다. 그곳에서는 벌써 모임이 진행되고 있었다.

우리 셋이 문을 통과하자 사우스마이애미비치의 유대인 빈민을 도울 유월절 양식을 마련하기 위해 기부금을 모으는 '무교병 기금'의 여자 의장이 모금 운동 기간 모은 총액을 발표하고 있었다. 의장이 메모를 내려다보며 말을 하자 방안의 몇 사람이 소리쳤다. "안 들려! 안 들려요, 벨!" 의장이 소동에 놀라 약간 어리둥절한 표정으로 고개를 들자 뒷줄 끝에 있던 남자, 그녀의 남편임이 분명한 남자가 입가에 손을 대고 그녀에게 소리를 질렀다. "나한테 이야기하는 것처럼 해, 여보—악을 쓰라고." 모두 웃음을 터뜨렸고, 벨은 누구보다 크게 웃었다. 이윽고 그녀는 크고 강건한 목소리로 기금이 이천 달러 목표를 달성했다고, 다시 말해 건물 안의 모든 사람이 약 십 달러씩을 낸 셈이라고 발표했고, 청중은 박수를 쳤다.

나는 우리 앞의 두 줄에서 그날 오후 아버지와 함께 수영장에서 만났던 사람들을 알아보았다—은퇴한 수영복 제조업자 부부, 은퇴한 커피와 차 수입업자 부부, 오래전 뉴욕에서 구매담당자로 일했으며 그 무렵 혼자되어 아버지가 빌 웨버의 짝으로 선택한 여자. 우리가 그들 뒷자리에 들어가 앉자 모두 고개를 돌리고 손을 흔들어 인사를 했다. 열다섯 줄 정도 되는 좌석의 맨 뒷줄에 있는 우리 세 자리 외에는 거의 다 찬 것 같았다. 앞에는 보면대 네 개와 접의자 네 개가 작은 반원을 그리며 배치되어 있었고, 한쪽 옆, 문 근처에 커피를 마실 수 있도록 긴 탁자가 놓여 있었다. 다과는 이미 준비되어, 접시가 높이 쌓여 있고 쿠키와 케이크 조각들이 사란 랩으로 덮여 있었다.

무교병 기금 보고가 끝나자 클럽 회장이 의장에게 운동의 성공을 축하했다. 회장은 일흔 살가량에 햇볕에 그을린 말쑥한 남자—그날 오후에, 그가 골프를 아주 좋아한다는 소문을 들었다—로 가죽 제품과 가방 제조업자로 성공을 거두고 은퇴 뒤 메릴린치사社에 책상 하나를 차지하고 자신의 돈을 관리하며 다시 한번 큰돈을 벌었다. 그가 말했다. "신사 숙녀 여러분, 음악회를 시작하기에 앞서, 몇 분 전에 한 젊은이가 여기 들어왔다는 말씀을 드리고자 합니다. 그 사람을 여러분에게 소개하고 싶습니다. 젊은이, 일어서주겠소?"

나는 쉰 살 생일을 딱 일 년 앞두고 있었지만 그가 내 쪽을 가리키고 있었기 때문에 자리에서 일어섰다.

"신사 숙녀 여러분, 이 젊은이는 작가 필립 로스이고, 허먼 로스의 아들입니다."

사람들은 더도 덜도 아니고 딱 무교병 모금 보고 때만큼 박수를 쳤고, 나는 손을 흔들어 환대에 감사 표시를 한 다음 앉았다.

하지만 회장은 말했다. "필립 로스 씨, 질문 하나 해도 되겠소?"

나는 그에게 웃음을 지으며 엉거주춤 일어나 대답했다. "아, 질문은 사양하겠습니다, 정말로. 저는 그저 손님일 뿐인데요."

"질문 딱 하나만. 아버지에 관해 조금만 이야기를 해줄 수 있소?"

"제가 장담하는데," 나는 아버지의 어깨에 손을 얹으며 말했다. "그냥 아버지한테 물어보시면 아버지가 여러분이 알고 싶어 하는 모든 것을 말해줄 겁니다. 아마 그 이상의 이야기를 해주실 걸요."

아버지는 그 말에 짜릿한 흥분을 느꼈고 우리 앞에 앉은 아버지의 친구들도 마찬가지였다. 은퇴한 수영복 제조업자가 앉은 채 뒤를 돌아보며 아버지에게 말했다. "아이가 당신을 제대로 알고 있구먼, 험." 앞서 수영장에서 그는 농담으로 아버지를 "콘도 사령관"이라고 불렀지만, 나중에 아버지가 수영을 할 때 나에게 털어놓았다. "댁의 아버지는 진짜 인간다운 인간이오—여기에서 다른 모든 사람에게 활기를 불어넣고 있지."

"한 가지 더 묻겠—" 회장이 말했다.

내가 말을 잘랐다. "아, 저한테 물으실 필요 없습니다. 저는 그냥 음악을 들으려고 내려왔을 뿐입니다. 음악을 시작하죠!" 나는 한번 더 박수갈채를 받고 다시 자리에 앉았다.

내 옆에 앉아 있던 빌이 한쪽 눈을 찡긋하며 자랑스럽게 소곤거렸다. "말 한번 제대로 하는군."

"저 아시잖아요, 빌—늘 대중이 바라는 걸 알죠."

"역시 나의 필립이야." 빌은 말하더니 내 손을 잡고 음악가들이 악기를 들고 나타나 자리에 앉아 조율을 시작할 때까지도 놓지 않았다. 빌은 내가 아직도 일곱 살짜리라고 생각하기 때문에 손을 잡고 있는 것이 아니라 나를 일곱 살 때부터 알았기 때문에 손을 잡고 있는 것이었으며, 따라서 내가 그동안 얼마나 나이를 먹었건 얼마든지 내 손을 잡고 있을 권리가 있었다.

이후 삼십 분 정도 동안 나는—연주자가 펄먼이나 요요마였을 때는 결코 제대로 알 수 없었지만—현악기를 연주하는 데 근육노동이 얼마나 필요한지 이해하게 되었다. 겨우 1악장 중간이었음에도 나는 비올라 주자가 계속 연주를 하는 것이 과연 좋은 생각인지 의문을 품게 되었다. 여든이 거의 다 되었을 그 크고 육중한 남자는 근엄한 얼굴에 표정이 없었는데, 음악이 열기를 띠면서 그 얼굴이 점점 창백해졌고, 나는 그가 숨을 헐떡이기 시작하는 것을 분명하게 볼 수 있었다. 마치 네 늙은이가 진흙탕에 빠진 차를 밀어내려고 애쓰는 것 같아, 연주는 영웅적인 만큼이나 걱정스럽기도 했다. 음악이 늘 하이든 현악사중주처럼 들렸던 것은 아니었지만 1악장이 끝나자 모두 열렬하게 박수를 쳤고 연주자의 친구들 몇 명은 "브라보! 브라보!"를 외쳤으며, 청중 반은 일어서서 다과가 놓인 탁자로 움직이기 시작했다.

"아니, 아닙니다!" 클럽 회장이 소리치더니, 앞줄에서 튀어나가 관객 쪽으로 몸을 돌렸다. "제발, 아직 남았어요!" 연주자들은 얼굴에서 땀을 닦고 악보를 넘긴 뒤 다시 모두 자리에 앉아 조용해질 때까지 참을성 있게 기다렸다. 그러나 2악장으로 들어가 몇 마디가 지나기도 전에 핸드백이 딸깍 열렸다 닫히고 커플들은 조용히 잡담을 나누기 시작했다. 바로 내 앞에 있던 옷을 잘 차려입은 늙은 여자는 발 옆에 지팡이를 두고 무릎에는 청구서 더미를 단정하게 쌓아두고 있다가 신중하게 수표를 쓴 다음 짝이 되는 청구서에 클립으로 끼워 봉투에 넣고 있었다. 그녀는 심지어 우표까지 한 롤 가져왔다. 그렇게 하는 것이 위층에서 혼자 청구서에 낼 돈을 정리하는 것보다 나았다.

아직도 내 손을 잡고 있던 빌은 내 귀 쪽으로 머리를 기울이더니 소곤거렸다. "이 청중에 어울리는 편성이 아니야, 필립."

"그 말씀이 맞는 지도 모르겠네요."

"빅터 허버트를 좀 넣어야지." 그가 소곤거렸다. "거슈윈도 좀 넣고—클라리넷, 오보에, 프렌치호른. 이런 식으로는 귀에 들리는 게 날카로운 바이올린 소리밖에 없어."

두 번 더, 악장이 끝날 때마다, 청중 다수가 이제는 연주가 끝났다고 생각했고, 두 번 더, 커피와 케이크로 향하던 사람들은 야단을 맞고 자기 자리로 돌아와야 했으며, 마침내 활기찬 피날레가 등장하고, 진짜 끝이 났을 때, 정말로 진정으로 영원히 끝이 났을 때, 사람들은 일어서서 기립박수를 보내주었다. 나는 그것이 연주자들의 신체적인 강인함만큼이나 자신들의 인내 또한 자축하는 것이기도 했다고 해석했다. 그들이 매번 의자로 돌아가 앉는 행동에는 어린 시절 회당에서 기도회 내내 앉아 있던, 선량하면서도 자기 수양이 된 듯한 사람들을 떠올리게 하는 면이 있었다—토라 읽기 뒤에도 뭔가 끝도 없이 계속되고, 사람들은 누가 뭘 읽는지 모르면서도 그저 존중하는 마음에서 예의 있게 앉아 있었을 때 느껴지던 것. 물론 회당에는 암만 들어도 부족하다고 느껴서 끝도 없이 계속 앉아 있는 사람들도 소수 있었지만, 갤러해드 홀 음악회는 그런 경우가 아닌 듯했다.

클럽 회장은 연주자를 하나하나 찾아가 악수를 했고—이미 비올리스트는 손은커녕 머리도 간신히 들 수 있을 정도였기 때문에, 나는 그에게 뭔가 의학적 조치를 취해야 하는 것이 아닌가 계속 생각하고 있었다—그런 뒤에 회장은 청중을 향해 두 팔을 높이 들어올려 훨씬 크게 박수를 치도록 유도했다. "그겁니다, 신사 숙녀 여러분. 모든 예술가는, 누구든 상관없이, 그들이 여러분 마음에 들었는지 아닌지 알 필요가 있습니다. 우리가 어떤 마음인지 그들이 알게 해줍시다!"

"브라보! 브라보!" 갈채는 이런 온화한 청중에게서 나올 거라고는 상상할 수도 없었던, 난폭한 배음이 깔린, 박자를 맞춘 두

드림으로 바뀌었다. 석방되는 안도감이 그렇게 컸던 것이다. 자리에서 튀어나와 이미 다과 테이블 앞에 두 줄로 늘어서 있는 사람들의 박수 소리가 가장 컸다. "브라보!"

박수 소리가 이어지는 가운데 마침내 회장이 소음을 뚫고 의기양양한 목소리로 발표했다. "신사 숙녀 여러분! 신사 숙녀 여러분! 좋은 소식입니다! 음악가들이 여러분께 앙코르 연주를 해드리겠답니다!"

나는 폭동이 일어날 것이라고 생각했다. 다과 테이블 쪽에서 접시들이 허공을 날 것이라고 생각했다. 누군가 무대 위로 직행해 첼로를 짓밟을 것이라고 생각했다. 그러나 아니었다. 이들은 오래 살아온, 이미 자기 몫의 슬픔을 알고 견디어온 품위 있는 사람들, 교양이 여전히, 심지어 교육받지 못한 유대인에게도, 종교적 영향력을 행사하던 옛 시절에 태어나, 활과 바이올린을 든—활과 화살을 든 것이 아니라—사람에 대한 경의는 절대로 무너뜨릴 수 없는 유대인들이었다. 눈앞에는 괴로운 일이 기다리고 있었지만, 그들은 쓰린 마음은 속에 간직하고 다시 자리로 돌아갔다. 커피잔과 케이크 접시를 들고 있던 많은 사람들은 그것을 무릎에 올려놓거나 발 옆에 두었다. 머리가 하얗고 자그마한, 제1바이올리니스트의 부인은 앞줄에 앉아 있다가 힘차게 청중석에서 걸어나가 사중주단 옆쪽에 놓여 있는 피아노에 앉았다. 비올리스트, 첼리스트, 제2바이올리니스트가 지친 표정으로 바라보는 가운데 나이를 의심케 할 만큼 놀라운 정력의 소유자인 제1바이올리니스트는 아내와 함께 프리츠 크라이슬러의 이중주를 연주했다. 바이올리니스트는 부인과 눈이 마주칠 때마다 웃음을 지었고, 그것을 본 내 주위의 여자 몇 명이 감탄하여 서로 마주보며 소곤거렸다. "저 사람이 자기 부인을 보고 있어."

아버지는 하이든 때는 거의 잤지만, 열렬한 앙코르가 끝나자 다른 모든 사람과 함께 벌떡 일어나 "아름다워. 아름다워" 하고 말했다.

"허먼," 빌이 아버지에게 말하며, 내 옆자리에서 천천히 몸을 일으켰다. "너는 지겨워 죽을 지경이었잖아."

"뭐, 내가 음악 애호가는 아니지. 하지만 그렇다고 해서 저게 아름답지 않았다는 뜻은 아니니까."

"아름답지 않았어, 허먼." 빌이 언짢은 표정으로 말했다. "끔찍했어. 잭 베니*가 차라리 나았지. 나는 위층으로 올라갈 거야."

"맙소사, 빌. 또? 아이스크림이나 들고 텔레비전 앞에 앉아 있겠다고? 에스텔이 여기 있는데." 아버지가 가리키는 곳에서는 퇴직한 구매 담당자가 제1바이올리니스트의 부인과 활달하게

* 미국의 희극배우.

이야기를 나누는 모습을 볼 수 있었다. 부인은 여전히 피아노에 앉아, 아무도 귀를 기울이지 않는 곡을 연주하고 있었다. 청중은 감히 들으려 하지 않았다. 또 한번의 앙코르의 고삐를 푸는 계기가 될까봐 박수도 치지 않았다. "에스텔하고 이야기해, 응?" 아버지가 빌에게 간청했다.

"허먼, 나는 위층으로 올라갈 거야."

"빌, 다 큰 어른이 왜 이래, 여든여섯이잖아—여자하고 이야기 정도는 할 능력이 되잖아."

하지만 빌은 나에게 작별 인사로 손을 흔들고 다과 테이블로 향했다. 케이크 한 조각을 냅킨에 싸 가 게임을 보면서 아이스크림과 함께 먹으려는 것이었다.

"내가 저 작자를 어째야 하나?" 아버지는 다과 테이블에 모인 사람들 속으로 밀고들어가면서 나에게 물었다.

"아무것도 안 하면 안 되나요?" 나는 가볍게 대꾸했다. "그냥 놔두면 안 돼요?"

"그래서 아무런 열매도 맺지 못하고 외롭게 죽으라고? 그래서 매일 밤 저 위에서 혼자 앉아 있으라고? 절대 안 되지!"

아버지는 도와주어야 할 빌을 찾아냈고 유혹할 여자들을 찾아냈으며, 이 여자들과의 접촉, 성적 세부 사항까지 내가 파악

할 수는 없었지만, 어쨌든 그것은 아버지의 회춘의 결과인 동시에 원인이기도 한 것 같았다. 거기 가고 나서 불과 며칠 지나지도 않아 아버지는 나를 데리고 예순다섯 살에서 일흔다섯 살에 이르는 부유한 유대인 과부들의 집에 한잔 마시러 갔는데, 모두 아주 세련되고 매력적이었으며, 아버지의 말에 따르면, 아버지와 사귀고 싶어 열렬하게 아버지를 밀어붙이고 있었다. 그들의 콘도미니엄으로 가면서 아버지는 나에게 그들의 남편이 무슨 사업을 했는지, 그들이 자식을 몇이나 낳았고 그 자식들이 어떤 사업에서 성공을 거두었는지, 그들의 건강 상태는 어떤지, 살면서 어떤 비극을 겪었는지, 그들의 아파트값이 얼마나 나가는지 이야기해주었으며, 집으로 돌아가는 길에는 "그래…… 너는 어떻게 생각하냐?" 하고 묻곤 했다. 매번 나는 아주 솔직하게 대답했다. "아주 착한 것 같던데요. 마음에 들었어요." 그러면 아버지는 말하곤 했다. "그 여자는 다음 가을에 나하고 크루즈 여행을 가고 싶어해." 또는 "그 여자가 나한테 뭐라는지 아냐? 자기 아파트는 자기가 필요한 것보다 두 배는 크대. 그 휑뎅그렁한 데서 혼자 지낸다는 거야……" "그래서요?" 나는 묻곤 했다. "그래서는 뭐. 나는, 그냥 듣기만 해, 암말 안 하고. 필, 너무 일러……" 이 대목에서 아버지는 울음을 터뜨리곤 했으며, 어머니가 죽고 나서 첫 몇 달 동안 그랬던 것처럼 억누르던 모든 것을 풀어버리듯 무섭게 흐느끼지는 않았지만, 감정의 흐름은 여전히 상당했다. "네 어머니가 얼마나 아픈지 나는 몰랐다." 아버지는 나에게 말했다. "내가 조금이라도 알았다면……" "아무도 몰랐어요." 나는 아버지를 달랬다. "아무도 할 수 있는 게 없었어요." "오, 베시." 아버지는 소리쳤다. "베시, 베시, 나는 몰랐어, 전혀 깨닫지 못했어……" 나중에 둘이 함께 저녁을 먹으러 가곤 했을 때 아버지가 칵테일새우를 안주로 보드카 깁슨을 마시고 나면 나는 아버지에게 가을에 코라 B.와 크루즈 여행을 가거나, 다음 겨울에 블랑슈 K.와 아파트를 함께 쓰기로 해도 그것이 범죄는 아니라고 말하곤 했으며, 그러면 아버지는 어머니의 겸양, 겸손, 의리, 용기, 능률, 성실성을 보여주는 예화들을 들려주곤 했다…… 그러다가 아파트로 걸어 돌아갔고, 그곳에서는 빌이 팬티 차림으로 텔레비전을 보고 있었으며, 그러면 아버지는 밤새 그러고 혼자 앉아 있는다고 빌을 타박하기 시작했다.

내가 좀비가 되는 거냐?

그렇게, 어머니의 무덤에서 아버지의 아파트로 온 뒤 나는 화장실에 들어가 할아버지의 면도용 컵을 보면서 아버지에게 할 말을 쉰 번은 연습했다. 그런 다음 거실로 돌아와 평결을 기다리며 소파의 한구석에 늘어져 있는 아버지를 보았다. 릴이 소파 다른 편 구석에서 기다리고 있었다. 그녀가 내게 말했다. "필립, 내가 자리를 비켜줄까요?"

"천만에요."

"허먼," 그녀가 아버지에게 말했다. "내가 여기 있었으면 좋겠어요?" 하지만 아버지는 그녀의 말을 듣지도 못했다. 그뒤로 릴은 전혀 말이 없었기 때문에 그 자리에 없는 거나 다름없었다.

"자," 아버지가 천천히, 아주 우울한 목소리로 말했다. "슬픈 소식이 뭐냐?"

나는 아버지 맞은편 의자에 앉았는데, 마치 내가 끔찍한 말을 들어야 하는 사람인 것처럼 심장이 쿵쾅거렸다. "심각한 문제가 있어요." 나는 입을 열었다. "하지만 처리할 수 있어요. 머리에 종양이 있어요. 닥터 마이어슨 말이 위치로 보아 양성일 가능성이 구십오 퍼센트래요." 나는 마이어슨과 마찬가지로 솔직하게 종양을 큰 것으로 묘사할 생각이었지만, 도저히 그럴 수가 없었다. 종양이 있다는 것만으로 아버지가 받아들일 수 있는 용량은 꽉 찬 것 같았다. 그렇다고 벌써 충격을 드러내고 있다는 것은 아니었다—감정 없이 앉아서 내가 말을 이어가기를 기다리고 있었다. "그게 안면신경을 누르고 있고, 그래서 마비가 오는 거래요." 마이어슨은 종양이 안면신경을 감싸고 있다고 말했지만, 그 말도 할 수가 없었다. 이렇게 피해 가는 태도는 어머니가 죽은 날 밤 아버지가 피해 가던 태도를 연상시켰다. 런던 시간으로 자정에 아버지는 어머니가 심각한 심장마비에 걸려 이겨낼 수 있을지 없을지 모르니 집으로 오는 비행기를 탈 준비를 하는 것이 좋겠다고 말했다. "좋아 보이지 않는구나, 필." 아버지는 말했다. 하지만 한 시간 뒤 전화를 걸어 다음날 아침 비행기를 타기로 했다고 하자 아버지는 울기 시작하면서 어머니가 사실은 몇 시간 전 저녁을 먹던 레스토랑에서 죽었다고 밝혔다.

"안면신경마비가 아니구나." 아버지가 말했다.

"네. 종양이에요. 하지만 악성은 아니고, 수술이 가능해요. 우리가 원하면 그 사람이 수술할 수 있어요. 닥터 마이어슨이 수술 문제로 아버지하고 이야기를 하고 싶어해요. 이제 어떻게 된 일인지 알게 되었으니 돌아가서 그 사람하고 이야기를 하는 게 좋을 것 같아요. 그 사람 진료실에 모두 함께 앉아 수술이 가능한지 알아보는 게 좋을 것 같아요. 최종적으로는, 아버지가 결정하실 일이에요." 나는 힘없이 덧붙였다. "마이어슨 말로는 평범한 수술이래요." 실제로 마이어슨은 그 전날 나와 통화를 끝내면서 그런 표현을 사용했다—그때 나는 생각했다. "물론 그렇겠지—당신한테는 평범하겠지."

"수술을 하면 얼굴이 나아질까?"

"아니요. 그냥 더 나빠지지 않는 것일 뿐이에요."

"그럼 난 앞으로 계속 이 모양이겠네."

"안됐지만 그래요." 이 분 만에 나는 어느새 의사처럼 말하고 있었다.

"알겠다." 아버지는 그렇게 대답하더니 입을 다물었고 이어 허둥거렸다, 혼자가 되어 허둥거렸다. 바로 그 자리에서 아버지가 죽었다 해도 나는 놀라지 않았을 것이다. 아버지는 어디도, 아무것도 보고 있지 않았다. 방금 치명적인 총상을 입은 사람 같았다. 그런 식으로 일 분가량 세상에서 사라져버렸다. 이윽고 충격을 흡수한 뒤 싸움의 한가운데로 다시 돌아와 자신의 손실 규모를 평가했다. "청력은?"

"종양이 이미 피해를 준 건 되돌릴 수 없어요. 제가 이해하는 바로는, 수술은 상황이 더 진전되는 걸 막는 것뿐이에요." 수술 자체가 뭔가를 '더 진전'시키지 않는다면…… 하지만 나는 그 이야기는 하지 않았다. 위험을 알리는 일, 그뿐만 아니라 종양의 크기와 안면신경을 싸고 있는 상황을 알리는 일도 마이어슨에게 맡길 생각이었다.

"다시 자랄까?" 아버지가 물었다.

"모르겠어요. 그럴 것 같지는 않지만, 의사한테 물어보셔야 할 거예요. 질문할 목록을 만들어보죠. 질문을 써서 가져가, 알고 싶은 걸 다 의사한테 물어볼 수 있어요."

"내가 좀비가 되는 거냐?"

"그런 결과가 나올 거라고 생각한다면 마이어슨이 수술을 제안하지 않았을 것 같아요." 하지만 그렇게 되지 않을 수 있을까? 마이어슨이 수술 후에 더 나빠졌다고 인정한 십오 퍼센트 가운데 좀비나 아버지가 좀비라고 말하고 싶은 상태에 가까워진 사람이 없을까?

"그게 어디 있어?"

"뇌간 앞에요. 두개골 맨 아랫부분이에요. 의사가 정확히 어디인지 보여줄 거예요. 월요일에 가서 다 짚어볼 수 있도록 질문을 모두 적어놓으면 좋겠어요. 월요일에 의사를 만나 모든 걸 다 이야기해볼 수 있도록 약속을 잡아놓았어요."

하고많은 반응 가운데 아버지는 웃음을 지었다, 사실은 반쯤 쓴웃음, 하지만 물론, 이라는 의미의, 세상 물정 다 아는 사람의 상심한 웃음.

아버지는 두개골 아랫부분에 손을 갖다댔지만 거기에서 아무런 특별한 것도 느끼지 못하자 다시 웃음을 지었다. "뭐, 모두가 각기 다른 방식으로 이 땅을 떠나니까."

"또," 내가 대꾸했다. "모두가 각기 다른 방식으로 이 땅에 살죠. 모든 사람의 싸움이 다 다르고 그 싸움은 절대 끝나지 않아요. 시련이 되겠지만, 수술이 우리 모두가 나아가야 할 바른길 같아요. 그러면 지금으로부터 두 달 후에 우리는 바로 여기 앉아서 이야기를 나눌 거고, 아버지의 신경을 누르는 그건 그 안에 없을 거예요."

내가 하는 말을 스스로도 믿을 수 없다는 것은 비참한 일이었지만 달리 무슨 말을 해야 할지 알 수가 없었다. 나는 생각했다. '지금으로부터 두 달 후에 아버지는 요양원에 있을 거고 간신히 숟가락을 들어올려 시리얼이나 떠먹을 수 있을 거야. 지금으로부터 두 달 후에 아버지는 어딘가 침대에서 좀비가 되어 정맥 급식을 받고 있을 거고, 나는 한때 아버지가 자기 아버지 옆에 앉아 있었듯이 아버지 옆에 무력하게 앉아 있을 거야. 지금으로부터 두 달 후에 아버지는 오늘 아침에 내가 가보게 된 묘지에 있을 거야.'

그러는 동안 아버지는 화장실에 가 있었고, 다시 나왔을 때, 바짓가랑이 안쪽의 크고 축축한 오줌 자국을 손으로 가리려고 하면서 1944년에 했던 맹장 수술 이야기를 하고 있었다. 그때 아버지는 낮은 생존 가능성에도 불구하고 무시무시한 복막염을 이기고 살아남았다. 아버지는 내가 1968년에 충수가 터지고 복막염에 걸려 거의 죽을 뻔했던 일도 기억하고 있었다. 이어 1942년으로 돌아가 내가 아홉 살 때 받았던 탈장 수술을 회상했다—내가 가족과 함께 일요일에 드라이브를 갔다가 고통스러워하자 아버지가 나를 데리고 주치의에게 갔다. 그때 나는 한 달 동안 두 번이나 몸이 안 좋아 병원에 갔다. "내가 의사한테 말했지. '이 아이는 엄살 부리는 아이가 아니니, 어딘가 안 좋은 데가 있을 겁니다.' 그런데도 아픈 데가 없다는 거야. 하지만 나는 우기고 또 우겼고 결국 내가 맞았지. 나는 닥터 아이라—평안히 잠들기를—한테 말했어—너 우리 주치의 아이라 플랙스 기억나지?" "당연히 기억하죠. 제가 얼마나 미친듯이 좋아했는데요." "내가 그 의사한테 말했어. '아이라, 이 녀석은 달리고 공놀이하는 걸 좋아하는 까불이입니다. 어디 잘못된 데가 있으면 고쳐주셨으면 좋겠습니다.' 네가 태어나던 날 밤 그 의사가 베스이스라엘 병원의 그 계단을 내려오던 모습도 절대 잊지 못할 거야. 새벽 세시였어. 병원 중앙 계단이었지. 아이라는 하얀 가운을 입고 있었어. 내가 아이라한테 말했지. '뭡니까, 아이라, 필리스인가요 필립인가요?'* 그러니까 아이라가 이랬어. '필립이오, 허먼. 또 아들이오.' 그 일은 절대 잊지 못할 거야. 그리고 형 찰리가 내 품에서 죽어가던 거. 그렇게 잘생긴 남자였는데, 그렇게 에너지가 넘치고, 자식 넷을 두고, 그런데 내 품에서 죽었어, 내가 숭배하던 형이. 그리고 나의 밀턴, 나의 형 밀턴—밀턴 기억나니?" "아니요." 내가 말했다. "밀턴은 제가 태어나기 전해에 죽었어요. 그래서 제 중간 이름이 밀턴이 된 거죠." "밀턴," 아버지는 말했다. "열아홉 살이었지, 똑똑한 학생이었고, 가족의 반짝이는 빛이었지, 뉴어크 공대 사학년이었고……" 끝도 없이 병, 수술, 열, 수혈, 회복, 혼수상태, 철야, 죽음, 매장을 떠올렸다—아버지의 정신은 습관적인 방식으로 망각의 가장자리에 선 사람의 괴로운 고립으로부터 아버지를 떼어내 뇌종양을 더 큰 역사에 연결시

* 필리스는 여자 이름, 필립은 남자 이름.

키고, 아버지의 고난을 맥락 안에 집어넣었는데, 그 맥락 안에서 아버지가 이제 특이하고 끔찍하게 자신만 겪는 고통으로 혼자인 것이 아니라 자신이 알고 받아들이고 또 공유할 수밖에 없는 시련을 겪은 씨족의 한 구성원이었다.

이런 식으로 아버지는 공포를 길들이고 점심을 먹고, 그날밤에, 다음날 아침 나에게 전화로 알려주었듯이, 여섯 시간을 계속 잔 뒤에 땀에 흠뻑 젖어 오전 다섯시에 깨어났다.

나는 아버지만큼 운이 좋지 않았다. 나는 나의 불길한 예감을 달래줄 어떤 맥락도 찾을 수 없었다. 아버지가 여든여섯의 나이에 그렇게 끔찍한 수술을 받아야 한다고 생각하니 견딜 수가 없었다. 설사 수술이 성공적으로 끝난다 해도, 회복의 전망은—그리고 혹시라도 수술중에 뭐가 잘못되면…… 나는 육 분도 계속 자지 못했고, 몇 시간 동안 침대에 앉은 채 책을 읽으려 하다가 다음날 아침 일찍 친구인 C.H. 후벨에게 전화를 했다. 그는 몇 년 전 퇴직하기 전까지 코네티컷에서 우리 가족 주치의로 일하면서 내가 나 나름의 신체적 어려움 몇 가지를 견디어내도록 도움을 주었다. 나는 C.H.에게 뇌종양과 수술 제안에 관해 이야기했다.

"이보게," 그는 이야기를 끝까지 듣고 나서 말했다. "원래 그런 거야. 만일 아버님이 수술대에서 돌아가시면, 그래, 여든여섯에 돌아가신 셈이 될 터인데, 그건 너무 일찍 돌아가셨다고 말할 수는 없는 연세야. 만일 살아남고 수술도 성공이라면, 그 사람은 그 경우가 칠십오 퍼센트라고 하는데, 그건 좋은 거야. 내가 보기에 유일하게 나쁜 결과는 수술 결과로 아버님이 더 심한 신경 질환을 겪는 거야. 그게 가장 가능성이 큰 결과는 아니지만, 그래도 가능한 일이니 자네는 그것도 계산에 넣어야 해."

"나는 우리가 아무것도 안 했을 때 생기는 일도 계산에 넣어야 해요. 뇌 전문의는 아주 빠르게 악화될 거라고 장담했거든요. 그게 방금 말씀하신 더 심한 신경 질환이겠죠."

"그걸 말하는 거야. 많은 게 잘못될 수 있어."

"따라서," 내가 말했다. "어느 쪽이든 다 괴로울 수 있어요. 수술하자니 한 가지 종류의 공포가 시작되고 하지 말자니 다른 종류의 공포가 시작되고."

"하지만 수술하는 쪽이 결국은 최악의 공포에서 벗어나는, 말하자면 형 집행정지를 얻어낼 가능성이 높아."

"하지만 나는 타당한 이유도 없는데 아버지가 이런 수술을 받게 하고 싶지는 않거든요. 마흔 살이라도 이런 종류의 수술에서 회복하는 것은 살인적인 고통일 거예요. 헌데 여든여섯이면 도저히 상상할 수도 없어요—안 그래요?"

"필립, 다른 의견을 들어보고, 그러고 나서 원하면 나한테 다시 전화를 해. 그때 좀더 이야기를 해보자고. 잊지 마, 아버님이 죽는 걸 막을 수는 없고, 어쩌면 고통을 겪는 것도 막을 수 없을지 몰라. 나는 수백 명이 부모 일로 이런 과정을 겪는 걸 봐왔어. 자네는 어머님의 경우에는 그 과정을 면제받았고 또 어머님도 면제받았지. 아버님의 경우에는 그렇게 쉽게 될 것 같지 않아 보이네."

열시쯤, 다른 일을 생각할 것이 좀 있어 센트럴파크에서 산책을 해보려고 한 뒤, 그날 아침 두번째로 아버지에게 전화를 했다. '좀비'—어린 시절 형하고 어빙턴의 렉스 극장으로 공포영화를 보러 가곤 하던 시절 이후로는 들어보지 못했던 말인 듯하다—라는 말이 계속 가장 끔찍한 의학적 시나리오들을 불러냈으며, 공원으로 갈 때와 마찬가지로 어리벙벙한 상태로 호텔에 돌아왔을 때 나는 아버지에게 전화를 걸어 드라이브 가지 않겠느냐고 물었다. 나는 계속 아버지가 아파트에서 라디오도 끄고 커튼도 쳐놓은 채 소파 구석에 앉아만 있을 거라고 상상했다—그렇게 상상할 때면 저 너머 엘리자베스에서 서로 동무해주며 함께 있는 아버지와 아버지의 심각한 종양을 몇 시간 잊기 위해 나 혼자 뉴욕을 어슬렁거린다거나, 친구와 점심을 먹는다거나, 극장에 앉아 있는다는 것은 도무지 말이 되지 않았다.

아니, 드라이브는 가고 싶지 않다.

하지만 아름다운 봄날이었다. 우리는 오렌지 산맥까지 드라이브를 할 수 있었다. 그루닝스에 가서 점심을 먹을 수 있었다.

아니, 집에 있는 게 더 낫다.

나는 그쪽으로 갈 테니 함께 산책이라도 하자고 말했다.

산책하고 싶지 않다.

나는 훈제 연어와 베이글을 좀 사갈 테니 아파트에서 릴과 셋이 점심을 먹자고 말했다. 릴은 있나?

릴은 위층에 있다.

그래, 내려오라고 해서 점심을 함께하자.

그럴 필요 없다.

'아버지는 그럴 필요가 없을지 모르지만,' 나는 생각했다. '나한테는 있어요.' 그래서 나는 밖으로 나가, 6번가 식료품점에서 훈제 연어, 베이글, 크림치즈를 산 다음 차를 끌고 저지로 넘어갔다.

이번에 턴파이크를 나설 때는 실수로 묘지로 가는 길로 들어서지 않으려고 운전에 집중을 했다. 그런 실수를 버릇처럼 해서 얻을 것은 아무것도 없었다, 그렇다고 전날 길을 잘못 든 것을 후회한다는 것은 아니었지만. 그것이 무슨 이익을 주었는지는 설명할 수 없었겠지만—그것은 위로나 위안이 아니었으며, 어느 편인가 하면 아버지의 운명에 대한 내 느낌을 확인해주기만 했을 뿐이다—그럼에도 거기에 가게 되었다는 것이 여전히 기뺐다. 혹시 내 만족은 결국 묘지 방문이 서사적으로 옳았다는 사실로 요약되는 것이 아닌가 하는 생각이 들었다. 역설적으로 거기에는 어떤 사건이 전적으로 무작위적이고 예측 불가능한 것은 아니라는 느낌이 있었으며, 적어도 그런 면에서는 무시무시하게 예측 불가능했던 모든 것으로부터 충격을 받은 나에게 묘한 안도감을 주었다.

아파트에 도착했을 때, 아버지는 상상한 대로 소파에 혼자 앉아 있었으며, 애처로울 정도로 의기소침해 보였다. 커튼도 정말로 쳤고 라디오 음악도 정말로 꺼진 상태였으며, 심지어 씀씀이가 헤픈 이웃에게서 어제 신문도 빌리지 않은 것 같았다. 가져간 음식을 풀기 시작하자 아버지는 배가 고프지 않다고 말했다. 바로 먹는 대신 나가서 산책을 하자고 하자 그러고 싶지 않다는 뜻으로 이해되는 소리를 냈다.

"릴은 어디 있어요?" 나는 물으며 아침 열한시쯤인데도 램프를 켰다.

"위층에."

"보고 싶지 않으세요?"

아버지는 어깨를 으쓱했다. 어느 쪽이든 상관없다.

나는 두 사람이 말다툼을 하지 않았기를 바랐다. 물론 아버지는 릴이 자신에게 가장 절실하게 필요한 때에도 자신의 사명으로 삼고 있는 그녀의 그 많은 약점 박멸에 앞장서서 그런 약점부터 한두 가지 고치려 들고도 남을 사람이기는 했다. 그녀는 너무 많이 먹었고 체중이 많이 나간다. 인색해서 십 센트짜리도 내놓으려 하지 않는다. 아버지가 몹시 싫어하는 한 자매와 전화로 몇 시간씩 떠든다. 늘 어디론가 뛰어다닌다—쓰레기를 사러 이 벼룩시장으로, 쓰레기를 사러 저 벼룩시장으로. 양도성 정기예금으로 꽉 묶어두라고 해도 돈으로 어리석은 모험을 한다. 운전을 아버지 마음에 들게 하지 않는다…… 목록은 길었다. 어쩌면 끝이 없을지도 몰랐다. 물론 처음 사귀기 시작했을 때에는 아버지도 우리 모두와 똑같이 행동했지만. 1982년과 1983년, 아버지가 홀로되고 두번째와 세번째 겨울을 나러 플로리다로 가고 그녀는 여전히 뉴저지에서 일을 하고 있었을 때, 아버지는 매일 그녀에게 편지를 썼다. 대체로 그날 하루 동안 있었던 일을 단편적으로 모아놓은 것으로, 자신이 깨어 있는 시간들에 관한 작은 뉴스 속보들의 잡다한 모음집이라 할 만했다. 이 편지들은 쾌활하고, 장난스럽고, 유별나게 사랑이 넘쳤고, 수줍게 성적이었고, 뻔뻔스럽게 로맨틱했으며, 이따금씩 명랑한 엉터리 시(표절한 것도 있었고 창작한 것도 있었다)로 장식을 하기도 하고 두 사람이 손을 잡고 있거나, 끌어안고 키스하거나, 침대에 나란히 누워 있는 봉선화棒線畫*로 꾸미기도 했다. 편지는 "스위트 릴럼스"와 "헬로

베이비"와 "디어리스트, 디어 릴"로 시작했다—그는 자랑스러운 동시에 약간은 자신을 비웃는 투로 자신의 편지가 "설교, 철악,[**] 시, 미술의 지속적 흐름"이라고 그녀에게 묘사했다. 그리고 또 애정이라고. 아버지는 썼다. "겨울이 가혹하지 않았으면 좋겠군요. 출퇴근할 때 조심해요……" "당신이 없으니 또 하루의 따분한 날이오……" "여기 내 손이 있으니 힘주어 꼭 잡아요……" 하고 나서 그 밑에 초등학교 삼학년짜리 같은 실력으로 그린 손 그림이 있었다. "하루종일 당신을 생각하오……" "전화를 했을 때, 당신의 예쁜 얼굴에서 미소를 보았소, 또 당신 목소리에서 행복을 보았소, 어, 솔직히 말해서, 나도 미소를 지었소……" "그 남자가 라디오에서 부르고 있는 노래는 〈Are you lonsome tonight?〉이오. 당신 외롭소? 나는 외로웠소……" 아버지는 평범한 봉투 하나에 그녀를 위해 〈Love Somebody〉 〈Love Makes the World Go 'Round〉 〈Love Is a Many-Splendored Thing〉 〈L-O-V-E〉, 영화 〈러브 스토리〉에 나오는 〈Where Do I Begin〉의 악보 첫 장들을 복사해 넣었다. 아버지는 매일 무엇을 먹었고, 몇시에 수영을 얼마나 오래했는지, 어디로 산책

---

* 동체, 사지는 직선으로, 머리는 원으로 인물을 그린 도식적 표현.

** philosuphy. 철자를 틀리게 쓴 것. 뒤에서도 허먼 로스는 종종 철자를 틀린다.

을 얼마나 오래 갔는지, 누구하고 카드를 하고 훈수를 두었는지, 다시 그녀를 볼 날까지 정확히 며칠이 남았는지, 심지어 뭘 입고 있는지 정확하고 자세하게 알렸다. "완전히 흰색으로 입고 있다오, 구두, 양말, 바지, 셔츠. 재킷에 관해 말하자면, 어디 봅시다. 당신이 좋아하지 않는다고 하는 빨간색과 흰색이 섞인 것, 아니면 검은색과 흰색이 섞인 거요. 자, 스위티, 당신이 여기에서 골라줄 수 없으니 이 중요한 결정을 나 스스로 내려야만 할 거요. 둘 다 입어보니 빨간색과 흰색이 섞인 게 나한테는 어울려 보이오. 하지만 다른 쪽으로 결정했소. 대부분은 앉아 있을 거고, 그게 더 가볍기 때문이오. 그걸로 됐소……" 아버지는 일주일에도 몇 번씩 그녀에게 플로리다에서 보낸 첫 겨울에 만났던 부유하고 매력적인 과부들은 이제 아주 가끔 보는 정신적인 친구들일 뿐(사실과 약간만 차이가 있을 뿐이었다)이고, 그녀가, 그녀만이 아버지의 "예쁜 여인"임을 믿어달라고 간청했으며(그녀는 믿지 않는 것 같았다), 또 빌 웨버의 지평을 넓히려고 매일 노력하는 일에 관해서도 계속 보고를 했다. "빌은 엄격하게 유대인용 고기와 감자만 먹는 사람이라, 중국 음식을 먹으러 나가게 하는 일도 불가능하오……" "마침내 빌을 설득해서 중국 음식을 먹으러 나갔소……" 그때는 아버지가 그녀에게 말하고 싶지 않은 것이 단 하나도 없었다. 그때 그녀는 완벽했고, 심지어 결점마저 아름다웠다. 그래, 그때는 그녀의 신체 비율의 특징도 지금 그것을 묘사하는 데 사용할 만한 단어에 비하면 아첨에 가까운 단어로 표현되었다. "그 사람은 그 화가 그림 같아." 아버지는 나에게 말했다. "누구 말하는지 알지……" 나는 그때는 아직 릴을 만나지 못했지만 짐작을 했다. "루벤스요?" "그래, 그 사람." 아버지가 말했다. "뭐, 빵빵한 것도 좋죠." 나는 말했다. "필립," 아버지가 수줍게 말했다. "나는 어렸을 때 말고는 해본 적이 없는 일을 하고 있어." "우리 모두 그렇게 운이 좋아야 해요." 나는 아버지에게 말했다.

하지만 릴의 운명을 결정한 것은 그녀의 몸무게라기보다는 유순함, 자신의 약점에 관해 찌르고 쑤셔도 끈기 있고 둔감하게 관대한 태도를 보인 것(아니면, 아마도, 성자 같은 자질)이었다. 물론 그녀조차 감당하지 못할 정도로 비판이 심해지는 경우도 있었고, 그럴 때면 격분하여 아버지를 완전히 놀라게 해놓고 위층으로 올라가 하루, 심지어 이틀 동안 내려오지 않기도 했다. 그러면 아버지는 속으로 '젠장, 나한테는 여자가 수백 명 있어, 저 여자는 필요 없어' 생각하고 저 아래 밸 하버의 이 과부 저 과부에게 전화를 걸었다. 위쪽 유대인 연맹 플라자의 이사벨 버코위츠도 있었다. 그녀는 릴이 자매와 이 년에 한 번 가는 패키지여행을 떠났을 때 가끔 아버지를 만나러 오기도 했고, 아버지는 매주(또 릴과 사이가 나빠졌을 때마다) 그녀와 전화로 이야기를 했다. 하지만 사실 아버지가 전화를 하는 이 여자들은 릴보다 부유하고 세속적이었다. 성공한 사업가와 살다가 과부가 되어 릴보다 약간 여유 있게 사는 데 익숙하여, 아버지에게서 사회적으로 더 존중을 받을 수 있었다—간단히 말해서 아버지가 정착을 한 여자보다 유순하지 않았으며, 아버지가 결함을 교정하려고 하루에 백 번씩 잔소리를 해도 아무 탈이 없으리란 보장도 없었다.

릴은 은퇴할 때까지—아버지가 그녀의 더 나은 판단을 누르고 그녀를 설득해서 은퇴를 한 것인데—공교롭게도 내 어린 시절 친구인 레니 로노프가 운영하는 자동차 부품 가게에서 일했다. 레니는 초등학생 꼬마 시절 우리집에서 바로 길 건너에 살았다. 릴은 남편이 죽은 직후—우리 어머니가 죽고 나서 일 년 뒤였다—아버지가 사는 아파트로 이사를 했고 그곳에서 두 의붓아들 가운데 하나인 케니와 살았는데, 케니의 돈에 대한 감각은 아버지의 기준에 완전히 부응하지는 못했다. 아버지는 케니가 사업을 하는 방식이 못마땅했을뿐더러, 레니 로노프가 자동차 부품점을 운영하는 방식도 마음에 들지 않았다. 아버지가 릴에게 그런 이야기를 하자, 릴은 아버지가 무슨 이야기를 하고 있는지도 모르겠다거나 아버지의 의견은 필요 없다고 반박하는 대신, 앉아서 듣기만 하고 말대꾸를 하지 않았는데, 내가 보기에는 이런 인내가 아버지를 유혹하는 데 루벤스 같은 풍만함보다 큰 역할을 했던 듯하다. 그런 풍만함을 아버지는 곧 식사 때마다, 코스가 나올 때마다, 한입 먹을 때마다 자신이 그렇게 무자비하게 야단을 침에도 계속 너무나도 많이 먹는 것으로 인해 생긴 결과로 보게 되었으니까. 먹는 것이 그녀의 유일한 복수였으며, 종양과 마찬가지로 그것은 아버지가 아무리 욕을 퍼부어도 멈출 수가 없는 것이었다.

아버지는 자신의 극기심과 강철 같은 자기 규율 능력이 특별한 것이지 모두가 공유하는 자질은 아니라는 사실을 절대 이해하지 못했다. 자신처럼 불리한 조건과 한계에도 그런 것을 갖추고 있다면, 다른 누구라도 그럴 수 있다고 생각했다. 필요한 것은 의지력뿐이었다—마치 의지력이 나무에서 자란다는 듯이. 자신이 책임을 지고 있다고 생각하는 사람들을 향한 확고한 의무감 때문에 아버지는 그들의 약점으로 보이는 것에 대해서도 그들에게 필요한 것으로 보이는—반드시 잘못 보는 것은 아니었다—것에 그러듯이 본능적으로 반응할 수밖에 없는 듯했다. 그리고 아버지는 독단적인 인격체였기 때문에 또 아버지의 내부 깊숙한 곳에는 선사시대의 무지라는 순수한 금괴도 박혀 있었기 때문에, 아버지는 자신의 훈계가 얼마나 비생산적일 수 있고, 얼마나 사람을 화나게 할 수 있고, 때로는 심지어 얼마나 잔인할 수 있는지 전혀 몰랐다. 아버지는 아마 말을 물까지 끌고 갈 수도 있고 물을 마시게 할 수도 있다고 말했을 것이다—말이 정신을 차리고 물을 마실 때까지 그냥 끊임없이 '혹'하기만 하면.(혹hock: 이디시어로 이 맥락에서는 경고와 명령과 애원으로 괴롭히고, 위협하고 두들긴다는 뜻이다—간단히 말해서 말로 사람 머리에 구멍을 뚫는 것.)

어느 12월 아버지는 릴과 함께 웨스트팜비치에 가서 형한테 공들여 휘갈겨 쓰는 특유의 글씨체로 하얀 편지지 두 장의 양면을 가득 채우는 편지를 썼다. 샌디는 둘이서만 플로리다에 함께 있게 되면 가정의 평화를 위해서라도 릴을 비판하는 것을 조금 자제하도록 노력하라고, 특히 먹는 것을 가지고 그러지 말라고 주의를 준 적이 있었다. 그러면서 혹시 조너선에게도 조금 살살 해주면 어떨지 모르겠다고 덧붙였다. 조너선은 샌디의 둘째아들로 당시 막 코닥의 영업사원으로 들어가 난생처음 제대로 돈을 벌기 시작했는데, 아버지는 매주 전화를 하거나 편지를 해 아이한테 평소처럼 가차없는 태도로, 돈을 쓰지 말고 저축을 하라고 충고하고 있었다.

샌디에게,

내가 보기에는 두 가지 유형의 철악이 있다(사람들 사이에). 관심이 있는 사람, 그리고 그렇지 않은 사람, 행동하는 사람과 꾸물거리다 절대 행동하거나 돕지 않는 사람.

퇴근하고 집에 왔는데 몸이 좋지 않았지. 너하고 필이 아주 어릴 때였다. 어머니는 저녁상을 차렸고, 나는 앉아서 먹지 않고 대신 거실로 들어갔다. 한 시간이 안 되어 닥터 바이스가 집에 왔지. 어머니가 전화를 한 거였다. 그래서 다음 대화가 오갔다. 의사는 내게 무슨 문제가 있느냐고 물었다. 나는 말했지, 심장 위쪽에 통증이 있다고. 진찰을 해보더니 아무런 문제도 찾아낼 수 없다고 하더구나. 그러더니 내가 지나치게 하는 게 뭐냐고 물었다. 나는 의사한테 내가 생각할 수 있는 유일한 일은 담배를 많이 피우는 것이라고 말했다. 의사는 하루에 스물네 개비에서 세 개비로 줄이는 게 어떻겠느냐고 하더구나. 나는 그러느니 아예 끊는 게 낫겠다고 말했고 일주일이 지나지 않아 담배를 완전히 끊었고 통증도 사라졌다. 어머니는 관심을 가졌고 닥터 바이스는 조언을 했고, 나는 귀를 기울였다. 이 세상에는 조언을 해주는 사람들이 많고, 또 관심을 갖고 행동하는 사람들, 귀를 기울이는 사람들도 있다. 많은 경우 목숨을 구하지. 또 지나치게 빠져드는 사람들, 너무 많이 피우고, 너무 많이 마시고, 약을 하는 사람들도 있고, 충동적으로 먹어대는 사람들도 있다. 어느 경우든 이런 조건은 모두 병을 일으키고 때로는 더 심한 일도 생긴다.

너는 집을 원했지. 나는 즉시 가서 집 살 돈을 주었다. 왜? 내가 관심 가졌으니까. 필이 탈장 수술이 필요했고, 나는 그 아이를 의사한테 데려갔고 아이는 수술을 받았다. 어머니가 이십칠 년 동안 고통을 겪은 뒤에도 똑같았다. 왜냐, 내가 관심을 가졌고 내가 행동하는 사람이기 때문에. 어머니의 부모들이 관심을 가졌을까, 그럴 거라고 짐작하지만 나는 두 사람 모두의 고통을 느꼈고 행동했다. 나는 꾸물거리지 않았다. 나는 존에게 말을 하고 그 아이를 혹해. 나는 온갖 종류의 흔해 빠진 말을 사용해. "예를 들어" 바보와 돈은 곧 헤어진다) (절약한 한푼은 벌어들인 한푼이다) (언젠가 너에게 의존하는 노인이 생길 거다.) 아이가 그게 누구냐고 물으면 너라고 말한다.) 등등 나는 한 번만 말하는 게 아니고 계속 말하거나 혹해. 왜냐, 아이가 잊어버리거든, 강박에 사로잡힌 술꾼처럼, 마약 하는 사람 등등처럼. 왜 내가 계속하느냐, 혹하느냐? 나도 그게 엄청나게 귀찮게 하는 거라는 걸 알지만, 내가 좋아하는 사람이라면 나는 고치려고 노력할 거다, 설사 그 사람들이 반대하거나 자신을 훈육/혼육하지 않으려고 해도. 여긴 나 자신도 포함돼. 나는 나의 양심과 많은 전투를 치렀지만 지금도 나의 그릇

댄 생각과 싸워. 나는 관심을 가져, 나의 길에 있는 사람들에게.

철자와 글솜씨는 용서해다오. 전에도 글을 잘 쓴 적은 없지만 이제 더 나빠졌어, 눈도 잘 보이지 않아.

혹하는 사람, 철자 잘못 쓰는 사람
관심을 갖는 사람이 되어야 해
사랑으로
아빠.

나는 늘 계속해서

닦달하고 관심을 가질 거다. 그게 나다
내가 좋아하는
사람들에게

"릴하고 싸웠어요?" 나는 안으로 들어가 아버지가 혼자인 것을 보고 물었다.

"어차피 여기 붙어 있지를 않는데, 싸운다고 해서 뭐가 달라진다고 그래? 늘 여기 뛰어다니고, 저기 뛰어다니는데. 그 여자가 아팠을 때는 내가 돌봐줬어, 손발이 닳도록 시중을 들었다고. 그 여자가 어떻게 되든 상관없어. 가라고 해. 나는 괜찮아. 아무도 필요 없어."

"제가 끼어들 일은 아니지만, 정말이지 지금이 싸움을 시작하기 좋은 때라고 할 수 있나요?"

"나는 누구하고도 싸우지 않아." 아버지는 말했다. "나는 절대 싸우지 않아. 내가 그 여자한테 뭐라고 하는 건 그저 그 여자 잘되라고 하는 얘기야. 그런데 듣고 싶지 않다면, 어떻게 하든 상관없어."

"자, 스웨터를 입고 운동화를 신으세요. 제가 릴한테 전화를 할 테니까. 릴이 함께 가고 싶다고 하면 다 같이 산책을 나가는 거예요. 아름다운 날이라 이렇게 안에만 앉아 있을 수는 없어요. 커튼까지 다 내리고 말이에요."

"나는 안에 있어도 괜찮아."

그 순간 나는 아버지에게 네 단어, 그전에는 평생 아버지에게 해본 적이 없는 네 단어를 내뱉었다. "제가 하라는 대로 하세요." 나는 그렇게 말했다. "스웨터를 입고 운동화를 신으세요."

그것은, 그 네 단어는 먹혔다. 나는 쉰다섯이고, 아버지는 여든일곱이 다 되었고, 때는 1988년이다. "제가 하라는 대로 하세요." 나는 그렇게 말하고—아버지는 그렇게 한다. 한 시대의 끝이고, 다른 시대의 새벽이다.

아버지가 옷장에 가서 밝은 빨간색 스웨터를 입고 하얀 아디다스를 신는 동안 나는 릴에게 전화를 걸어 우리와 함께 산책을 나가고 싶은지 물었다.

"아버지가 산책을 나간대요?" 그녀가 말했다. "정말로?"

"나간대요. 와서 같이 가요."

"나도 함께 산책을 가자고, 그게 아버지한테 도움이 될 거라고 하는데, 아버지는 내가 찍소리도 못하게 해요. 뭐라고 하려는 게 아니라 그냥 그게 사실이잖아요, 필립. 아버지가 말을 듣는 사람은 필립뿐이에요."

나는 웃음을 터뜨렸다. "이것도 오래가지 않을지 몰라요."

"바로 내려갈게요." 그녀가 말했다.

우리 셋은 세 블록 떨어진 잡화점까지 갔다. 낡은 아파트 건물들을 지나 엘리자베스에 마지막 남은 빅토리아 시대풍의 부유한 주택들이 서 있던 자리에 올라가는 새 콘도미니엄들을 지나갔다. 어머니가 죽던 날 지나치게 늘여 걸었던 바로 그 산책로였다. 릴이 한쪽 팔을 잡고 내가 다른 팔을 잡았다. 시력이 약해져 걷는 것이 아버지에게는 매우 불안한 일이었다. 불과 몇 달 전만 해도 아버지는 성한 눈의 백내장이 어서 갈 때까지 가기를 참을성 있게 기다렸다. 그래야 제거할 수 있으니까. 그러나 이제는 시력, 그리고 그와 더불어 건강한 독립성을 회복해주는—그렇게 자신 있게 가정했다—작은 수술을 고대하는 대신 자신을 죽일 수도 있는 머리 수술을 생각하고 있었다.

걸어가는 동안 아버지가 아주 산만하게 과거를 회상하기 시작했다. "기억이 전 같지 않구나." 아버지는 설명했다.

하지만 그것이 사실이라고 할 수는 없었다. 시퀀스는 종종 무작위적이었고 초점이 가끔 흐려진 건 맞지만, 최상의 상태에서도 아버지의 회상 논리는 늘 약간 포착하기 힘들었기 때문이다. 물론 아버지는 죽은 지 이십 년, 삼십 년, 사십 년 되는 사람들의 이름이나, 그들이 살던 곳, 친족 관계, 반드시 기억에 남을 만하다고는 할 수 없는 이런저런 자리에서 그들이 아버지에게 했던 말이나 아버지가 그들에게 했던 말을 기억하는 데는 어려움이 없었다.

우리는 아버지의 모계를 통해 방대한 가족 네트워크에 속해 있었는데, 이것은 1939년, 그러니까 유럽 전쟁이 발발하던 해에 결국 가족 결사로 조직되었다. 내가 성장하는 동안 이 결사체는 뉴어크 안과 그 주변의 약 여든 가족, 그리고 보스턴 안과 그 주변의 약 일흔 가족으로 이루어져 있었다. 매년 모임이 열리고 매년 여름 소풍을 갔으며, 분기마다 집안 신문이 나왔고, 집안의 노래, 집안의 인장, 집안의 문구가 있었다. 해마다 빠지지 않고 모든 가족의 현재 명부와 주소록이 발송되었고, '해피데이 펀드'가 병자와 요양자를 돌보았으며, '교육 펀드'가 집안 아이들의 대학 교육비를 지원했다. 1943년 허먼 로스는 그의 가족 구성원으로서는 다섯번째, 형제들 가운데는 두번째로 회장으로 선출되었다. 허먼 로스 밑의 첫 부회장은 매사추세츠 주 록스베리의 해럴드 차반이었다. 해럴드 차반은 맥스 차반과 아이다 플라슈너의 아들이었다—해럴드의 삼촌은 이 집안에서 미국에 처음 건너온 엉클 샘 플라슈너였다. 두번째 부회장은 뉴욕에 살던 허먼 골드스타인이었다. 골드스타인은 센더 로스와 마찬가지로 모자 상인이었으며, 리보위츠와 카드 놀이를 즐겼고, 1913년 유럽에서 누이 셀리아와 함께 건너왔을 때 러트거스 스트리트에서 그의 가족과 함께 살게 된 조카 버사와 결혼했다. 허먼 로스 밑에서 회계 담당자로 일한 사람은 부인 베스—나의 어머니—였고, 비서는 제수 버딘, 즉 버니의 부인이었고, 서기는 허먼 로스의 여동생 베티였다…… 이 모든 이야기를 아버지는 우리가 노스브로드 스트리트를 따라 걸어내려가기 시작했을 때 릴과 나에게 해주었다.

"당시 우리 종친회는," 아버지는 말했다. "그런 종류의 조직으로는 미국에서 가장 크고 강력한 것으로 꼽혔지." 내가 어린 시절 아버지가 나한테 메트로폴리탄생명이 "세계에서 가장 큰 금융기관"이라고 말하곤 하던 때의 바로 그 말투였다. 우리는 보통 사람들이었을지 모르지만, 우리의 결사체는 위대하지 않다고 할 수 없었다.

느닷없이 아버지가 말했다. "어머니와 내가 뉴어크에서 이사 왔을 때 엘리자베스의 이 구역에는 유대인밖에 없었어. 물론 어머니가 여기에서 자랄 때는 그렇지 않았지. 그때는 다 아일랜드 사람이었어. 모두 가톨릭이었지. 이젠 그렇지 않아. 스페인 사람, 한국 사람, 중국 사람, 흑인. 미국의 얼굴은 매일 바뀌고 있어."

"맞아요." 내가 말했다. "제 친구는 맨해튼의 14번가는 '제삼세계'의 5번가라고 하더라고요."

"아버지가 러트거스 스트리트의 집을 팔았을 때, 그 집을 산 건 이탈리아 가족이었지."

"그래요? 얼마나 받았어요? 그게 몇 년이죠?"

"나는 1901년에 태어났고, 우리 가족은 1902년에 러트거스 스트리트로 이사와서 십사 년을 살았으니, 1916년에 판 게 틀림없어. 육천 달러, 그게 아버지가 받은 돈이야. 그 이탈리아인은 오 센트짜리, 십 센트짜리, 이십오 센트짜리로 돈을 냈지. 그걸 세는 데 일주일이 걸렸어."

세일럼 애비뉴로 다가가자 아버지는 모퉁이의 아파트를 가리켰다. "저기가 밀리가 살던 데야."

물론 나도 알고 있었다. 그녀와 남편 조 코미사르, 그리고 나의 사촌 앤은 오래전, 내가 대학에 다닐 때 그곳으로 이사왔다. 밀리는 어머니의 두 여동생 가운데 하나였다. 밀리는 불과 몇 달 전 일흔여덟의 나이로 죽었으며, 아버지는 그 건물을 가리킬 때 그녀가 살던 곳이 아니라 이제는 살아 있지 않은 그녀가 이제는 살고 있지 않은 곳을 가리키고 있었다. 밀리와 조는 어머니의 한쪽 옆에 묻혀 있었으며, 아버지의 자리는 반대편 옆이었다. 그곳이 지금 밀리가 살고 있는 곳이었다.

"아버지는," 어머니가 살아서 했던 마지막 긴 산책의 목적지였던 잡화점에 다가갈 때 아버지가 말했다. "아버지는 에드 형이 세속적인 여자와 결혼하는 것을 막으려고 때릴 수밖에 없었지. 에드를 때릴 수밖에 없었어."

에드 삼촌은 덩치가 크고 성질이 급한 사람으로 내가 어렸을 때 풋볼 시합에 데려가곤 했다. 삼촌의 큰 손과 부러진 코와 거칠고 논쟁을 좋아하는 성격 때문에 나는 한두 시간 동안 짜릿함을 맛보곤 했다. 나는 삼촌을 사랑했지만 하루의 외출이 끝날 때면 삼촌이 내가 아니라 사촌 플로렌스의 아버지라는 사실을 늘 다행으로 여기곤 했다. "그 이야기는 처음인데요." 내가 말했다. "할아버지가 삼촌을 때렸어요?"

"그럴 수밖에 없었지. 그렇게 형을 구했어. 그 여자한테서 구했지."

"에드가 몇 살 때인데요?"

"스물세 살."

아버지는 내가 열여섯 살, 고등학교 마지막 학년일 때 그 이야기를 처음 해주었다. 왜 그 이야기를 했는지는 기억나지 않지만, 저녁식사 시간, 식사가 거의 끝났을 때였고, 격분한 나는 식탁에서 벌떡 일어나 그 방에서 뛰쳐나갔는데, 등뒤에서 아버지가 결론을 내리는 소리가 들렸다. "이제는 그런 훈육이 사라지고 없어." 어머니는 다시 돌아가 디저트를 먹으라고 설득하러 내 방으로 들어와, 아버지가 무슨 말을 해서 나를 그렇게 불쾌하게 했건 아버지를 용서하라고 간청했다. "제발, 얘야, 날 위해서 그렇게 해. 네 아버지는 교육받은 사람이 아니야……" 하지만 나는 완강했고 스물세 살짜리 남자—설사 에드 삼촌처럼 고집 센 남자라 해도—에게서 여자를 사랑하는 마음을 억지로 빼앗는 것을 칭찬할 만한 훈육의 형태라고 생각하는 사람과 마주앉아 젤-O를 떠먹으러 돌아가기를 거부했다.

틀림없이 아버지는 그 사건을 잊었고, 사실 나도 잊고 있었다. 그러다 삼십구 년이 지난 이 순간, 어떤 알 수 없는 이유로 아버지가 다시 나에게 그 이야기를 해주겠다고 했을 때 떠오른 것이다.

하지만 이제는 그 이야기를 하는 사람에게 격분하지 않았다.

오히려 이제는 나 자신이 철학적으로 아버지에게 말하고 있었다. "그래요, 이제는 그런 훈육이 사라지고 없지요."

"없지. 내 동생 버니, 평안히 잠들기를, 내가 버딘 블로크와 결혼하지 말라고 했더니 그 아이가 뭐랬는지 아니? 물론 내가 옳다는 게 증명되었지. 이십 년 결혼생활을 하고 아름다운 자식 둘을 둔 뒤에 결국 가족이 다 박살나는 그런 끔찍한 이혼을 하고 말았으니. 하지만 내가 버딘에 관해 주의를 주었을 때, 내가 '버니, 그 여자는 네 어머니라고 해도 좋을 만큼 나이가 많아 보여—그게 네가 정말로 원하는 거야?' 하고 말했을 때 그 아이가 나한테, 그저 주의를 주려고 하는 형한테 뭐라고 했는지 아니? '염병할 네 일이나 잘해.' 그러고 나서 우리는 몇 달 동안 말도 안 했어."

"그게 언제예요?" 내가 물었다.

"그거? 그건 분명히…… 1927년이야. 나는 2월에 어머니와 결혼하고 버니는 7월에 버딘과 결혼했지."

"두 분이 같은 해에 결혼했다는 건 미처 몰랐네요." 내가 말했다.

우리는 이제 왔던 길을 되돌아가고 있었다. 아버지는 잠시 입을 다물었다. 이윽고, 오랫동안 열심히 노력한 끝에 까다롭기 짝이 없는 문제의 해법을 희미하게 감지한 것처럼 말하기 시작했다. "그래…… 그래……"

"뭐가요?" 내가 물었다.

"나는 오래 살아 있었어."

"아버지는 보험사 직원이니까 통계를 아시잖아요. 보험 통계표에서 아버지는 고령을 달성한 거예요."

"종양이 어디 있다고?" 아버지가 이틀 사이에 두번째로 물었다.

"뇌간의 앞쪽이요. 두개골 바닥에."

"사진은 봤니?"

아버지가 자신이 모르는 새에 너무 많은 일이 진행되었다고 생각하는 것을 원치 않았기 때문에 나는 거짓말을 했다. "봤다 해도 뭐가 뭔지 알 수 없었을 거예요." 내가 말했다. "아버지, 수술할 수 있어요—그걸 잊지 마세요." 하지만 그것이야말로 아버지가 잊을 수 없는 것, 가장 두려워하는 것이었다. "우리 모두 그 길을 따라가야 한다고 결정하면, 의사가 손을 집어넣어 그걸 꺼낼 거고, 잠깐 요양을 하면 아버지는 다시 원래대로 돌아갈 거예요."

"몇 년 더 살면 근사할 텐데." 아버지가 말했다.

"더 사실 거예요." 내가 말했다.

나는 일요일 아침에 다시 차를 몰고 갔고 아버지는 내가 가져갈 셰리 잔들을 준비해놓았다. 잔마다 따로 지난주 일요일자 스타-레저 종이로 싸서 구두 상자에 다 함께 한덩어리로 큼지막하게 쑤셔넣었다. 한 번도 그것을 사용한 적이 없다, 아버지는 말했다, 필요하지도 않다, 하지만 클레어와 내가 시골에 가서 그것을 즐기기를 바란다.

어머니가 죽은 뒤로 아버지가 우리와 함께 지내러 코네티컷에 올 때 우리는 우리 지역 운전기사를 엘리자베스로 보내 아버지를 태워 오게 했는데, 그때마다 종이봉투나 쇼핑백이나 격자무늬 손가방에 뭔가를 챙겨 세 시간 동안 차를 타고 왔다. 그것은 이번의 셰리 잔과는 달리 보통 내가, 또는 클레어와 내가 아버지와 어머니에게 보낸 선물이었는데, 이제, 오랜 세월이 흐른 뒤, 아버지는 마치 그것이 빌려주거나 보관해달라고 맡겨놓은 것이기라도 한 것처럼 나에게 돌려주고 있었다. "이게 그 냅킨이다." "무슨 냅킨이요?" "아일랜드산." 아일랜드? 그러면 1960년, 내가 구겐하임 기금을 받아서 그곳에 갔던 해일 것이다. 당시의 아내와 나는 집으로 오는 길에 아일랜드에 들러 조이스의 더블린을 걸어다녔다. "식탁보도 있어." 아버지가 덧붙였다. "스페인산." 1971년. 가우디의 바르셀로나. 또는, "식탁용 매트야. 어머니는 이걸 한 번밖에 안 쓴 것 같아. 어머니한테는 이게 특별한 거라, 그냥 갖고만 있었지." "스테이크 나이프다." 또 "꽃병이다." 또 "커피잔들이다." 처음에는 저항감이 들어 아버지에게 설명했다. "하지만 그건 아버지 거예요. 선물로 드린 거라고요."

그러면 아버지는 이렇게 내 앞에 짐을 부려놓는 것에 모욕감이 숨어 있을 수도 있다는 생각은 조금도 하지 못하고 대꾸하곤 했다. "도대체 내가 그게 뭐에 필요하겠니? 이 벽시계를 봐라. 누군가 우리한테 준 아름다운 벽시계야. 돈깨나 썼을 거다. 그런데 이게 나한테 무슨 소용이야?"

그 시계는 1973년 헝가리에서 약 이백 달러를 들여 산 것이다. 나는 그것을 어머니에게 주었다. 어머니가 좋아하는 종류의 꽃무늬가 있는 작은 도자기 시계로, 어느 봄에 프라하의 친구들을 만나고 돌아오는 길에 부다페스트의 골동품상에서 어머니를 주려고 산 것이었다. 나는 그것을 말없이 도로 받았다. 조금씩 모든 것을 돌려받았고, 그때마다 아버지가 가장 소중하게 여기는 사람들이 아버지에게 사랑을 보여주려고 준 것들의 감정적 가치가—심지어 물질적 가치도—아버지에게는 얼마나 하찮았는지 깨달았다. 그러면서 가족의 요구에 감정적으로 압도당하던 사람에게서 그런 특정한 맹점을 보게 되다니 이상하다는 생각이 들곤 했다—아니, 어쩌면 전혀 이상하지 않은 것인지도 몰랐다. 그깟 기념품이 아버지에게 혈연의 엄청난 힘을 어떻게 상징할 수 있을까? 물건 하나하나를 일급 백화점의 잘 훈련받은 환불 창구 직원처럼 돌려받으면서, 혹시 아버지는 이 선물들을 낡은 신문지에 싸서 온갖 종류의 판지 상자에 쑤셔넣으며 이런 식으로 처리하면 장례식 뒤에 우리가 귀찮게 정리해야 할 아버지의 소유물이 너무 많아지는 것을 막을 수 있다고 생각하는 것은 아닌지 궁금했다. 아버지는 동정심 없는 현실주의자가 될 수 있었지만, 나라고 괜히 그의 자식이 아니었으니, 나도 얼마든지 현실적이 될 수 있었다.

이번에는, 물건을 그냥 말없이 돌려받는 대신, 아버지한테 내가 아직 뉴욕 호텔에 어정쩡하게 묵고 있고, 다음에 언제 코네티컷에 갈지 모르니, 그 잔들은 아버지가 갖고 있는 것이 낫겠다고 말했다.

"가져가." 아버지가 고집했다. "없애버리고 싶어."

"아버지." 나는 구두 상자를 찬장의 튀어나온 중앙부에 놓았다. 그동안 내내 그곳에 보관되어 있었을 것이라고 짐작했기 때문이다. "지금 우리가 걱정할 건 이런 잔이 아니에요."

하지만 다음에 없앨 것을 찾아 아파트를 빠르게 돌아다니고, 잔을 찾아내고, 신문지에 싸고, 구두 상자를 찾아내는 것—잠시 이것이 하루에 목적을 주고, 잔인하게 훼방하는 그 모든 것에도 불구하고 조금이나마 작은 해방감을 주었다. 이제 아버지에게는 다시 겁먹을 일밖에 없었다. 나는 갑자기 아버지 뜻대로 하마 하고 그냥 그 염병할 것을 호텔로 가져가지 않은 것이 미안했다. 하지만 나 또한 기진맥진한 상태였다.

"나는 평생 그런 식이었어." 아버지는 그렇게 말하며 언짢은 표정으로 소파의 아버지 자리에 주저앉았다.

"어떤 식이요?"

"충동적이었다고."

나는 아버지한테서 이런 종류의 자기비판을 듣는 데 익숙하지 않았고, 이것이 멋진 상황 전개인지 의문이 들기도 했다. 여든여섯에, 머리에 큰 종양까지 있는 상태이니, 재갈의 양쪽에, 평생 아버지가 똑바로 짐을 끌고 나아가도록 이끌었던 차안대를 계속 달고 있는 편이 나았다.

"저 같으면 그런 걱정은 하지 않겠는데요." 내가 말했다. "아버지가 충동적이기만 한 것은 아니잖아요. 조심스럽고 신중하기도 하잖아요. 왔다갔다하죠. 사람들은 다 그래요."

하지만 아버지는 뭔가가 계속 괴로운 듯 위로받으려 하지 않았다.

"무슨 생각을 하세요?" 내가 물었다.

"성구함聖句函을 줘버렸어. 성구함을 없애버렸어."

"왜요?"

"서랍 안에 있었거든."

성구함이란 짧은 성경 글귀가 담긴 작은 가죽 상자 두 개로, 정통파 유대인은 주중 아침에 기도를 하는 동안 그것을 작은 끈에 달아 몸에—상자 하나는 이마에, 다른 하나는 왼쪽 팔에—묶는다. 보험사 직원으로 과로하던 시절, 아버지에게 유대인이라는 사실은 형식적인 예배와는 별 관계가 없어, 아버지는 우리 동네의 첫 세대 미국인 아버지들이 대부분 그랬듯이 대제일大祭日* 에만, 또 누군가 상을 당해 조문을 갈 필요가 있을 때에만 근처 회당에 갔다. 집에서는 사실 아무런 예배도 드리지 않았다. 그러나 은퇴 후, 특히 어머니의 마지막 십 년 동안, 두 사람은 금요일 밤이면 거의 빠짐없이 함께 예배에 참석하기 시작했으며, 아직 아침에 성구함을 꺼낼 정도는 아니었지만, 아버지의 유대교는 어린 시절 이후 그 어느 때보다 회당과 예배와 랍비에게 또렷하게 초점을 맞추고 있었다.

성전은 길을 따라 백 미터 정도 내려가면 나왔다. 노스브로드 뒤의 작은 이면도로에 있는 낡은 집이었는데, 이곳은 지역 노인들로 이루어진 소규모 회중이 세를 낸 곳으로, 이 노인들은 유지비나 간신히 감당하는 정도였다. 놀랍게도—아마 다른 사람을 불러올 경제적 여유가 없었기 때문이겠지만—성가 독창자는 심지어 유대인이 아니라 불가리아 사람이었는데, 그는 주중에는 뉴욕의 한 경매 회사에서 일하다가 안식일이면 엘리자베스 유대

* 신년과 속죄일.

인의 이 작은 집회에 왔다. 예배가 끝나면 가끔 회중에게 〈옌틀〉과 〈지붕 위의 바이올린〉에 나오는 노래를 불러주기도 했다. 아버지는 이 불가리아인의 저음을 아주 좋아했고 그를 친구로 여겼다. 아버지는 또 주말에 예배를 인도하러 뉴욕에서 오는 예시바 학생을 높이 평가하여, 이 스물세 살짜리를 아주 정중하게 "랍비"라고 부르며 마치 현자라도 되는 것처럼 이야기했다.

표현이 아무리 수수하다 해도 아버지가 노년에 형식화된 종교를 갈망하는 것은 위선이나 관습적 예법에서 영향을 받은 것은 결코 아니었다. 사실 아버지는 규칙적으로 회당에 나가면서 위안—그런 행동이 아버지의 긴 삶에 부여하는 통일성의 느낌, 아버지가 거기 가면 느낀다고 하는 자신의 어머니나 아버지와의 교감—을 얻는 듯했는데, 이 때문에 성구함을 "없애버린 것"은 과거의 귀중한 물건을 간직하기보다는 버리는 아버지의 평생에 걸친 습관들 중에서도 유난히 수수께끼 같은 것으로 두드러졌다. 아버지의 유대교 신앙이 노년의 고립과 이제는 거의 사라진, 애쓰고 북적거리는 과거의 삶 사이에 정서적 고리를 제공하는 것처럼 보였기 때문에, 나는 아버지가 성구함을 버리는 대신 그것을 그냥 바라보는 것만으로도 그 오랜 물신적 힘 같은 것을 재발견하게 될 것이라고 상상했던 것이다.

하지만 나의 상상, 이 노인이 생각에 잠겨 오랫동안 방치했던 성구함을 만지작거리는 모습은 사실 너무나 감상적인 키치, 〈산딸기〉의 유대교적인 패러디에서나 나올 만한 장면이었다. 아버지가 실제로 성구함을 처분해버린 것이 훨씬 대담하고 신비한 상상력을 드러내며, 베케트나 고골만큼이나 별난, 개인화된 상징적 신화에서 영감을 받은 행동이라 할 만했다.

"성구함을 누구한테 줬어요?" 내가 아버지에게 물었다.

"누구? 아무한테도 안 줬어."

"그냥 버렸어요? 쓰레기통에?"

"아니, 아니, 당연히 안 그랬지."

"회당에 넘겼어요?" 나는 성구함을 원치 않거나 필요하다고 여기지 않게 되었을 때 어떻게 처리하는지 몰랐지만, 틀림없이 그것을 버리는 종교적인 관행이 있고, 회당이 그것을 감독할 것이라고 생각했다.

"Y 알지?" 아버지가 나에게 말했다.

"그럼요."

"운전해서 거기 갈 수 있었을 때만 해도 일주일에 서너 번 아침에 거기에서 수영을 하고, 훈수를 두고, 카드 게임을 구경하곤 했어……"

"그런데요?"

"어, 거기가 내가 간 데야. Y가…… 성구함을 종이봉투에 넣어 갔어. 로커룸이 비어 있어서, 거기 두었지…… 로커 한곳에."

자세한 내용을 드러내며 멈칫거리는 태도, 성구함을 처리하기 위해 아버지가 고안해냈던 원래의 음모를 이제 돌이켜보면서 스스로 당혹감을 느끼는 듯한 태도 때문에 나는 뭘 더 묻기 전에 조금 더 기다려보기로 했다.

"궁금한 게 있는데요." 내가 마침내 입을 열었다. "왜 랍비한테 가지 않으셨어요? 랍비한테 그걸 아버지 손에서 가져가달라고 하지요."

아버지는 어깨를 으쓱했고 나는 아버지가 자신이 하려는 일을 랍비가 아는 것을 원치 않았다는 것을 깨달았다. 아버지가 그렇게 존경하는 스물세 살짜리가 성구함을 버리려는 유대인을 어떻게 생각할지 걱정이 되었던 것이다. 아니면 그것도 내가 잘못 생각한 것인가? 어쩌면 아버지는 랍비 생각은 해본 적도 없을 것이고, 아마 어깨를 으쓱한 것도 그런 의미였을지 모른다—어쩌면 그것, 유대인 남자들이 서로 앞에서 부끄러움 없이 벌거벗고 서 있을 수 있는 그 은밀한 곳이라면 성구함을 걱정 없이 놓아둘 수 있을 것이라는 생각은 순간적으로 아버지에게 계시된 것일 수도 있었다. 아버지의 성구함이 아무런 해가 되지 않을 곳, 더럽혀지거나 모독을 당하지 않을 곳, 어쩌면 다시 신성해질 수도 있는 곳은 그 익숙한 유대인의 배와 불알들 사이라는 생각. 아마 그 행동이 의미하는 것은 젊은 견습 랍비 앞에서 아버지가 느끼는 부끄러움이 아니라, 지역 YMHA의 남자 로커룸이 회당의 랍비 서재보다 아버지가 지켜온 유대교의 핵심에 더 가깝다는—랍비가 턱수염이 땅까지 늘어진 백 살 노인이라 해도 성구함을 들고 랍비에게 가는 것보다 더 인위적인 일은 없을 것이라는 선언이었을 것이다. 그래, Y의 로커룸, 그들이 옷을 벗고, 땀을 흘리고, 악취를 풍기는 곳, 남자들 사이의 남자들로서 닳아빠지고 늙고 형태가 일그러진 몸의 구석구석에 서로 익숙한 상태에서 훈수를 두고 지저분한 농담을 하는 곳, 한때 그들 나름의 거래를 했던 곳—그곳이 그들의 성전이었고 그들이 유대인으로서 남아 있는 곳이었다.

아버지에게 왜 그것을 나한테 넘기지 않았느냐고 묻지는 않았다. 냅킨이며 탁자보며 테이블용 매트 같은 것들을 다 주는 대신 왜 성구함을 주지 않았느냐고 묻지 않았다. 내가 그것을 들고 기도할 일이야 없겠지만, 그래도 그것을 소중히 간직할 수는 있었다, 특히 아버지가 죽은 뒤에는. 하지만 아버지가 그것을 어떻게 알까? 아마 아버지는 나에게 성구함을 건네준다는 생각 자체를 내가 비웃을 거라고 생각했을 것이다—그리고 사십 년 전이라면 아버지 생각이 맞았을 것이다.

내가 그렇게 묻지 않은 것은 그렇게 하는 것이 진짜로 우리 둘을 다시, 내가 도무지 헤어나오지 못하던 그 감상적인 시나리오 안으로 다시 데려다놓는 것임을 깨달았기 때문이다. 약간 믿기지 않는 일이었지만, 아버지의 성구함에 관한 한, 예측 가능한 감상적인 면으로 상상이 계속 달려가는 사람은 나였고, 반면 아버지의 상상력은 진정으로 파격적인 재능 특유의 진정성을 갖추고 있었으며, 가장 얼빠진 행동에도 제의적인 강렬함을 부여할 수 있는 원초적 감각이 이 재능을 휘두르고 있었다.

"뭐," 아버지가 더 할 이야기가 없다는 것이 분명해졌을 때 나는 입을 열었다. "아버지 친구들 가운데 한 분이 수영장에서 나왔을 때 아주 놀랐겠죠. 기적이 일어났다고 생각했을 거예요. 로커 밑바닥에 샤워용 슬리퍼를 두고 갔는데, 보라, 그게 성구함으로 바뀌었도다. 단지 하느님이 존재한다는 증거일 뿐 아니라 가장 관대한 하느님이 존재한다는 증거였겠죠."

아버지는 내가 한 말에 웃음을 짓지도 않았다—내가 한 말을 알아듣지 못해서일 수도 있고 알아들었기 때문일 수도 있었다.

"아냐," 아버지가 진지하기 짝이 없는 얼굴로 대꾸했다. "그 로커는 비어 있었어."

"언제 그러셨는데요?"

"11월에. 우리가 플로리다에 가기 이틀 전에."

그러니까—아버지는 이렇게 생각하고 있었을 가능성이 훨씬

놓았다. "내가 플로리다에서 죽으면, 내가 돌아오지 못하면……안 돼, 성구함이 쓰레기통에 들어가게 놔둘 수는 없어."

"그런 뒤에, 11월 30일에 우리는 비행기를 타고 웨스트팜으로 갔어. 나는 수하물 찾는 데서 택시 정류장까지 옷가방들을 들고 갔어—그렇게 몸 상태가 좋았던 거야. 그런데 다음날 아침, 플로리다에서 맞이한 첫날 아침, 잠에서 깼는데 자는 동안 이 일이 벌어진 거지." 아버지는 다시 손으로 늘어지는 뺨을 위로 밀어올려 이번에는 혹시 제자리에 그대로 올라가 있는지 확인했다. "나는 거울을 봐, 내 얼굴이 보여, 그 순간 내 인생이 결코 전과 같을 수 없다는 걸 알았어. 이리 와라." 아버지가 말했다. "방으로 와."

나는 아버지를 따라 거실에서 복도를 따라 내려가, 형의 아들들의 확대한 사진들, 약 이십오 년 전, 아이들이 파이어 섬에서 방학을 보내던 어린 시절에 찍은 사진들을 지나갔다. 아버지가 성구함을 세스나 조너선에게 줄 생각을 하지 않은 이유는 나에게 넘겨줄 생각을 하지 않은 이유보다 이해하기 쉬웠다. 세속적인 분위기에서 성장한 조카들은 유대교를 거의 몰랐고, 명색만 유대인이었다. 아버지는 어머니처럼 그 아이들을 떠받들고, 격정하고, 칭찬하고, 또 용돈도 부족함 없이 주었지만—더불어 조언도 아이들이 듣고 싶어하는 것 이상으로 많이 해주었지만—

그 아이들이 성구함이 무엇인지 알 것이라고 기대할 만큼, 하물며 그것을 가지고 싶어할 것이라고 기대할 만큼 어리석지는 않았다.

형으로 말하자면, 아버지는 아마 샌디가 나만큼이나 유품을 받으려 하지 않을 것이라고 예상했겠지만, 내 짐작으로 샌디는 그 기념품에 감동을 받았을 것 같다. 종교적 의미 때문이 아니라 우리 과거의 단단한 한 조각이기 때문에, 벨벳 가방에 담겨, 우리가 성장한 아파트의 식당 찬장의 튀어나온 중앙부 서랍 안에 오랜 세월 동안 깨끗하게 보관되어온 것을 나와 마찬가지로 본 기억이 있기 때문에. 하지만 아버지는 역시 아버지였기 때문에 그런 것을 이해하리라 기대할 수 없었다. 아버지는 다른 모든 사람들과 마찬가지로, 오직 자신이 이해하는 것만, 다만 그것만을 맹렬하게 이해했다.

이제 아버지 방에 들어가기만 하면 어머니가 죽은 직후의 밤—내가 그날 오후 런던에서 도착한 뒤에 맞이한 밤—에 아버지의 더블베드에서 함께 잔 기억이 떠올랐다. 샌디와 헬렌은 잉글우드클리프스 교외에 있는 샌디의 집으로 자러 갔는데, 이제 직업을 가진 청년들이 된 세스와 존이 여전히 그곳에 살고 있었지만, 샌디는 일자리 때문에 이미 시카고로 옮겨가 있어서 곧 팔

계획이었다.

1981년 5월 일흔아홉의 아버지는 건강이 아주 좋았고 놀랄 만큼 정력이 넘쳤지만, 해산물 레스토랑에서 아내가 죽고 나서 스물네 시간이 지난 뒤에는 거의 종양으로 볼꼴 사나워진 지금만큼이나 형편없는 상태였다. 함께 보내게 된 첫날밤, 잠자리에 들기 전에 나는 아버지에게 발륨 5밀리그램과 그것을 넘길 따뜻한 우유 한 잔을 주었다. 아버지는 안정제나 수면제를 못마땅하게 여겼고, 그런 것에 의존하는—아버지처럼 의지력에 의지하지 못하고—사람을 격렬하게 비판해왔지만, 내가 잠드는 데 도움이 될 것이라고 말하자 그날밤부터 몇 주 동안은 아무런 질문 없이 발륨을 받아들였다(나중에는 양심의 부담을 덜려고 그랬는지 자신이 먹은 약이 드라마민*이라고 했지만). 우리는 번갈아 욕실을 이용하고 마침내 잠옷 차림으로 아버지가 이틀 전 밤에 어머니와 함께 잤던 침대, 아파트에 하나뿐인 침대에 나란히 누웠다. 불을 끈 뒤에 나는 손을 뻗어 아버지의 손을 잡고 어둠을 무서워하는 아이의 손을 쥐듯이 꼭 쥐고 있었다. 아버지는 일이 분 동안 흐느꼈다—이윽고 아주 깊이 잠든 사람이 내는 끊어지다 이어지곤 하는 무거운 숨소리가 들렸고, 나도 좀 쉬려고 몸을 옆으

* 멀미약.

로 돌렸다.

발륨을 먹지 않은 나는 삼십 분 뒤에도 정신이 말똥말똥한 채로 누워 있었는데, 옆의 침실용 탁자에서 전화벨이 울렸다. 아버지가 깰까봐 얼른 낚아채자 반대편에서 누군가 웃음을 터뜨리는 소리가 들렸다. "누구세요?" 그렇게 물었지만 답은 더 미친듯한 웃음소리였다. 전화를 끊었는데 잘못 건 것인지 의도적인 것인지, 그러니까 지역 신문의 부고란(어머니의 사망 소식이 그날 아침에 실렸다)을 계속 살피다가 밤에 사망자의 가족에게 전화를 거는 것을 즐기는 송장 먹는 귀신이 한 짓인지 알 수가 없었다. 일 분도 지나지 않아 전화벨이 다시 울렸을 때—발광 시계 라디오는 여전히 열한시 이십분을 표시하고 있었다—나는 그것이 잘못 건 전화가 절대 아니라는 것을 알았다. 다시 복수에 성공한 자가 환희에 차서 터뜨리는 가학적이고 사악한 웃음소리가 들려왔다.

나는 수화기를 내려놓은 뒤 침대에서 나와 침실과 연결된 거실 전화기로 달려가 세번째로 벨이 울리기 전에 수화기를 내려놓았다. 다음날 아침 여섯시 무렵까지 그렇게 놓아두었다가 침대에서 일어나 살금살금 다시 거실로 돌아가 아버지가 무슨 일인지 궁금해하지 않도록 수화기를 다시 올려놓았다. 일곱시쯤 내가 욕실에 있을 때 전화벨이 울렸다. 아버지가 받았다. 나가서 누가 이렇게 일찍 전화를 했느냐고 묻자 아버지는 화난 목소리로 말했다. "아무도 아냐." 하지만 무슨 일이 있었는지는 분명했다. "누구였어요?" 내가 다시 묻자 아버지는 이번에는 전화로 들었던 웃음소리를 묘사했다. "어떤 정신 나간 놈 같네요." 그러면서도 나는 전날 밤에 내가 받은 전화 이야기는 하지 않았다. "윌킨스야." 아버지가 대꾸했다. "윌킨스가 누구예요?" "길 건너 살아." "어떻게 그 사람인지 아세요?" "그냥 알아, 맞아." "아버지한테 무슨 반감이 있는 거예요?" 내가 물었다. "파시스트 개자식이야. 진짜 유대인 혐오자지. 혼자 살아. 세상에 친구 하나 없어. 똥개 한 마리뿐이야. 오직 레이-건Ray-gun 씨하고 플라스틱 낸시*하고 그 더러운 자기 똥개만 사랑해. 세탁실 사방에 레이-건 스티커를 붙여놨어. 우리 세탁실에 말이야. 묻지도 않고—그냥 여기 와서 제멋대로 그러는 거야." "그래서 그러지 말라고 하셨군요." "난 그걸 봤고, 당연히, 그러지 말라고 했지. 그러자 다음날 더 붙여놨어. 그자가 한 짓을 보고는 바로 뜯어냈지. 그자한테 전화를 했어. 이 세탁실은 그런 데 쓰는 게 아니라고 말해줬지. 거기는 사람들이 평화롭게 옷을 빠는 곳이지 정치 캠페인

* 당시 미국 대통령으로, 원래는 Reagan이지만 공화당에 반대하는 아버지는 광선총이라는 뜻의 별명(발음이 비슷하다)으로 부르고 있다. 부인인 낸시 레이건은 성형수술을 많이 해 '성형'이라는 뜻의 플라스틱을 붙여 별명을 만들었다.

을 하는 곳이 아니다." "또 무슨 얘기를 하셨어요?" "내가 레이건 씨를 어떻게 생각하는지 말해줬지. 혹시 그자가 들어본 적이 없을지 몰라서, 유대인이 이천 년 동안 어떤 고난을 겪었는지 말해줬어." "그 사람이 확실해요?" "윌킨스야, 맞아. 내가 그자를 잡을 거야." 아버지는 반 혼잣말로 말했다. "내가 그 개자식을 잡을 거야." "아버지, 굳이 그러실 필요 없어요—웃음소리를 들어보니 사람들이 이미 잡았어요. 다른 사람의 슬픔에 웃음을 터뜨리는 사람한테 벌이 뭔지 아세요? 그 사람을 잊는 거예요. 이제 어서 준비나 하세요—우린 오늘 큰일을 앞두고 있어요."

우리는 정오에 어머니를 묻고, 한시쯤에 어머니의 방 벽장과 옷장을 비우기 시작했으며, 열시 반에는 다시 침대에 들어갔다—그리고 열한시 이십분, 아버지는 다시 잠들고 나는 말똥말똥 깨어, 아버지가 앞으로 어떻게 될지 생각하고 어머니는 어디에 있는지 생각할 때, 전화벨이 울렸다. 수화기를 들자마자 웃음소리가 시작되었다. 나는 수화기를 귀에 바짝 대고 오래 그 소리를 들었다. 이윽고, 전화를 건 사람이 웃음소리를 그치지도 않고 전화를 끊지도 않았을 때, 나는 작은 소리로 말했다—송화구를 손으로 둘러싸고 아버지를 깨우지 않으려고 최선을 다했다—"윌킨스, 이 더러운 짓을 한 번만 더 해, 딱 한 번만 더. 그럼 내가 도끼를 들고 당신 집으로 건너갈 거야. 나한테는 큰 도끼가 있거든, 윌킨스, 그리고 당신이 어디 사는지도 알고 있거든. 내가 도끼로 당신 문을 부수고 안으로 들어가 당신 몸뚱어리를 통나무 쪼개듯 정가운데를 쳐서 두 동강을 낼 거야. 혹시 개 키워? 당신 강아지는 소시지로 만들어버릴 거야, 윌킨스. 딱 내 도끼 한 자루만 들고 가서 그 강아지를 당신 똥구멍에 쑤셔넣은 다음 목까지 밀어올려 당신하고 개가 하나가 되게 할 거야. 한 번만 더 우리 아버지한테 전화를 해, 낮이건 밤이건, 다시 한 번만, 그러면 당신 머리, 이 제정신이 아니고, 역겹고, 정신병에 걸린 송장 귀신아, 당신의 좆같은 머리, 내가 당신 머리를 잘라버린 다음에……"

심장은 열 사람 분 피를 뿜어내듯 쿵쾅거렸고 파자마는 말라리아 열병에 걸려 밤새 누워 있던 사람의 옷처럼 땀에 흠뻑 젖어 있었고, 반대편의 전화는 끊어져 있었다.

침실에서—그곳의 마호가니 가구는 이제 어머니가 가사를 책임질 때처럼 광택으로 반짝거리지 않아, 위쪽 면들을 덮은 먼지에 이름 첫 글자를 쓸 수도 있었다—아버지는 나에게, 옷장 맨 위의 서랍 가운데에서 유서, 보험증권, 통장을 담아두는 작은 금속 상자를 꺼내 보여주었다. 그곳에는 양도성 예금증서와 지방채도 있었다. "내 서류가 전부 있어." 아버지가 말했다. "그리고 이거—안전금고 열쇠다."

"알았어요." 내가 말했다.

"네가 하란 대로 했다." 아버지가 말했다. "내 계좌를 전부 샌디한테 연결시켜놨어."

아버지는 통장—네 개가 있었다—을 꺼냈고, 이제 계좌 소유주명의 아버지 이름 밑에 형 이름이 있었다. 통장을 넘겨보다 잔고가 약 오만 달러로 늘어난 것을 보았다. 양도성 예금증서와 지방채를 합치면 또 삼만이었다—이 또한 나중에 형에게 가게 될 터였다.

"만 달러짜리 보험증권은 너한테 가." 아버지가 말했다. "네가 뭐라고 했는지는 잘 알지만, 그렇게 할 수밖에 없었다—너한테 아무것도 남기지 않을 수는 없지."

"알겠어요." 내가 말했다.

어머니가 죽고 나서 이 년인가 삼 년 뒤에 플로리다로 아버지를 찾아갔을 때 유언장 이야기가 나왔고 그때 나는 아버지에게 돈을 다 샌디에게 남겨, 샌디가 두 조카와 함께 원하는 대로 나누어 갖게 하라고 말했다. 나는 돈이 필요 없고, 돈을 둘 또는 많아야 셋이 나누게 되면 세스와 조너선에게는 큰 보탬이 될 것이라고 덧붙였다. 그것은 진심으로 한 말이었고, 나중에 아버지에게 보낸 편지에서 그것을 다시 확인했으며, 그뒤로는 아버지의 유언장에 관해 생각한 적이 없었다.

하지만 이제 아버지의 죽음이 결코 멀지 않은 상황에서 아버지가 내가 시키는 대로 했다는, 나의 요청에 따라 상속자들 가운데서 내 이름을 없애다시피 했다는 말을 듣자, 나에게서 예상치 못한 반응이 나타났다. 의절당한 느낌이었다—아버지가 유언장에서 나를 없앤 것은 내가 시켜서 한 일이었음에도 그 사실이 아버지에게 버림받았다는 그 느낌을 전혀 완화해주지 않았다. 나는 관대한 태도를 보인 것이었고, 이것은 또 내가 보기에 사춘기 초기부터 내가 아버지한테 해온 평등과 자립에 대한 주장과 궤를 같이 하는 것이었다. 분명히 그것은 또 가족 내에서 도덕적으로 높은 자리를 차지하고, 또 대학이나 대학원 시절과 그뒤에 젊은 작가로서도 그랬듯이, 오십대의 나 자신을 물질적 고려는 대체로 무시하고 사는 아들로서 규정하려는 내 특유의 시도이기도 했다—하지만 그렇게 하고 나니 완전히 뭉개진 기분이었다. 순진하고 멍청하고 뭉개져버린 기분.

몹시 당혹스럽게도, 나는 아버지와 함께 아버지의 마지막 유언장을 굽어보며 서서, 내가 나의 이 고집 세고 단호한 아버지가 평생에 걸쳐 만난을 무릅쓰고 축적한 경제적 잉여 가운데 내 몫을 원한다는 사실을 깨달았다. 그것이 아버지의 돈이고 나는 아버지의 아들이고 나에게는 내 몫에 대한 권리가 있기 때문에 그 돈을 원했고, 그것이 힘들게 일한 아버지의 가죽, 진짜 가죽은 아닐지라도, 아버지가 극복한 또는 견디고 살아남은 것의 구현물 같은 것이기 때문에 그 돈을 원했다. 그것은 아버지가 나에게 주어야 할 것이었으며, 그것은 아버지가 나에게 주고 싶어하던 것이었으며, 그것은 관습과 전통에 의해 나에게 와야 하는 것이었는데, 어째서 나는 입을 다물고 지극히 자연스러운 것이 힘을 발휘하도록 놓아두지 못했던 것일까?

내가 그것을 받을 자격이 있다고 생각하지 않았던 것일까? 형과 형의 자식들이 나보다 상속자로서의 자격을 더 갖추었다고 생각했던 것일까? 혹시 아버지한테 손자들을 안겨주었기 때문에 형이 자식 없는 아들보다 아버지의 상속자로서 더 정통성이 있다고 생각했던 것일까? 갑자기 나는 동생으로서 나보다 먼저 존재했던 사람의 나이에 맞서 나의 권리를 주장할 수 없게 된 것일까? 아니면, 반대로, 동생임에도 이미 형의 특권을 너무 많이 잠식했다고 느꼈던 것일까? 나의 상속권을 버리겠다는 이런 충동은 도대체 어디에서 왔으며, 이제 내가 뒤늦게 아들로서 가질 자격이 있다는 것을 알게 된 유산을 어떻게 그렇게 쉽게 물리칠 수 있었을까?

하지만 이런 일은 내 인생에서 여러 번 일어났다. 나는 관습이 내 행동을 결정하는 것을 허락하지 않으려 했지만, 나 자신의 길을 가고 난 뒤에는 결국 내 기반을 이루는 감정이 가끔 내가 굽힘 없는 도덕적 명령이라고 느끼는 것보다 관습 쪽에 더 다가가 있다는 것을 깨닫기도 했다.

그날 오후 함께 산책을 하면서 나는 아주 천천히 아버지를 인도하여 블록을 두 번 돌았는데, 나는 무척 원했음에도—또 실수를 고백하면 무척이나 마음이 겸허해질 것 같았음에도—아버지가 원래 유언장에서 나에게 물려주려고 했던 내 몫의 유산을 다시 주기를 원한다는 말을 하지 못했다. 우선, 몇 년 전 형이 공동계좌에 접근할 수 있도록 서명을 해야만 했을 때 이미 이렇게 바뀐 것을 알게 된 상황에서, 아무리 삼만이나 사만 달러라 해도 마지막 순간 유산 조정 과정에서 나타나는 것으로 악명 높은 가족 분쟁이나 유독한 감정 분출이 터져나올 위험을 무릅쓰면서까지 얻을 만한 가치는 없어 보였다. 또 나의 자존심—원한다면 오만이라고 불러도 좋다—도 있었다. 간단히 말해서, 애초에 아버지에게 돈을 다른 사람들에게 남기라고 말하도록 자극했을 이유들과 비슷한 이유들 때문에 이제 와서 내가 내린 지침을 거두어들일 수 없었던 것이다.

그러니 자신의 잘못에서 배운다는 말은 아무 소용이 없는 것이다. "내버려두자." 나는 생각했다. "자동적으로 너 자신의 전매특허가 되어버린, 고상한 척하는 어리석음의 희극을 또다시 음미하는 것으로 얼추 그 돈값은 하는 거니까."

그러나 원래 내 몫이었던 돈을 요구하기에는 너무 늦었지만—또는 나에게는 도무지 어렵기만 한 일이었지만—그것 대신 내가 원하는 것이 무엇인지는 알고 있었다. 하지만 그것조차 요구할 수 없다는 사실을 알게 되었다. 어쨌든 직접적으로 요구할 수는 없었다. 끝까지 자립적으로! 마지막까지 독립적으로! 계속 자신의 자율성을 주장하는 아들! 나는 아무것도 필요 없어요.

"할아버지 면도 컵 이야기 좀 해주세요." 내가 말했다. "욕실에서 그걸 봤어요. 할아버지가 다니시던 이발소가 어디였죠? 기억나세요?"

"당연히 기억나지. 뱅크 스트리트. 독일 병원이 있던 윌리스 플레이스 밑에, 윌리스 플레이스와 뱅크 스트리트가 만나는 모퉁이였지. 뱅크 스트리트에 이발소가 있었고 어렸을 때 거기 들러 나는 머리를 깎고 아버지는 면도를 하곤 했지. 컵에는 'S. 로스'와 또 어쩌구저쩌구 하는 게 적혀 있었지, 날짜하고. 그걸 아버지가 쓸 수 있도록 이발소에 보관해두었지."

"그런데 그게 어디서 났어요?"

"내가 그걸 어디서 가져왔냐고? 그거 좋은 질문이네. 어디 보자. 내가 가져온 것 같지는 않은데. 그래. 나는 아냐. 나는 그걸 형 에드한테서 가져왔어. 그래. 러트거스 스트리트에서 이사할 때 아버지는 그걸 헌터던 스트리트로 가져가서 존슨 애비뉴와 에이번 애비뉴가 만나는 곳에 있는 이발소에 갖다놓았고, 그러다 아버지가 돌아가신 뒤에는 에드가 그걸 챙겼고, 나는 에드한테서 챙겼지. 아마 그게 나한테 물려준 유일한 물건일 거야. 사실 나한테 물려준 것도 아니지. 내가 가져온 거지."

"아버지가 갖고 싶었군요." 내가 말했다.

"갖고 싶었지." 아버지는 웃음을 터뜨렸다. "어렸을 때부터."

"한 가지 알려드릴까요?" 내가 말했다. "저도 갖고 싶어요."

아버지는 나에게 아직 움직이는 입 반쪽으로 웃음을 지었다. "우리가 로마로 너를 찾아갔을 때 기억나니? 나하고 네 어머니가. 그때 네가 나를 면도시켜주러 갔지."

"맞아요. 비아* 줄리아에 있는, 그 아주 조그만 이발소였죠. 그 이발소를 만난 게 그해 전체에 걸쳐 저한테 가장 좋은 일이었는지도 모르겠어요." 나는 말하며 비아 줄리아 모퉁이를 돌면 나오는 비아 디 산텔리조의 작은 아파트에서 매일 터지던 부부싸움을 떠올렸다. 당시 나는 그곳에서 불행한 아내와 불행하게 살고 있었다. 구겐하임에서 받은 삼천이백 달러로 이탈리아에 살던 시절이었다. "글쓰기를 마치고 나면 오후에 면도를 하러 길을

* 이탈리아어로 '거리'라는 뜻.

따라 내려가곤 했죠. 저한테는 큰 사치였어요. 이발사 이름은 굴리엘모였어요. 내내 캐릴 체스먼* 이야기만 하고 싶어했죠. 그 사람은 자기 영어에 대한 자부심이 강했어요. 내가 들어갈 때마다 '생일 축하합니다, 마에스트로, 독립기념일' 하고 말했어요. 뜨거운 수건, 커다란 면도솔, 면도칼, 게다가 하마멜리스**를 듬뿍 발라주고, 그거 다 해서 한 십오 센트 받았어요. 1960년이었죠." 내가 말했다. "그때 아버지는 지금 저보다 두 살쯤밖에 많지 않았을 거예요."

"나는 빌 아이젠스타트하고, 평안히 잠들기를, 면도를 하러 다니곤 했지. 빌 기억나니?"

"물론이죠. 빌과 릴과 아들 하위."

"클린턴 플레이스의 이발사였지, 고등학교에서 모퉁이를 돌면 바로 나오는 곳. 이십오 센트였어. 뉴어크에서 이십오 센트를 받고 면도해주는 마지막 집을 찾으려면 빌한테 가면 되는 거였지."

아버지는 빌 아이젠스타트에서 시작해 에이브 블로크와 맥스 펠드와 샘 케이와 J.M. 코언을 잇따라 기억에서 불러냈다. 이들은 내 유년의 가장 이른 시기의 토템 같은 남성 인물들로, 아

---

* 여러 범죄로 사형을 당한 미국의 범죄자. 사형제 폐지 논란을 일으켰다.

** 피부 상처 치료용 연고.

버지와 함께 메트로폴리탄생명에서 근무하던 보험맨들이었으며, 금요일 밤이면 우리 부엌에서 피노클 게임*에 참가하는 선수들이었고, 현충일 소풍 때는 처자식을 데리고 사우스 산악 보호구역을 함께 오르는 친구들이었다—함께 어울려 나가 뉴어크의 무지몽매한 '유색 차변'**을 가가호호 방문해 수금을 하고, 어두워지고 한참 뒤에 옷에서 시큼한 싸구려 조리용 기름 냄새를 풍기며 집으로 돌아오는 고참 보병들이었다. "보험 계약자가 죽은 지 이십 년, 삼십 년이 지났는데도," 아버지가 나에게 말하고 있었다. "계속 보험료를 내는 유색인 가족들이 있었지. 일주일에 삼 센트씩. 그게 우리가 걷던 돈이었거든." "어떻게 하다 계속 내게 된 거죠?" "중개인한테 아무 말도 하지를 않았거든. 누가 죽어도 이야기를 하는 법이 없었다고. 보험사 직원이 돌아다니면 그냥 그 사람한테 돈을 내는 거야." "놀랍네요." 나는 그렇게 말했지만, 뉴어크 빈민 가운데도 극빈층에게서 푼돈을 거두러 다니던 섬뜩한 저녁의 이야기들, 메트로폴리탄생명에서 빌과 에이브와 샘과 J.M. 코언과 함께한 삼십팔 년의 이야기들을 들은 것이 그때가 결코 처음은 아니었다. 그리고 아버지가 몇 번이고

* 카드놀이의 일종.

** 차변은 부기 용어이며, 여기서는 아프리카계 미국인 보험 가입자를 뜻한다.

나에게 일깨웠듯이, 그들 모두 이미 사라진 지 오래였다.

살아 있는 몇 안 되는 친구들에 관해서도 전해줄 만한 좋은 소식은 별로 없었다. "루이 체슬러는 입원해 있는데, 피오줌을 싼다는구나. 아이다 싱어는 거의 장님이래. 밀턴 싱어는 걷지를 못해. 휠체어 신세야. 터로—딕 터로 기억나니?—그 친구는 암이야, 가엾은 녀석. 빌 웨버는 전화를 해도 내가 누군지도 몰라. '허먼, 허먼 누구? 나 아는 사람 가운데 허먼은 없는데.' 빌은 지금 프랭키하고 살고 있지만, 프랭키 말로는 곧 양로원에 넣어야 할 거래."

이렇게 아버지는 오래전에 죽은 사람과 죽어가고 있는 사람과 차라리 죽는 게 나았을 친구들에 관해 이야기함으로써 자신의 종양만 생각하는 데서 벗어날 수 있었다.

다음날에는 엘리자베스로 차를 몰고 가 아버지를 태우고 뉴어크 스프링필드 애비뉴의 '대학병원'으로 갔다. 그곳에서 뇌외과의 닥터 마이어슨과 수술에 관해 상담할 예정이었다. 마이어슨의 진료실로 가는 가장 좋은 방법을 묻자 릴과 아버지는 즉시 다투기 시작했다. 알고 보니 릴은 아버지와 함께 처음 마이어슨을 만나러 갔을 때 찾아간 밀번의 개인 진료실로 가는 방법을 이야기하고 있었고, 아버지는 마이어슨의 병원 진료실로 가는 방법을 이야기하고 있었는데, 이 두번째 약속은 릴에게는 알리지 않고 잡은 것이었다. 혼란이 정리된 뒤에도 아버지는 차 안에서 이 불화 때문에 한동안 계속 속을 끓였다.

내가 엘리자베스 애비뉴에서 버겐 스트리트로 방향을 틀어 흑인들이 모여 사는 뉴어크의 가장 황량한 거리들을 통과해가기 시작했을 때에야 아버지는 진정되었다. 내가 어릴 때는 중하층 계급이 모여드는 혼잡한 쇼핑 거리들로, 주로 유대인이 모여 살던 곳이었는데, 이제는 대개 완전히 타버리거나 판자로 창문을 막아놓거나 철거되었다. 주위에는 실업자로 보이는 흑인 남성들뿐이었다—어쨌든 거리 모퉁이에는 흑인 남자들이 모여 있었고, 그들은 할일이 없는 것처럼 보였다. 뇌외과의와 상담을 하러 가는 세 사람의 어두운 마음을 달래는 데 도움이 될 만한 장면은 아니었지만, 그럼에도 병원까지 가는 나머지 길에 아버지는 그곳에서 자신을 기다리는 만남은 잊고, 대신 제1차세계대전 이전 아버지가 어렸을 때 이 지역에서 유대인 이민자 가족들이 살아남고 번창하기 위해 최선을 다하던 시절, 누가 어디에서 살고 일을 했는지 특유의 두서없는 방식으로 회고하기 시작했다.

"티보르 씨가 저기 살았지. 아마 헝가리 사람이었을 거야. 내 생일 양복을 만들어주었는데 바지가 너무 짧았어. 그래서 졸업식에 가지 못했지."

"바지가 너무 짧아서요?" 내가 물었다.

"그 양복은 쓸모가 없었어. 저기는 앨 쇼어 가족이 살던 데야. 아이구, 저게 지금껏 서 있네. 앨 기억나?

"그럼요. 제가 어떻게 앨을, 그 아저씨 목소리를 잊을 수 있겠어요."

"그래, 뭐, 그 친구는 평생 그 쉰 목소리로 살았지. 그렇게 줄질을 하는 듯한 저음으로. 어렸을 때 목소리가 그렇게 됐어. 앨은 자기 반에서 쫓겨났지. 그래서 우리 반으로 왔는데 내가 회계, 학급 회계를 시켰어. 내가 반장이었거든. 졸업식 날 보니 남은 돈이 좀 있어서, 그걸 쓰러 함께 시내에 갔지."

"알겠어요." 내가 말했다. "'남은 돈.' 남자들이 마스크를 쓰고 총을 들고 은행에 들어가서 출납원한테 보통 하는 말이 그거예요. 이렇게 말하죠. '미안하지만 혹시 거 남은 돈 좀 있수?'"

내 말에 아버지의 어둠은 일 밀리와트쯤 밝아졌다. "뭐," 아버지가 말했다. "앨은 훌륭한 녀석이었어. 총을 들고 그렇게 하지는 않았지. 웃음으로 그렇게 했어. 모든 걸 웃음으로 해냈지. 우리가 해고할 때까지 나하고 함께 일했어. 내가 보험업계로 끌어들였거든. 앨이 거친 일자리는 다 내가 준 거야. 하지만 그 녀석은 돈을 훔치고 있었고, 늘 이렇게 말했지. '이봐,' 그 녀석은 말해. '이봐, 나를 쫓고 있어, 허먼, 경찰이 나를 쫓고 있다고.' '흠,'

나는 대꾸해. '자, 여기 오 달러가 있어, 뉴욕의 사우나로 가.' 그래서 오 달러를 주면 그 녀석은 뉴욕으로 갔어. 그러다 돌아와서 회사에 돈을 갚았고, 내가 루이 체슬러 밑에서 일하게 해줬어. 영업을 했지. 내가 그 녀석한테 말했어, 만일 루이 돈을 훔치면, 나는 말했어, 쏴버릴 거다. 뉴어크의 슈버츠에서 일을 했지. 극장 말이야. 거기서 표를, 사람들이 반으로 찢은 표를 바닥에서 줍곤 했어. 그 녀석은 그걸 다시 붙여서, 상자에 집어넣고, 돈을 챙기곤 했지. 그 녀석 어머니가, 잘은 몰라도, 이삼천 달러는 물어줘야 했을 걸. 그 녀석 선생님이 녀석을 반에서 쫓아냈고, 그래서 우리는 친구가 됐어. 앨은 팔학년이 되던 첫날 교실을 둘러봤어—너 피슈카가 뭔지 알지?" 아버지는 이야기를 끊고, 갑자기 물었다.

"물론 알죠. 모금함이잖아요. 제가 어디서 자랐다고 생각하시는 거예요, 몬태나요?"

"그래, 앨은 교실을 둘러보더니 선생님한테 말했어, 그 자갈 구덩이에서 나오는 듯한 목소리로 말이야. '학교에서 이 교실에 페인트를 칠해주면 내가 피슈카에 십 센트짜리를 넣겠어요.' 그런데 그 여선생님은 피슈카가 뭔지도 모르고 교실에서 쫓아낸 거야. 그래서 그 녀석은 우리 교실로 왔고, 나는 그 녀석을 가늠해보고, 회계로 삼은 거야. 내가 반장이었거든. '13번가 학교'에서. 이야, 저기 그대로 있네, 우리 학교가."

데이비드 크론이 저지에서 가장 훌륭한 뇌외과의라는 평판을 얻고 있다고 나에게 자신 있게 소개한 마이어슨은 사십대 초반의 평범하고 통통한 남자로, 만나는 순간부터 상냥하고 매우 붙임성 있는 태도를 보여주었다. 그는 책상 뒤에 자리를 잡고 내가 앉아 있는 곳을 건너다보며 나에게 뭘 물어보고 싶으냐고 물었다. 나는 아버지를 가리켰다. 아버지는 의사가 "로스 부인"이라고 부른 릴과, 수술 전 진료 때는 관례적으로 함께 앉는다고 하는 마이어슨의 책임 간호사 사이에 있는 의자에 앉아 몹시 뚱한 표정을 짓고 있었다. "아버지가 물어볼 게 있습니다." 내가 말했다. "말씀하세요, 아버지. 닥터 마이어슨한테 알고 싶은 걸 다 물어보세요."

지난 며칠 동안 아버지가 나에게 한 수술에 관한 모든 질문을 나는 다 적어서 진찰 때 가져가라고 말했다. 아버지는 연필로, 볼품없이 뻗어나가는 시골뜨기의 필체로 힘겹게 적어나갔다. 명사는 대부분 대문자로 썼지만 한두 단어를 제외하면 철자는 정확했다. 아버지는 집을 나서기 전에 목록을 보여주었으며, 나는 생각했다. "이 목록을 갖고 싶어. 이 목록과 면도용 컵이면 돼."

아버지는 호주머니에서 쾌지를 꺼내 허벅지에 펼쳤다. "첫째,"

아버지는 시작했다. "절차는 어떻게 되는 거요?" 아버지는 고개를 들어 마이어슨을 보았다. "내 무지를 용서해주시오, 닥터."

마이어슨은 등뒤로 손을 뻗어, 한쪽 끝에 의학 서적 대여섯 권이 되는 대로 쌓여 있는 책꽂이에서 색을 칠한 작은 플라스틱 뇌와 두개골 모형을 집어들었다. 그는 모형을 손에 들고 연필로 가리키며 종양이 어디에 자리를 잡고 있고 그것이 뇌의 어디로 밀고 들어오는지 설명했다. 그는 두개골 뒤쪽 벽에서 어디를 잘라내고 들어가 종양을 제거할 것인지 보여주었다. "여기 뇌를 약간 들어올리고 그 밑에 자라고 있는 걸 꺼낼 겁니다."

그가 아버지의 뇌를 '들어올린다'는 생각에 나는 마음이 무너졌다. 나는 그때까지 뇌에 그런 짓을 하면 재앙이 생기게 마련이라고 믿고 있었다. 내가 아는 바로는 그럴 수밖에 없었다.

"그 안으로 들어가는 데 뭘 사용하오?" 아버지가 물었다. "제너럴일렉트릭이요, 아니면 블랙앤드데커요?"

그전까지 아버지는 아주 늙고 완전히 압도당한 것처럼 보였기 때문에, 그런 독설, 그리고 그것이 증명하는 것처럼 보이는 객관적 용기에 나는 놀랐다.

의사의 답은 또 그 나름의 차분한 용기를 입증하고 있었다. "수술 전문 회사들이 장비를 만듭니다."

아버지는 다음 준비된 질문으로 돌아갔다. "둘째, 그게 다시 자라는 거요?"

"궁극적으로는 그럴 수도 있습니다." 마이어슨이 말했다. 이번에는 그가 약하기는 하지만 독설을 섞어 빈정거리고 있었다. "어쩌면 십 년이나 십오 년 뒤에 다시 해야 할지도 모릅니다."

아버지는 한 번, 천천히 고개를 끄덕여 쓴웃음을 짓는 듯한 표정으로 거기에 담긴 의미를 냉소적으로 받아들였다. "셋째," 아버지는 다시 목록으로 돌아갔다. "통증이 얼마나 심하오?"

"통증은 별로 없습니다." 마이어슨이 말했다. "수술 뒤에는 아주 아플 겁니다. 고열이 날 겁니다. 몸이 아주 약해질 겁니다."

마이어슨의 간호사, 평상복을 입은 작은 몸에 기운이 넘치는 중년 여자는 의사 못지않게 유쾌하고 다정하여, 동정을 표하기 위해 아버지의 손 위에 자기 손을 올려놓으며 말했다. "닷새나 엿새 뒤면 일어나 앉게 해드리도록 노력하겠어요."

아버지는 대답으로 그냥 웅얼거렸다. "오, 이런." 그전에는 어땠는지 몰라도, 닷새나 엿새 동안 침대에서 일어날 수 없다는 이야기를 듣자 아버지는 대충 그림이 그려진다는 표정이었다.

하지만 아버지는 포기하지 않고 네번째 질문으로 나아갔다. "수술은 얼마나 걸리겠소?"

"대충," 마이어슨이 대답했다. "여덟 시간에서 열 시간이요."

그는 주춤하지 않고 그 말을 받아낼 수 있었고, 그런 면에서 나보다 나았다. 여덟에서 열 시간, 그런 다음에 닷새에서 엿새, 그런 다음에 아버지에게 뭐가 남아 있을까? 궁핍한 유년과 변변찮은 교육 뒤에, 신발 가게와 냉동식품 사업 실패 뒤에, 메트로폴리탄생명의 유대인 할당 정책에도 불구하고 관리자 역할을 맡으려고 안간힘을 쓴 뒤에, 사랑하는 그 많은 사람들—1920년대와 1930년대에는 형제 모리스, 찰리, 밀턴, 1940년대에는 어린 조카딸 지넷과 어린 조카 데이비드와 사랑하던 처제 에셀—의 때 이른 죽음 뒤에, 아버지가 앙심을 품지 않고 부서지지도 않고 절망하지도 않고 극복하며 견디어낸 그 모든 일 뒤에, 여덟에서 열 시간의 뇌수술은 정말이지 너무하는 것 아닌가? 한도 끝도 없다는 것인가?

답은 그렇다, 절대적으로 그렇다, 천 퍼센트 그렇다이다—이건 정말이지 너무하는 것이었다. "한도 끝도 없다는 것인가?" 하는 질문에 대한 답은 '없다'이다.

"수술 시간의 대부분은," 마이어슨이 설명했다. "두개골 안으로 들어가는 데 씁니다. 그다음에는 제가 어떤 종양을 발견하는가에 달려 있습니다. 그 구역은 구십오 퍼센트, 구십팔 퍼센트 양성입니다. 일반적으로 피도 많이 나오지 않습니다. 피가 많이 흐르게 되면—종양의 성격 때문에—좀 더뎌질 수도 있습니다."

아버지는 계속 나아갔고, 냉철한 아버지에게 나는 아버지의 평생 어느 때보다 감탄하고 있었다. "다섯째. 수술 뒤에 다시 걷는 걸 배워야 하오?"

"네." 마이어슨이 말했다. 나 자신도 이제 그림이 그려진다고 생각하고 있던 그 순간, 나는 아직도 이 일이 얼마나 무시무시한지 결코 충분히 파악한 것이 아님을 깨닫고 말았다. "네." 마이어슨이 말했다. "아마 그래야 할 겁니다."

종이에는 질문 다섯 개가 남아 있었지만, 아버지조차 이제 들을 만큼 들은 것 같았다. 아버지는 목록을 호주머니에 도로 집어넣고 마이어슨을 똑바로 보며 말했다. "심각한 거로군."

"그렇습니다." 마이어슨도 동의했다.

이번에는 아무 말 없이 뉴어크의 폐허를 통과했다. 아버지는 더 물어볼 것이 없었고, 유년의 회상은 바닥이 났고, 심지어 릴을 야단칠 마음조차 없었다—마이어슨의 진료실에서 나눈 마지막 대화만 남아 우리 모두 그것을 곱씹어보고 있었다. 마이어슨은 우리가 신경외과 쪽의 다른 의견을 들어보는 데 동의했지만, 그가 예상하는 대로 두번째 의사도 그의 판단에 동의하여 우리가 대학병원에서 수술을 받기로 결정한다면, 가급적 빨리 하는 것이 좋으니 자신의 일정이 비는 가장 가까운 날로 잠정적으로 날짜를 잡으면 좋겠다고 말했다. 정하고보니 어머니의 칠 주년

기일이었다.

릴은 아파트에 가서 작은 부엌으로 들어가 점심으로 캠벨 수프를 준비했다. 아버지도 그 뒤를 따라 들어가 식탁에 놓을 접시를 꺼냈고, 나는 거실에 앉아 마이어슨이 피해를 주지 않고 아버지의 뇌를 들어올리는 모습을 그려보려 했다. "틀림없이 방법이 있겠지." 나는 생각했다.

릴이 싱크 옆 벽에 나사로 박혀 있는 수동 깡통 따개를 사용하는 모양이었다. 아버지가 그녀에게 말하는 소리가 들렸다. "캔을 바닥부터 잡아. 지금 바닥부터 잡고 있지 않잖아."

"나도 수프 깡통 따는 법은 알아요." 그녀가 말했다.

"하지만 제대로 잡고 있지 않잖아."

"허먼, 가만 좀 있어요. 나는 지금 제대로 잡고 있으니까."

"왜 내가 요청하면 요청하는 대로 하지 못하는 거야? 그게 제대로가 아니라니까. 바닥부터 잡으라고."

다른 방에서 나는 "무슨 큰일이라도 난 거예요, 멍청하긴—씨발 그냥 릴이 원하는 대로 깡통을 열게 놔두라고요!" 하고 소리치지 않으려고 안간힘을 쓰고 있었지만, 동시에 속으로 중얼거리기도 했다. "당연해. 수프 깡통을 어떻게 따는가. 달리 생각할 게 뭐가 있겠어? 달리 중요한 게 뭐겠어? 이게 팔십육 년 동안 아버지를 움직인 거고, 지금도, 어떻게 보자면, 아버지를 버티게 하는 거야. 바닥에서부터 잡아요, 릴—아버지는 자기가 무슨 이야기를 하는지 알아요."

물론, 아버지는 그녀가 수프를 데우는 것—또는 제대로 데우지 못하는 것—을 두고도 잔뜩 흥분했다. 식탁에 자리 셋을 마련한 뒤에 다시 부엌으로 돌아가 그녀 옆에서 냄비를 지켜보고 서 있었다. 그녀는 계속 아직 수프가 뜨겁지 않다고 주장했고, 아버지는 계속 틀림없이 뜨겁다고—야채수프 한 캔을 데우는 데 하루종일 걸리지는 않는다고 주장했다. 이런 대화가 네 번 반복되다가 마침내 인내심—이라는 말을 쓸 수 있다면—이 바닥난 아버지는 버너에서 냄비를 들어올리더니, 릴을 스토브에 빈손으로 남겨둔 채 식당으로 들어와 그릇에 수프를 담다가 매트와 식탁에 흘렸다. 어쩌면 눈이 나빠져서 자신이 어질러놓은 것이 보이지 않는지도 몰랐다.

수프는 차가웠다. 아무도 그렇다고 말하지 않았다. 아버지는 아마 차가운지도 몰랐을 것이다.

말없이 반쯤 먹다 말고 아버지가 사무적으로 말했다. "이게 나의 마지막 장章이야." 그러면서도 계속 비뚤어진 입 안으로 수프를 넣어 마침내 그릇이 비었고 셔츠는 수프로 페인트를 칠한 것처럼 보였다.

뉴욕으로 돌아가려고 그곳을 나설 때 아버지는 방으로 들어갔다가 나에게 줄 작은 보퉁이를 들고 나왔다. 내용물을 담기 위해 갈색 종이봉투 두 개가 사납게 구겨져 있었고 그 위에 다양한 길이의 스카치테이프가 붙어 있었는데, 테이프는 대부분 DNA 가닥처럼 자기들끼리 꼬여 있었다. 나는 그게 아버지의 솜씨임을 감지했고 글씨도 아버지의 것임을 알아보았다—매직 마커로, 봉투 맨 위의 접힌 곳을 가로질러 고르지 않은 굵은 글자로 "한 아버지가 한 아들에게"라는 말이 적혀 있었다.

"자," 아버지가 말했다. "이거 집에 가져가라."

아래층으로 내려가 차를 타고 포장을 뜯어내보니 안에 할아버지의 면도용 컵이 있었다.

다시 살기 시작해야겠어

그날 오후 늦게 호텔에서 런던의 클레어와 시카고의 형에게 전화를 하여 마이어슨의 진료실에서 있었던 일을 전하고, 잠정적으로 잡은 수술 날짜를 알려주고, 다른 의사의 의견을 들어보겠다는 계획을 이야기했다. 그러나 그날 저녁 혼자 나가 파스타를 시켜놓고도 먹지 못했고 야구 규칙을 전혀 이해 못하는 사람처럼 메츠 시합을 멍하니 지켜본 뒤, 누군가와, 설사 전화선 끝에 있는 존재라도, 이야기를 나누며 위로를 받기 전에는 잠자리에 들기가 두렵다는 것을 알게 되었다.

나는 친구 조애너 클라크에게 전화를 하면서, 그녀가 아직 깨어 있을지도 모른다고 생각했다. 조애너는 미국인과 결혼한 폴란드인으로, 프린스턴에 와서 살다가, 술에 굴복하고, 이혼하고,

무너지고, 회복했는데, 아마 내 모든 친구들 가운데 살아오면서 가장 많은 고통을 견뎌냈을 것이다. 그녀는 우리 둘에 관해 농담도 할 줄 알았다. "너는 너를 담배 연기로 오염시키고, 너한테 컴컴한 이야기를 쏟아붓고, 엉터리 영어로 멍청한 농담을 하는데, 사실 너는 그저 동유럽에 관한 수다를 조금 떨고 싶을 뿐이야. 자, 공짜는 어디에도 없어. 어떤 폴란드인은 미치광이인데, 내가 바로 그런 사람이야—해는 안 끼치는 듯하지만." 전쟁이 막 시작되던 1939년 9월 그녀의 아버지는 독일 대포에 죽임을 당했다. "아버지는 전혀 기억나지 않아." 어느 날 내가 저녁을 먹으러 프린스턴에 들렀을 때 그녀는 말했다. 당시 나는 펜실베이니아 대학에서 가르치고 있었기 때문에, 평소처럼 필라델피아에서 뉴욕으로 가는 길이었다. 그 시절 조애너는 대개 반쯤 취한 상태로 나를 정크션 기차역에서 자기 차에 태웠는데, 운전을 하는 동안 떠들어대는 이야기—곰브로비치, 비트키에비치, 슐츠, 콘위키에 관해서—는 놀라울 정도로 허언증적이었고, 눈부시게 기묘했고, 멋진 정보가 풍부했고, 나에게도 매혹적인 면이 없지 않았다. 그러나 도로를 따라 구불구불 프린스턴으로 돌아가면서 아버지에 관해 이야기할 때는 시무룩했고 술기운도 느껴지지 않았다. "아버지는 참호에 있다가 맞았어. 바르샤바를 지키다. 사실 유대인 소위가 아버지를 호송했지. 아버지는 참호에 있다가 맞은 거야. 바로 죽지는 않았어. 병원에서 부상 때문에 죽었지." "몇 살이었는데?" "아주 젊었어. 서른일곱이었어." "그래서 아버지를 전혀 기억하지 못하는군." "나는 아기였어. 맞아, 아무 기억이 없어. 들은 얘기 말고는."

나는 그녀의 전화번호를 찾아 과거 그녀에게서 강박에 사로잡힌 걱정스러운 전화를 받곤 하던 그 시간에 전화를 걸었다. 그 무렵 그녀는 사람들한테 전화를 거는 것을 막으려고 주소록을 스스로 감추었음에도 음주와 함께 찾아오는 그 미친듯한 전화 중독에 시달려 누구 것이든 기억에 남아 있는 번호를 돌리곤 했다. 지금 내가 원하는 것은 그녀의 귀뿐이었다—아버지 없고, 용감하고, 젊음을 되찾은 조애너가 그냥 내 이야기에 귀를 기울여 준다면, 밤 열한시에 내 아버지가 여든여섯에 열 시간 수술을 감당하고 병상에서 생명 없이 닷새를 보내고 서너 달 걸려 회복을 하고, 그렇게 하고도 그게 조금이라도 도움이 되리라는 진정한 보장이 없는 상황과 직면하기 위해 나에게 필요한 무언가를 얻을 수 있을지도 몰랐다.

여든여섯. 여든여섯이 계속 조종弔鐘처럼 다가왔다. 나는 조애너에게 전화를 하면서, 아버지와 영원히 함께할 수 없으리라는 사실을 나 또한 알고 있다는 것을 인정하고 있었던 듯하다.

내가 전화를 했을 때 과연 그녀는 아직 자지 않고, 그녀의 '비둘기' 가운데 하나가 전화해주기를 기다리고 있었다. 비둘기란 그녀가 돌보는 회복중인 중독자를 가리키는 말이었다. 그녀는 자기 지역의 회복 프로그램 모임에 정기적으로 나가고 있었으며, 그곳에서 마약을 떨쳐버리려고 애쓰는 여자아이들 대여섯 명의 어머니 역할을 하게 되었다. 그녀가 연락을 기다리던 아이는 책임감 없는 남자친구와 살다가 헤어지려고 하는데, 전날 밤 아이가 떠나겠다고 하자 남자는 주먹을 한 방 날려 아이의 코피를 터뜨렸다.

"어," 내가 말했다. "나도 유쾌하지 않은 일에 휘말렸는데. 나도 네 비둘기 가운데 한 마리야."

"무슨 일인데, 필립?"

"아버지가 아파."

"오, 어쩌면 좋아."

"전망이 아주 우울해. 뇌에 큰 종양이 있어. 의사 말로는 오 년에서 십 년은 된 거래. 아주 짧은 시간 안에 절망적인 상황에 빠질 수도 있다고 하더라고. 그걸 제거하려고 해볼 수밖에 없대. 끔찍한 수술이야."

"아버지도 원하셔?"

"원하냐고? 아니. 하지만 그렇지 않으면 그냥 자라게 놔두고 결과를 받아들여야 하는데, 그러다 말도 안 되는 상황이 벌어질 수 있어. 문제는 여든여섯 노인이라, 설사 살아남는다 해도—의사는 넷 가운데 셋은 생존한다고 주장하는데—회복이 악몽일 거라는 점이야. 아버지는 절대 원래대로 돌아오시지 못할 거야. 원래와 가까워질 수는 있어도."

"머릿속에 그게 있을 때보다는 가깝겠지." 조애너가 말했다.

"그게 있으면 끝난 운명이야. 지옥 같은 선택이지만, 달리 선택의 여지가 없어."

"인생의 끝이 오면 늘 그런 식이 되더라고."

"아버지는 놀라웠어. 그렇다고 무슨 특별한 방식으로 그랬다는 건 아니고, 아버지 나름의 실제적이고 고집스러운 방식으로 그랬다는 거야. 나는 아버지의 힘에 놀라고 있어. 하지만 그 힘의 연료가 되는 게 곧 상황을 이렇게 끔찍하게 만드는 것이기도 하지. 즉 아버지가 가장 하고 싶어하지 않는 일이 죽는 거라는 사실."

"그래서 주저앉아 울고 있구나." 조애너가 말했다.

"뭐, 내내 울고 있지는 않아—대부분은 이 호텔에 앉아서 아무런 일도 안 하고 있는 것 같아. 그러다가 생각하지, '아버지는 저기 있는데 왜 나는 여기 앉아 있는 거지?' 그러면 또 엘리자베스로 차를 몰고 가 아버지를 모시고 나와 산책을 해. 내일은 아버지가 정말로 혼자가 되는 첫날이 될 거야. 하지만 내일 다시 거기에 갈 염은 안 생겨. 나도 하루 쉴 필요가 있어."

"아버지도 가끔은 혼자 있을 필요가 있고." 그녀가 말했다.

"그러니까 이런 거야," 내가 말했다. "누구든 무력해지는 건 힘들어, 아이건, 친구건, 하지만 한때 그렇게 정력적이었던 노인이 무력해지는 건……"

"더군다나 그게 아버지라면."

"그래. 아버지는 정말이지 오랫동안"—그다음에 나온 표현은, 비록 내가 아버지의 진취성을 늘 존경해오기는 했으나, 한 번도 아버지의 노력과 연결시켜보지 못한 것이었다—"아주 오랫동안 기품 있는 전투를 해왔어." 그 말이 정말로 딱 들어맞아 나 자신에게 허를 찔린 느낌이었다.

"좋은 건," 조애너가 말했다. "아버지한테 선택권이 있다는 거, 아버지가 선택에 관여하고 있다는 거야."

"하지만 진짜 선택은 아니야. 다른 쪽은 받아들일 수가 없는 거니까. 다른 쪽은 창에서 뛰어내리는 게 될 거거든."

"그러니까 너는 아버지한테서 그 점을 존경하는 거로구나, 아버지한테 창문에서 뛰어내리는 건 불가능한 행동이라는 거."

"존경하기도 하고 부러워하기도 하지. 나는 작년에 바닥까지 내려갔을 때 매일 뛰어내릴 생각을 했거든."

"기억나. 나도 그게 해결책이라고 생각한 어리석은 시절이 있었지."

"아버지는 아니야. 아버지는 꿈에서라도 그걸 해결책이라고 생각하지 않아. 오늘 병원에 모시고 가려고 아버지한테 다녀왔어. 가난하기 짝이 없는 옛 뉴어크를 가로질러 운전을 해야 했지. 아버지는 거리 구석구석을 다 알더라고. 건물이 무너진 곳에서는 그 자리에 있던 건물을 떠올렸어. 어떤 것도 잊지 말아야 한다—그게 아버지 문장紋章에 새겨진 글이야. 사는 건, 아버지한테는, 기억으로 이루어지는 거지—아버지한테는 사람이 기억으로 이루어지지 않으면 속이 텅 비어 있는 거야. '저 계단 봐라, 1917년에 나는 앨 보락하고 저 현관 계단에 앉아 있었어—앨 보락 기억나니? 가구점을 했잖아—미국이 참전한 날 나는 저기에 앨하고 앉아 있었어. 봄이었지, 4월인가 5월인가, 그건 까먹었구나. 저기가 네 종조모가 과자 가게를 하던 곳이야. 저기는 형 모리스가 처음 구두점을 연 곳이지. 이야, 저게 여태 저기 있나?' 아버지는 그런 이야기를 해. 계속해서. 우리는 아버지가 다니던 학교를 지나갔어, 13번가 학교, 그 학교에서 아버지는 선생님이 가장 아끼던 학생이었지. '우리 선생님, 그 여선생님은 나를 사랑했어. "허먼." 선생님은 그렇게 불렀지—' 아버지는 시내를 가로지르면서 내내 그런 식으로 말씀하셨어."

"그래, 인생이란."

"그러게 말이야. 병원에 도착하니까 아버지가 말씀하시는 거야. '이 병원을 지었을 때 뉴어크는 큰 축복을 받은 거였지.' 그러니까 아버지는 자기 종양이 아니라 뉴어크시市를 생각하고 있었던 거야. 아버지야말로 뉴어크의 시인이야. 뉴어크를 그린 정말로 내용이 풍부한 작품은 내 이야기가 아니야—아버지의 이야기야."

"아버지는 훌륭한 시민이지."

"나는 아버지를 차에 태우고 다니고, 아버지하고 함께 앉아, 아버지하고 함께 밥을 먹어. 그러는 동안 나는 내내 진짜 일, 아버지가 평생 해낸, 유대인 한 세대 전체가 해낸 눈에 보이지 않는 엄청난 일이 그분들을 미국인으로 만들어갔다는 생각을 해. 가장 훌륭한 시민으로. 유럽은 아버지한테서 멈추었어."

"오, 완전히 멈춘 건 아니지. 아버지도 유럽을 완전히 포기한 건 아니야." 그녀가 말했다. "아버지 안에 유럽은 생존자의 태도로 남아 있어. 그래서 그분들은 절대 포기하지 않는 사람들이야. 하지만 유럽보다 낫기도 해. 그분들한테는 감사하는 마음이 있고 또 이상주의가 있거든. 그 기본적 품위 말이야."

그게 내가 조애너에게 전화를 한 이유였다—그게 그녀가 나의 아버지와 공유하는 것이었고 내가 두 사람에게서 높이 사는 것이었다—생존자의 태도, 생존자 정신, 생존자주의.

"두어 해 전에 아버지가 강도를 당했을 때 어떤 일이 벌어졌는지 얘기했던가? 아버지는 그때 죽을 수도 있었어."

"아니. 말해줘."

"작은 성전으로 가는 이면도로에서 열네 살짜리 흑인 아이가 총을 들고 아버지한테 다가왔어. 늦은 오후였지. 아버지는 성전 사무소에서 우편물 정리 같은 걸 도와주고 있었는데, 그날도 그러다 집에 오는 길이었어. 흑인 아이들은 백주에도 동네의 나이 든 유대인을 노려. 뉴어크에서 자전거를 타고 와서, 아버지 말이, 돈을 빼앗고, 웃고, 집으로 간대. '덤불 속으로 들어가.' 아이가 아버지한테 그랬다는 거야. '나는 덤불 같은 데 안 들어가.' 아버지는 그렇게 대꾸했고. '너는 뭐든 원하는 걸 가져갈 수 있어. 그런 거 들고 있지 않아도 가져갈 수 있어. 그건 치워도 돼.' 아이는 총구를 낮췄고 아버지는 아이한테 지갑을 줬어. '돈은 다 가져가.' 아버지는 말했어. '하지만 지갑이 너한테 필요가 없으면 지갑은 돌려줘도 괜찮아.' 아이는 돈을 챙기고 지갑은 돌려주고 달아났어. 그때 아버지가 어떻게 했는지 알아? 길 건너에 대고 소리를 질렀어. '얼마나 가져갔니?' 아이는 순순히 따랐어—대답을 해주려고 돈을 센 거야. '이십삼 달러요.' 아이는 말했어. '좋아.' 아버지는 아이한테 말했어—'어디 나가서 쓸데없는 데 쓰지 마라.'"

조애너는 웃음을 터뜨렸다. "뭐, 죄지은 건 없네, 네 아버지 말이야. 물론 아버지는 그 아이를 아들처럼 대한 거지. 비아위스토크*의 유대인이 뉴잉글랜드 노예무역에 대한 책임은 없다는 걸 아시는 거야."

"그렇지—그리고 그 이상이야. 아버지는 일반적인 방식으로 무력한 상태를 경험하지 않아."

"그래, 그런 건 모르는 분이지." 그녀가 말했다. "아버지는 그런 데 굴복하지 않으려 하셔. 그래서 무시무시하게 무심하게 되기도 하지만 동시에 무시무시한 배짱도 생기는 거지."

"그래, 생존을 위해 필요한 것들이 다 예쁜 건 아니지. 아버지는 사람들 사이의 차이를 절대 인정하지 않는 것에서 큰 이득을 봤어. 나는 평생 아버지한테 사람들은 다 다르다고 말하려고 해왔지. 어머니는 다른 방식으로 이걸 이해했어. 아버지는 이해 못 하는 방식으로. 그게 내가 아버지에게서 바라던 거야. 어머니의 인내와 관용을 조금이라도 갖는 거. 사람들은 다르고 그런 차이는 정당하다는 걸 그냥 간단하게 인정하는 거. 하지만 아버지는 그걸 이해하지 못했어. 모두 똑같이 일하고, 똑같이 원하고, 똑같이 의무를 이행해야 했으니까. 누구든 다르게 하는 사람은 메

* 폴란드 북동부의 지명.

슈게meshugge — 미친 거였어."

"나도 메슈게가 뭔지 알아, 필립. 비록 내가 폴란드인이기는 하지만 말이야."

"물론 그런 생각을 한 사람이 아버지가 처음은 아니지. 하지만 아버지는 그 나름의 독특한 유대인적인 방식으로 뭐가 선하고 뭐가 옳으냐에 관해 절대적으로 전체주의적인 관념을 고집했고, 어린 시절에 나는 그것 때문에 정말 우울했어. 모두가 똑같이 해야만 하다니. 아버지가 하는 대로."

"뭐, 너도 가차없어, 알잖아. 너한테도 그게 있어, 아버지한테서 받은 어떤 가차없는 태도가. 너도 네가 옳다고 생각할 때 늘 그렇게 요령 있게 구는 건 아니야."

"클레어가 그렇게 말하더군."

"너는 아버지를 용서했어. 아버지의 그 가차없는 태도와 요령 없는 태도, 모든 사람을 똑같은 틀에 넣어 바꾸고 싶어하는 태도를 용서했어. 모든 아이들은 대가를 치르지. 따라서 용서란 네가 치른 대가에 대한 용서도 포함하는 거야. 너는 아주 평온해진 말투로 아버지 이야기를 하고 있잖아."

"나도 그러기를 바라. 어머니가 돌아가신 뒤로 아버지와 끔찍하게 가까워졌어. 반대였다면 더 편했을 텐데."

"아닐 거야. 부모의 죽음, 그건 무시무시한 거야. 우리 어머니가 돌아가셨을 때 나는 내가 그런 감정일 줄 전혀 몰랐어. 삶의 반, 아니 그 이상이 사라져. 더 가난해진 느낌이야, 알잖아. 그 긴 세월 나를 알았던 사람인데……"

"오늘 아버지와 신경외과의를 찾아가 함께 앉아 있었어. 뉴저지 최고라고 하는 의사인데, 마흔, 마흔다섯쯤 된 아주 친절한 사람이야, 통통하고 온화한 유대인 아이지, 성적은 좋았고, 운동은 별로였겠지—막상 그 의사를 보니 추수감사절 칠면조를 써는 일도 믿고 맡기지 못할 것 같더라고." 나는 그녀에게 의사가 나에게 질문이 있냐고 물어보고 내가 의사에게 아버지가 질문이 있다고 말했다는 것, 아버지가 앉아서 질문 목록을 읽고, 의사가 아버지한테 뇌의 모형을 놓고 그가 하려고 하는 미친 짓을 보여준 것을 이야기해주었다. "의사는 아버지 머리를 쪼개 열고, 뇌를 들어올리고, 레이저로, 빛줄기로 두개골 안을 잘라낼 거야—그래서 나는 생각했지. '사람들의 약점이 어디서 나오는지는 알겠어, 우리 모두 그걸 알아, 하지만 힘의 원천은 어디지? 이런 식으로 이런 상황을 마주하고 있는 두 사람의 힘은 어디에서 나오는 걸까?'"

"자부심에서 나오지." 그녀가 말했다. "그 두 사람은 자신들이 훌륭하다고 생각해."

"그런 건가? 나는 모르겠는데. 이런 건 모두 아주 초보적인 게 틀림없는데 오늘밤에는 쩔쩔매게 되네. 초현실주의 예술이 따로 필요 없어, 응. 이게 나한테는 초현실이야. 그 두 사람이 거기 앉아, 자신들이 마주보고 있는 걸 마주보고 있는 거."

"그런데 클레어는 어디 있어?" 조애너가 물었다.

"런던에. 집에. 전화를 걸면 마음 아파해. 와서 돕고 싶다고 했는데 그냥 가만히 거기서 해야 할 일을 하라고 했어. 어떤 면에서는 사실 나 혼자 있는 게 나아, 클레어까지 여기 와서 처지게 하는 것보다는 나 혼자 맥빠진 채 돌아다니는 게. 클레어가 여기 있다면 저지에서 차를 몰고 집으로 돌아가 앉아서 클레어만 물끄러미 보고 있겠지—그것보다는 혼자 앉아 허공을 물끄러미 보는 게 나아. 해야 할 일에 집중하는 게 낫지. 그렇다고 집중이 다 좋은 건 아니지만. 나는 읽을 수가 없어, 도무지 쓸 수도 없어—심지어 하찮은 야구 시합도 볼 수가 없어. 전혀 생각을 할 수가 없어. 어떤 일도 할 수가 없어."

"하지 않아도 돼. 그것도 딱 네 아버지다." 그녀는 이제 놀리고 있었다. "늘 뭔가를 해야만 하는 건 아냐."

"아버지가 없으면 이상하고 외로울 거야. 그걸 누가 이해할까?"

"글쎄, 모든 걸 이해할 필요도 없어."

"아무것도 이해 못하겠어."

나는 나중에 샤워를 하면서 그 말을 반복했다. 침대 가장자리에 앉아 발톱을 깎으며—며칠 만에 아버지 일 외에 내가 집중할 수 있었던 첫번째 일이었다—그 말을 되풀이했다. 세 마디 말, 아주, 아주 기본적인 것, 하지만 그날밤, 조애너가 내 이야기를 끝까지 다 들어주는 호의를 베푼 뒤에는, 그 문장이 내게는 세상 모든 지혜를 모아놓은 것처럼 들렸다. 아무것도 이해 못한다. 할아버지의 면도용 컵을 움켜쥐고 맨해튼으로 돌아가던 그날 오후, 내가 아는 것이 너무나 적다는 사실이 그때만큼 분명했던 적은 없었을 것이다. 아버지와 내가 연결된 방식이 나선처럼 비비 꼬이고 깊다는 사실을 이해 못하는 것이 아니었다—내가 모르는 건 그것이 얼마나 깊고 또 깊어질 수 있느냐 하는 것이었다.

나는 새벽 네시까지 자다 깨다 하다가 불을 켜고 침대에서 나와 다시 아버지의 뇌 사진을 보았지만 그것도 전혀 이해할 수 없었다.

햄릿이 바라보던 요릭의 뇌의 MRI였다면,* 햄릿도 할말을 잃었을지 모른다.

* 셰익스피어의 『햄릿』에는 햄릿이 궁정의 어릿광대 요릭의 두개골을 바라보며 독백하는 장면이 나온다.

며칠 뒤 우리는 두번째 의사의 의견을 들었고, 아버지는 그것이 첫번째보다 마음에 드는 듯했다. 맨해튼 NYU 병원의 신경외과의 밸로 벤저민은 데이비드 크론의 요청에 따라 우리를 만나주기로 했는데, 크론은 나에게 이 의사가 "세계적 수준"이라고 이야기했다. 벤저민은 내 나이 또래의 권위적이고 세속적인 남자로, 멋지게 옷을 차려입은 검은 눈의 외국인이었으며, 솔직담백한 피카소 화파의 풍으로 정력적으로 잘생겼는데, 실제로 피카소를 닮기도 했다. 그는 아버지가 전하는 병력에 귀를 기울이더니, 두통이나 어지럼증이 있느냐고 묻고, 아버지 얼굴의 안 좋은 쪽에 감각이 얼마나 남아 있는지 보려고 얼굴 양쪽을 핀 끝으로 건드려보았다. 벤저민이 아버지를 아주 주의깊게 관찰하는 동안 아버지는 모든 질문에 답을 하고 스스로 질문을 하기도 하면서, 혹시나 집행정지가 떨어지고 선고가 거두어져 다시 마흔이 되었다고 여겨도 좋다고 해주지나 않을지 기다렸다. "마흔 같은 느낌이야." 그것이 불과 몇 달 전까지만 해도, 아버지가 모든 사람에게 하고 다니던 말이었다. 실제로 그렇게 느껴지지 않는 날에도.

벤저민은 뇌의 MRI 사진을 책상 뒤의 불이 밝혀진 스크린에 끼우더니 나더러 와서 함께 보자고 말했다. 아버지는 손에 질문 목록이 적힌 종이를 쥔 채 릴 옆에 얌전히 앉아 있었고, 의사는 내게만 들리도록 아주 작게 말하면서 손가락을 사진 위로 움직여 종양이 얼마나 넓게 자리잡고 있는지 보여주었다. 엄밀히 말해서, 그가 말했다, 이건 뇌종양이 아닙니다. 아마 안면신경 종양으로 시작해서 지금 있는 곳까지 커져 뇌간을 밀고 있을 뿐 아니라 코 뒤쪽의 뼛속으로까지 밀고 들어가고 있는 걸 겁니다. 마이어슨은 수술에 여덟이나 열 시간이 걸린다고 하면서 그 수술을 일상적으로 하는 일처럼 이야기했다. 그러나 이제 나는 수술에 열셋이나 열네 시간이 걸릴 가능성이 높고 모든 동맥과 신경이 한데 모여 있는 곳에도 손을 대야 할 것이라는 이야기를 듣고 있었다—"까다로운 지형이에요." 의사가 말했다. "불가능하다고 말씀하시는 건가요?" 내가 물었다. "전혀 그렇지 않습니다." 그는 내가 그의 전문 지식을 공격하기라도 한 양 쏘아붙였다. "물론 할 수 있어요."

다시 자리에 앉았을 때 아버지가 벤저민에게 말했다. "의사 선생, 내가 사는 건물에 친구가 하나 있소. 그 친구 처남한테 이런 종양이 생겼는데 방사선으로 치료를 했답디다. 방사선을 이용했더니 사라졌다는 거요. 그게 모든 걸 해결해준다거나, 완전히 없애준다거나 그런 말을 하는 건 아니오. 하지만 그냥 딱 두어 해만 더 얻을 수 있다면……"

"로스 씨," 의사가 아주 상냥하게 말했다. "우리가 치료할 종양의 종류를 알아야만 방사선이 효과가 있을지 없을지 알 수 있습니다. 그걸 알려면, 이 사진들 외에, 두개골 사진만이 아니라 뇌 안의 상황도 알려줄 CAT 스캔이 필요합니다. 그런 다음에는 종양 조직 검사를 해야 합니다. 로스 씨의 경우는 세 종류의 종양 가운데 하나인데, 조직 검사를 해본 뒤에만 어느 종류인지 또 어떤 제안을 할지 판단할 수 있습니다."

"알겠소." 아버지는 뚱하게 대꾸했다.

"조직 검사는 바늘로 합니다." 의사가 아버지에게 말했다. "한 시간밖에 안 걸리는 절차죠. 하지만 그뒤에도 지켜볼 수 있도록 하룻밤 입원하시는 쪽을 권합니다. 다음날에는 집에 가실 수 있고요."

"바늘로 어디를 찌르는 거요?" 아버지가 물었고, 그 말투는 미리 설명해주지 않으면 아무도 자신을 고문하지 못한다는 뜻을 담고 있었다.

아버지의 꾸밈없는 스타일, 그리고 나이와 그밖에 아버지가 맞서야 하는 모든 것에도 불구하고 여전히 아버지 안에 남아 있는 게 분명한 투지가 세련된 신경외과의의 마음을 어느 정도 사로잡았고, 심지어 개인적인 공감까지 불러일으킨 듯했다. 아버지는 자신의 병력을 이야기하면서 몇 번이나 약 칠십오 년 전 뉴어크에서 보낸 어린 시절의 일화로 방향을 틀었는데, 그 이야기의 기저에 깔린 메시지는 러트거스 스트리트에서 현실주의자가 되는 것을 배웠으며 이제 무슨 일이 닥치더라도 대비가 되어 있다는 것인 듯했다. 아버지와 생명은 오래, 아주 오래전부터 아버지와 함께해왔으며, 아버지는 벤저민도 그것을 알기를 바랐다.

이야기마다—뉴어크의 '다운넥'*에서 아일랜드인 불량배와 맞서던 이야기든 방과후에 사촌의 대장간에서 일하던 이야기든—의사는 초조함만이 아니라 그에 못지않은 호기심으로 귀를 기울였으며, 친절하게도 아버지가 할말을 다 할 때까지 기다렸다가 다시 당면한 문제로 방향을 틀었다. 의사는 아버지에게 입천장을 통해 바늘을 찔러넣어, 종양에서 조직을 떼어내는 과정을 한 단계 한 단계 자세히 설명했다.

"그럼 방사선은?" 아버지가 다시 물었는데, 이번에는 약간 간절한 느낌이 있었다.

"조직 검사를 해봐야 이게 방사선에 반응하는 종류의 종양인지 아닌지 판단할 수 있습니다. 늘 가능성은 있죠. 하지만 종양의 크기나 로스 씨에게 종양이 있었을 것으로 짐작되는 기간을 보았을 때 가능성이 아주 크지는 않습니다."

"이해해주시오," 아버지가 말했다. "내가 이야기하는 건 그저

---

* 뉴어크에서 다민족 노동계급이 모여 살던 곳.

삼사 년 정도뿐이오……"

의사는 고개를 끄덕였다. 아주 잘 이해하고 있었다. 처음 부탁할 때는 "이 년 더"였던 것이, 몇 분 사이에 삼사 년으로 늘었다는 것을 나는 놓치지 않았다. 아버지는 친근하고, 몸이 묵직한 닥터 마이어슨, 입천장을 통해 바늘을 찌르는 것 이상을 하겠다고 제안했던 그 의사보다 훨씬 귀족적인 동시에 유능해 보이는 이 의사를 신뢰하고, 심지어 어떤 신적인 위엄까지 부여하게 된 것이 분명했다. 만일 우리 모두 벤저민의 진료실에서 하루나 이틀 더 함께 앉아 이야기를 나눈다면, 아버지는 결국 죄에 가까울 정도로 탐욕스럽게 보임으로써 훨씬 심한 불행을 자초할 것이라는 두려움을 극복하고 이 의사에게 자신의 마음속에 있는 것, 즉 단지 삼사 년 더가 아니라 이 빌어먹을 것 전체와 처음부터 다시 씨름하고 싶다는 것을 공공연하게 이야기할 거란 생각이 들었다. "나는 고등학교 졸업장도 없이 이민자 거리에서 자수성가한 사람이오. 나는 한 번도 굴복한 적이 없고, 한 번도 법을 어긴 적이 없고, 한 번도 용기를 잃거나 '포기하겠다'고 말한 적이 없소. 나는 충실한 남편, 충성스러운 미국인, 당당한 유대인이었고, 두 훌륭한 아들에게 나는 가져본 적이 없는 모든 기회를 주었소. 그런 내가 요구하고 있는 건 정말 내가 당연히 받을 자격이 있는 거요—팔십육 년을 한번 더! 왜," 아버지는 그에게 물을 것이다.

"인간은 도대체 죽어야 하는 거요?" 물론 아버지는 그렇게 물어 마땅할 것이다. 그것은 좋은 질문이었다.

"바늘," 아버지는 말하고 있었다. "바늘로 찌르는 게—그게 안전하오?"

"일반적으로는 아주 안전한 절차입니다." 의사가 말했다. "아무것도 느끼시지 못할 겁니다. 전신마취를 할 거예요. 하고 난 뒤 이삼 일 동안은 입이 몹시 쓰라리겠지만 그 느낌은 사라질 겁니다."

"그런 다음에," 아버지가 말했다. "그게 맞는 종양이라면, 방사선은……?"

의사는 졌다는 표시로 두 손을 들어올렸고, 그러자 처음으로 세계적 수준의 신경외과의가 아니라 동양의 저잣거리에서 거래를 하는 장사꾼처럼 보였다. "완전히 불가능한 건 아니고, 전적으로 그 가능성을 배제할 수는 없지만, 지금으로서는 알 수 없습니다."

"방사선의 영향은 어떻소?" 아버지가 물었다.

"젊은 분이라면 삼십 년쯤 뒤에 영향이 있을 수도 있습니다."

"하지만 한 가지는 확실하군, 내가 맞게 이해한 거라면—선생이 수술을 원치 않는다는 거."

"하지 않을 거고 할 수도 없습니다. 먼저 안에서 발견하게 될 것이 무엇인지 정확하게 알아야 합니다."

진료실을 나서며 나는 집으로 바로 가지 말고 엘리베이터를 타고 병원 식당으로 내려가 의사와 나눈 이야기가 아직 기억에 생생할 때 그가 한 말을 검토해보자고 제안했다.

우리는 네 사람이 앉을 탁자를 찾았다—조카 세스도 우리와 함께 있었는데, 그는 저지시티에 부인과 함께 살고 있었으며, 릴과 아버지를 엘리자베스에서 태우고 왔고 또다시 데려갈 계획이었다. 의사를 만날 때는 대기실에 앉아 있었는데, 한편으로는 세스에게 의사와 이야기한 것을 알려주려는 마음도 있었지만 무엇보다도 아버지가 오해를 하지 않았는지 확인하고 싶어서, 나는 카페테리아에서 모든 것을 다시 되짚으면서, 의사가 방사선치료를 할 수 있는 종양일 가능성에 문을 열어놓기는 했지만, 결국 그렇게 될 가능성은 크지 않다는 점을 강조했다.

"이 사람이 마음에 들어." 내가 이야기를 끝내자 아버지가 말했다. "이 사람한테 감명받았어. 전에 그 사람은 그냥 들입다 잘라내고 싶어했어. 하지만 이 사람은 먼저 모든 정보를 알고 싶어 해. 이 사람한테 감명받았어. 당신은 안 그래?" 아버지가 릴에게 물었다. "감명받지 않았어?"

"받았어요." 릴이 말했다. "아주 좋은 사람 같았어요."

"너도, 필?"

"네. 훌륭한 의사인 게 분명해요. 데이비드가 그렇다고 장담했어요."

"맞아. 그리고 기다리자고 하지 않더냐. 저 사람 뭐지?" 아버지가 나에게 물었다. "유대인이야?"

"그런 것 같아요. 페르시아계 유대인인 듯해요."

"잘생긴 사내야." 아버지가 말했다.

엘리베이터 밖 일층에는 사람들이 많았다. 내가 아버지의 한쪽 팔, 세스가 다른 쪽 팔을 잡고 혼잡한 로비를 뚫고 나갔다. "다시 살기 시작해야겠어." 아버지가 갑자기 나에게 말했다. "이제는 그 아파트에 숨어 있을 수가 없어. 은자가 될 수는 없어."

"그렇고말고요." 내가 말했다.

"Y에 다시 다녀야겠다. 회당의 독창자가 나를 만나러 왔더구나—내가 말했던가? 회당에 다니는 두 사람과 독창자가. 종양 이야기를 들었대. 매일 Y까지 태워다주겠다는구나."

"잘됐네요. 다니세요."

"나한테 친구가 그렇게 많은 줄 몰랐어." 아버지가 말했다.

'형 집행정지야.' 나는 생각했다. '아버지가 그걸 즐기게 하자. 나도 즐기고. 비록 내일 다음 결정을 내려야 한다 해도.' 그래서 그날밤 나는 약간 즐거운 마음으로 메츠 게임을 볼 수 있었고, 여느 흔한 현실도피주의자처럼 아버지와 종양보다 달링의 3안타만 내준 투구와 맥레이널즈의 홈런에 집중할 수 있었다. 물론 종양은 메츠의 승리에도 불구하고 아버지의 머릿속에 그대로, 맹목적으로, 널찍하게 있었으며, 진균하는 맹목적 덩어리라면 뭐든 그렇듯 그냥 내버려두면 결국에는 무자비해질 터였다.

이 년 전인 1986년 10월 14일 메츠가 휴스턴에서 플레이오프 오차전을 하는 동안 나는 안타깝게도 런던에 있어야 했다. 런던 시간으로 열한시 십오분이 되었을 때 나는 엘리자베스의 아버지에게 전화를 했고, 아버지는 황홀경에 빠져 있었다. 아버지가 나의 권유로 메츠에 관심을 갖게 된 것은 바로 그해 봄, 아무도 원인을 진단할 수 없는, 어쩌면 뇌종양과 어떤 연관이 있을 수도 있는, 맥빠지는 으스스한 불안으로 한 달 정도 기분이 저조해 있을 때였다. 아버지는 완전히 기운이 빠져 식욕도 없었고, 가끔 일어나 걸을 때도 좌우로 비틀거렸다. 나는 뭐가 문제인지 알아보려고 런던에서 날아갔으며, 뉴욕에서 아버지와 함께 몇 주를 보내는 동안 아버지가 메츠에 관심을 갖게 하여 그 설명할 수 없는 병에서 아버지의 관심을 떼어내보려 했다. 당시 메츠는 페넌트 레이스 우승을 향해 나아가던 중이었다. 나는 저녁에 아버지에게 가서 함께 식사를 하며 게임을 구경하곤 했고, 셰이 구장에 두어 번 구경하러 갈 때는 눈을 크게 뜨고 관중석에서 나를 한번 찾아보라고 이야기하기도 했다. 내가 떠날 무렵 아버지의 증상은 거의 사라졌고 아버지는 다시 전과 비슷하게 건강한 모습이었으며, 동시에 열렬한 야구팬이 되었다—내가 어렸을 때 아버지가 형과 나를 데리고 옛 트리플 A 뉴어크 베어스가 습지 건너 우리의 라이벌인 저지시티 자이언츠와 일요일 더블헤더를 하는 것을 보러 뉴어크의 러퍼트 구장에 가던 시절 이후 처음 팬이 된 것이었다.

플레이오프 동안 런던에 묶여 있게 되었을 때 나는 매일 밤 아버지에게 전화를 해 게임 결과를 물었다. 나는 아버지의 열광적인 묘사를 사랑했다.

"메츠가 이겼지." 아버지는 그것이 아버지 자신의 승리이기도 한 것처럼 말했다. "십이회에서. 엄청난 게임이었어. 구든 대 라이언이었지. 스트로베리가 홈런을 쳤고. 그랬는데 저쪽에서 따라붙더라고. 엄청난 게임이었다."

"후아, 천천히 말씀해보세요." 나는 말했다. "스트로베리가 언제 홈런을 친 거예요?"

"육회에. 이긴 건 십이회야. 백맨의 강습 안타를 삼루수가 처리하지 못했지. 잡고 있지를 못하고 놓치더라고. 그래서 일루에 나갔어. 그랬는데 휴스턴 애스트로너츠의 투수가 일루로 악송구를 해서 백맨은 이루로 갔어. 그러자 에르난데스한테 공을 던지는 건 의미가 없으니까 걸러 보냈지. 그다음에 카터가 나타났어. 그동안 이십이 타석인가 이십삼 타석인가 안타가 없었어. 그런데 카터가 공을 중견수 쪽으로 높이 날렸고, 백맨이 득점을 했고, 그걸로 끝이었어. 메츠가 이 대 일로 이겼지."

"멋지네요. 언제 끝난 거예요?" 내가 물었다.

"삼십 분쯤 전에. 야, 네 친구 비젤 이야기 들었니?"

"네, 누가 이야기해주던데요." 오래전부터 조금 알고 지내던 소설가 엘리 비젤이 그날 노벨 평화상을 탔다.

"십이만 달러, 거기에 명예." 아버지가 말했다. "그러니까 그 친구가 올해 그 상을 탄 세번째 유대인이야."

"그래요? 다른 둘은 누군가요?"

"코언이란 사람하고 레비 뭐라고 하는 이탈리아계 유대인 여자인데."

"네." 내가 말했다. "유대인에게 멋진 날이고 메츠에게 멋진 날이네요. 메츠는 이 점, 휴스턴은 일 점—유대인은 삼 점, 이방인은 영 점. 이제 메츠가 휴스턴으로 가는 거죠, 맞죠? 내일 시합을 하나요?"

"그래, 이제 한 게임만 이기면 돼." 아버지가 말했다.

"네." 내가 말했다. "이연패하는 것보다 이상한 일들도 일어나긴 했으니까요."

"아냐." 아버지가 말했다. "두 게임을 질 수는 없어, 너무 훌륭하거든. 오늘은 끝내주는 게임이었어."

"칠차전까지 가게 되면 다시 스콧을 만나야 할 거예요." 내가 말했다.

"필, 스콧도 쓰러뜨릴 거다. 무엇보다도 스콧은 사흘 휴식 뒤에 또 던지잖니. 아니, 나흘 휴식인가? 우천 연기, 그다음에 오늘, 수요일—사흘 휴식이구나."

"좋아요." 내가 말했다. "아버지가 스콧을 이긴다고 하시니, 아버지를 믿죠. 내일 다시 이야기해요. 그리고 비젤 일은 축하드려요. 아버지네 유대인은 자랑스러워해야 마땅해요."

"아, 쓸데없는 소리 집어치워라, 응?" 아버지는 그렇게 말했지만 전화를 끊으면서 웃음을 터뜨리고 있었다.

다음날 밤에 전화를 했을 때도 웃음을 터뜨리고 있었다. "그래, 어떻게 됐어요?" 내가 물었다.

"아직 하고 있어. 믿지 못할걸. 십삼회야."

"맙소사."

"구회에 삼 대 일로 뒤졌지만 지금은 십삼회고 동점이야. 지금 보는 중이야. 저녁도 안 먹었어."

"이 게임이 지난 게임보다 아슬아슬하네요."

"아름다워." 아버지가 말했다.

"네, 저는 잘래요." 내가 말했다. "여기는 열한시 반이에요. 세 시에 시작했으니 이제는 끝났을 줄 알았죠."

"아니. 십삼회 초 투 아웃이야."

"메츠 투수는 누구예요?"

"맥도웰이고 휴스턴에서는 앤더슨이 던져."

"네, 저는 자러 가야겠어요." 내가 말했다.

하지만 자정에 이를 닦고 침대에 누었다가 침대에서 나와 부엌으로 내려가 다시 전화를 했다. 단지 메츠 때문에 전화를 하는 것은 아니었다. "어떻게 됐어요?" 내가 물었다.

"필? 오, 이런, 믿을 수가 없구나."

"아직도 해요?"

"네가 전화를 끊은 직후에 메츠가 사 대 삼으로 앞서갔어. 스트로베리—그리고 다이크스트라가 스트로베리를 들어오게 했던 것 같아. 그런데 십사회 말 휴스턴 공격 때 어떤 녀석이 홈런을 쳤지 뭐냐. 그래서 지금은 십오회 초야. 사 대 사이고 어떤 뚱뚱한 멕시코인이 던지고 있어."

"아, 맞아요, 그 아주 매력적인 친구."

"메츠는 아주 젊은 유격수를 세웠는데, 삼진 아웃만 당해…… 아냐—뜬공. 뜬공을 쳤어. 그래, 삼진 아웃이 아니야. 야, 지금 내가 런던으로 공 하나하나 중계를 하고 있네, 돈이 엄청나게 나오겠다."

하지만 나는 공 하나하나를 엄청나게 즐기고 있었다. 어쩌면 내가 거기 직접 가 있을 경우보다 훨씬 즐겼을 것이다. "계속 하세요, 험. 전 부자예요. 공 하나하나 중계하세요. 누가 나왔어요?"

"에르난데스와 카터가 나와. 믿기지 않는 시합이야. 구회까지 삼 대 영이었어. 메츠는 안타가 두 개뿐이었어. 너 그거 알아? 지금 레드삭스가 시작할 시간이 다 됐는데. 여덟시에 시작하기로 되어 있는데 여기는 벌써 일곱시거든. 어이쿠, 키스*가 삼진이네."

"키스가 삼진이요? 이 시합은 밤새 하겠네요."

아버지가 웃음을 터뜨렸다. "그럴 것 같구나."

"알았어요. 내일 전화할 테니 어떻게 됐는지 알려주세요. 잘 되길 바라요."

"걱정 마라, 이길 거야. 잠이나 좀 자." 아버지가 말했다.

아버지 시간으로 다음날 아침 일곱시—런던 시간으로 정오—에 아버지가 결과를 말해주려고 전화를 했다.

"필?"

---

* 에르난데스의 이름.

"네."

"애비다. 너 이런 건 본 적이 없을 거다. 메츠가 십육회에 이겼어."

"대단하네요. 조금 이따 전화드리려 했어요."

"방금 일어났어. 네가 궁금해할 줄 알았지. 구회에는 삼 대 영이었어. 내가 그 얘기를 어젯밤에 했나, 구회 얘기를?"

"상관없어요. 그냥 다 얘기하세요."

"잘 들어봐. 구회에 삼 점을 낸 거야. 거기서 사 대 삼으로 앞서나갔지. 그 투수가 계속 던지고."

"커펠드? 휴스턴의."

"아니. 메츠의. 그 친구 이름은 도무지 생각이 안 난단 말이야."

"맥도웰."

"아니. 다른 녀석."

"오로스코."

"그래, 모로스코. 메츠가 사 대 삼으로 앞서갔어. 그런데 휴스턴이 홈런을 쳐서 사 대 사 동점을 만들었어. 하지만 십육회에 메츠가 삼 점을 냈지. 칠 대 사로 앞서간 거야. 휴스턴 공격이었어. 한 녀석이 진루하고 다음 녀석이 홈런을 쳤지. 칠 대 육. 그다음에 케빈 베이스가 삼진을 당해서 메츠가 칠 대 육으로 이겼어."

"그러니까 시리즈에서 이긴 거네요."

"시리즈에서 이긴 거지."

"메츠가 어떻게 삼 점을 냈어요?"

"다이크스트라. 정말이라니까! 모로스코가 십육회에 점수를 내주니까 에르난데스가 마운드로 올라가서—이건 방금 신문에서 읽은 거야—모로스코한테 뭐라고 했는지 아니? '한 번만 더 패스트볼을 던지면 죽여버리겠어.'"

"정말로 죽였을지 궁금하네요."

"나 같으면 죽였을 거야." 아버지는 말하며 웃음을 터뜨렸다. 그 소리를 들으니 봄에 아버지가 푹 가라앉았던 것은 어쩌다 생긴 일일 뿐, 아버지는 이제 천년을 살 것 같았다.

우리의 형 집행정지는 약 스물네 시간 동안 지속되었다. 그뒤에는 뇌종양이 다시 사태를 장악했다.

다음 한 달 반 동안은 아무런 일도 일어나지 않았고 아무런 일도 하지 않았다—우리 중 누구도 정확히 뭘 해야 할지 알지 못했다. 첫번째 신경외과의는 이 종양이 방사선에 반응하지 않을 것이라고 말했고 두번째 의사는 방사선이 도움이 될 가능성이 적다고 암시했으니, 조직 검사는 우리가 아버지에게 강요할 권리가 없는 시련인 것처럼 보이기 시작했다. 특히나 주위에 물어보고 다니면서, 나는 그것이 아주 고통스러울 수도 있고, 안을 살피지 못하고 바늘을 꽂아야 하는 곳임을 고려할 때 위험이 아주 없지도 않다는 것을 알았기 때문이다. 게다가 그 결과가 우리가 이미 두려워하는 선택지—아버지를 더 낫게 하는 게 아니라 더 악화시킬 수도 있는 수술—를 우리에게 제시할 뿐이라면 아버지가 그것을 받게 해서 얻을 것이 무엇일까?

상황을 더 어렵게 만든 것은 우리와 만나고 나서 불과 며칠 뒤 닥터 벤저민이 한 달간 강연을 하러 미국을 떠나 유럽으로 가는 바람에 6월 20일에 그가 돌아오기 전에는 내가 그에게 의심을 토로할 길도 없었다는 점이다. 닥터 벤저민은 자신이 조직 검사를 기꺼이 믿고 맡길 만한 사람의 이름을 우리에게 주었고, 아버지는 실제로 다시 뉴욕으로 와서 그 의사를 만나러 가기도 했지만—이번에는 나에게 잠깐 휴식을 줄 겸 시카고에서 날아와 아버지와 일주일 동안 지내던 형이 함께 갔다—우리 모두 닥터 벤저민이 돌아오기 전에 조직 검사를 한다 해도 그전에 묻고 싶은 질문이 너무 많다고 느끼고 있었다.

아버지는 스스로 검사를 받겠다고 결정을 내릴 만한 능력이 없었다. 두 뇌외과의를 만나는 일은 용감하게 진행했지만, 이제 서로 다른 두 제안 사이에 꽉 물린 채 무력감에 사로잡혀 제정신이 아니었다. 아버지는 나에게 말이 되지 않는 이야기를 하기 시작했고, 그러다가는 더 긴 시간 동안 아무 말도 하지 않거나, 갑자기, 아무런 자극도 없는데 도무지 제어를 하지 못하고 릴에게 거칠게 폭언을 하고는, 나중에 자신의 격함에 놀라 유순하게 사과를 할 정도였다. 그러나 릴에게 사과하는 것이 자책을 한다기보다는 기가 죽는 모습으로 나타났기 때문에 이 또한 안타까운 사태 전개로 보였다. 아버지는 나에게, 형에게, 모두에게, 자신은 뒤통수나 입천장을 거치는 조직 검사나 수술은 원치 않는다고 되풀이해서 말했다—자신이 원하는 것은 처음부터 원하던 것뿐이라고, 먹을 것을 보고 신문을 읽고, 아버지 표현을 빌리자면, 혼자서 "운행"을 할 수 있게 되는 것뿐이라고. 왜 그냥 성한 눈의 백내장만 제거해서 시력을 돌려주면 안 되는 거냐? 한번은 아버지와 점심을 먹으러 갔다가 식탁에서 안과 의사에게 보내는 편지 초고를 발견했다. "닥터 크론 귀하, 나는 시력을 돌려받고 싶소. 내 눈을 고치고 싶소. 그게 내가 원하는 겁니다. 허먼 로스."

물론 시간이 흐르고 아버지가 절망 속에 무력하게 매달려 있는 동안, 나는 한 번도 바보일 거라고 생각해본 적이 없는 닥터 마이어슨이 우리에게 조치를 취하지 않으면 "비교적 단기간에" 사태가 점점 악화될 거라고 경고했던 일을 잊을 수가 없었다. 마이어슨은 종양을 없애려면 두개골 뒤쪽으로 들어가야 하고 그것을 꺼내는 데는 여덟에서 열 시간이 걸릴 것이라고 말했고, 벤저민은 종양을 없애려면 입천장을 째고 올라가야 하고—대체로 조직 검사 바늘이 뚫는 길을 따라—그것을 꺼내는 데는 열셋이나 열네 시간이 걸릴 것이라고 말했으며, 아버지는 나에게 이거나 저거나 무시무시하기는 마찬가지라 어느 쪽이든 받아들이는 것은 생각도 할 수 없다고 말하고 있었다. "내가 원하는 건 시력을 돌려받는 거야. 나는 보고 싶어!"

침대에서 나는 생각하곤 했다. '아버지에게 귀를 기울이자. 아버지가 하고 있는 말에 귀를 기울이자. 아버지는 자신이 원하는 것을 말하고 있고 그건 아주 간단하다. 아버지는 눈을 고치고 싶어한다. 아버지는 아이가 아니다—아버지는 그 나름의 지혜로 팔십육 년을 잘 헤쳐왔으니, 그 지혜를 존중하여 그냥 아버지에게 아버지가 원하는 것을 주자.' 하지만 다음 순간에는 내가 아버지의 비현실적인 위기 평가에 굴복하여 어려운 선택을 회피하려고만 하는 것처럼 보였다…… 그래서 다시 원점으로 돌아갔다. 수술에 내포된 위험에 비례하는 보답이 있다는 확신은 없지만, 아무 일도 하지 않으면 비교적 단기간에 아버지의 상태가 끔찍하게 악화될 수도 있다.

어느 날 아침, 형이 시카고로 돌아간 뒤, 나는 팜비치의 의사 친척 샌디 쿠빈에게 전화를 했다. 오랜 세월 그는 나의 요청에 따라 아버지가 플로리다에서 휴가를 보낼 때면 아버지를 진찰했으며, 아버지가 거기 내려가 있는 동안 불쑥 나타나는 건강 문제에 관해 합리적인 조언을 해주었다. 샌디는 나보다 두어 살 위였고, 대학에 다니는 아들 셋을 둔 아버지였으며, 이스라엘의 적극적인 지지자로서 일 년의 거의 반은 예루살렘의 의학 연구 병원에서 보냈다. 그가 기금을 모으기도 했고 그의 이름이 붙기도 한 병원이었다. 내가 최근 예루살렘에 갔을 때는 그 병원 직원과 함께 병원을 둘러보기도 했다. 우리는 모두 뉴어크의 같은 지역에서 자랐으며, 1940년대에 같은 고등학교를 다녔다. 그와는 최근에야 다시 만났지만—매해 겨울 플로리다로 아버지를 찾아가기 시작하면서—그 지역 식당에서 매년 함께 보내는 저녁이나 팜비치의 한 작은 만에 있는 그의 시원한 집에서 보내는 오후의 분위기는 친근하고 즐거웠다. 우리는 각자 상대가 위퀘이크 고등학교의 교실에서부터 얼마나 멀리 떠나왔는지 바라보면서 짜릿한 즐거움을 맛보았다.

내가 상황을 설명하면서 결정을 못 내리고 있다고 하자 샌디가 나에게 말했다. "그분은 노인이야, 필립—오래 사셨고 이제 종양은 아주 천천히 자라고 있어. 십 년 남짓 되었는데도 한쪽 귀의 청력 상실과 얼굴 한쪽의 마비 외에는 피해가 없어. 어쩌면 두통도 어느 정도는 거기서 오는 건지도 모르고, 불확실한 걸음걸이도 단지 시력이 나빠져서가 아니라 이게 여덟번째 신경을 누르고 있기 때문인지도 몰라. 하지만 피해는 감당할 수 없을 정도가 아니고 앞으로도 안 그럴지 몰라."

"하지만 지금 말한 피해가 모두 지난 여섯 달 동안 일어났는걸. 다음 여섯 달 동안은 어떻게 되는 거야?"

"아무도 모르지. 어쩌면 아무 일 없을 수도 있고," 그가 말했다. "또 모든 일이 일어날 수도 있고. 시력을 원하시면 시력을 드려. 설사 돌아가시기 전 한 달밖에 안 되는 기간이라도, 뭐, 그래도 한 달 동안은 원하는 걸 가지게 되는 거잖아. 어쩌면 운이 좋아서 더 오래 가지실 수도 있지."

"내가 생각하던 게 그거야—그 반대로 생각하지 않을 때 이야기지만. 닥,* 부탁 좀 들어줄래? 아버지한테 전화 좀 해줄래? 우리가 이야기를 나눴다는 건 말하지 말고. 그냥 전화를 해서 아버지가 자기 이야기를 하게 한 다음 나한테 한 말을 해드려—그게 천천히 자라니까 잊어버리라고. 어떻게든 빨리 아버지를 일으켜 세우지 않으면 정말이지 바닥으로 가라앉아버리실 것 같아. 순전히 감정적 고통 때문에라도 그냥 쓰러져서 이제 끝났다고 말할 것 같아."

---

* 의사를 뜻하는 닥터를 줄여서 부르는 말.

한 시간이 지나지 않아 아버지는 나에게 전화를 했다. 다시 기운을 완전히 되찾은 것처럼 목소리에 힘과 탄력이 넘쳤다. 다시 힘을 내고 삶으로 전진하고 있는 것처럼.

"방금 누가 나를 12월에 있는 딸 결혼식에 초대했는지 아니?"

"누군데요?"

"샌디 쿠빈이 팜비치에서 전화를 했어. 뭐라고 했는지 알아? 내가 나한테 벌어진 일을 이야기했더니 이러더구나. '허먼, 잊어버리세요. 그게 지금까지 십 년 동안 있었는데도 자라는 속도가 아주 느리니까 다른 피해가 생기려면 앞으로 십 년은 더 지나야 할 거예요.' 쿠빈은 종양이 더 커지기 전에 내가 다른 열 가지 이유로 죽을 수도 있다고 하더라고." 아버지는 진짜 즐거움이 느껴지는 목소리로 나에게 잠재적 살인자들을 나열했다. "나는 심장마비로 죽을 수도 있고, 뇌출혈로 죽을 수도 있고, 암에 걸릴 수도 있어—그게 나를 죽이기 전에 다른 백 가지가 나를 끝장낼 수도 있는 거지."

나는 웃음을 터뜨릴 수밖에 없었다. "네, 멋진 소식이네요."

"쿠빈 말이, 잊어버리고 계속 잘 살래."

"그래요? 그럼 그게 아버지가 할일인지도 모르겠네요."

"미셸, 쿠빈의 딸 말이야, 그 아이가 그러니까—여기, 내가 적어 놨지—1988년 12월 27일 화요일에 결혼한대. 집에서. 오전 열한시 삼십분에. 너도 결혼식에 오면 좋겠다고 하더라. 나하고 릴과 함께."

12월은 일곱 달 뒤였다. 그것은 "비교적 단기간"에 들어갈까, 들어가지 않을까? "아버지가 가면 저도 가죠." 나는 말했다.

"필, 나는 시력을 되찾고 싶어. 닥터 크론이 내 눈을 고쳐주면 좋겠어. 다른 일로 바보같이 돌아다니는 건 그만하고."

어쩌면 잉그리드가 나를 끝까지 돌봐줄 수도 있겠구나

하지만 벤저민이 유럽에서 돌아오고 나서 일주일 뒤 아버지는 조직 검사를 받으러 갔다. 수술의 서막으로서가 아니라—그 무렵 우리는 모두 수술을 단호하게 반대하고 있었다—아무리 작은 가능성이라 해도 종양이 방사선으로 줄어들 수 있는 유형인지 조직 검사가 밝혀줄 수도 있었기 때문이다. 나는 양심상, 우리 모두가 받아들일 수 없는 도살과는 다른 방법으로 그것을 치료할 방법이 전혀 없다고 확신하기 전까지 어떻게 종양을 그냥 무시할 수 있을지 알 수가 없었다. 아버지의 입천장을 뚫고 올라갈 바늘이 두개골 안의 뭔가에 피해를 줄 수도 있다는 생각이 두려웠지만, 그 시술을 시행할 닥터 퍼스키가 우리가 찾을 수 있는 가장 능숙한 의사라는 벤저민의 말에 설득당했다.

아버지 건물의 관리인이 아버지와 릴을 맨해튼의 병원까지 태워다주었고, 그곳에서 나는 두 사람을 만났으며, 요식적 절차에 의한 끝도 없는 지연 뒤에 접수를 하고 아버지 병실로 올라갔다. 병원에서 아버지에게 저녁을 조금 가져다주었는데, 놀랍게도, 아버지는 식사에 완전히 몰입했다. 이윽고 릴은 떠나고, 내가 아버지와 함께 내려가 젊은 레지던트와 면담을 했는데, 아버지는 그에게 병력과 더불어 어린 시절의 짧은 일화도 몇 개 이야기해 주었다. 병실로 돌아온 우리는 아버지의 작은 여행 가방에서 파자마를 꺼냈고, 아버지가 화장실에 다녀온 뒤 나는 아버지가 침대에 눕는 것을 도왔다. 아버지는 진이 빠진 상태였다. 얼굴의 늘어진 쪽 멀어버린 눈에서 안대를 떼어낸 아버지의 얼굴은 무시무시해 보였다. 그럼에도 아버지는, 굳이 말하자면, 아무런 조치도 하지 않던 시기만큼 의기소침한 것 같지는 않았다. 이제 새로운 시련과 마주해야 했고, 시련과 마주하는 것은 절망을 용납하지 않는 일이었다. 대신 도전과 체념이 섞인 태도를 요구했고, 아버지는 그동안 그런 태도로 노년의 수모를 마주하는 법을 배웠다.

병실로 올라오기 전 아래층 접수대에서 병실 텔레비전을 보는데 하루에 삼 달러 오십 센트라는 말을 들었을 때 아버지는 그 돈을 내지 않겠다고 했다. 나는 아버지가 침대에 누워 성한 한쪽 눈으로 천장을 물끄러미 바라보는 것을 보고 내가 그 돈을 내겠다고 했다. "그렇게 할게요." 내가 말했다. "저는 기분파거든요—하룻밤 텔레비전 시청료 정도는 얼마든지 쏠 수 있어요."

"텔레비전 보는 데 삼 달러 오십이라고? 저 인간들이 제정신이 아니군."

"야구 시합을 볼 수 있잖아요. 메츠가 레즈하고 붙는데."

"삼 달러 오십 주고는 안 봐." 아버지가 완강하게 대꾸했다. "집어치우라고 해."

"그래도 침대에 그렇게 누워, 내일 걱정을 하고 있는 것보단 낫잖아요."

"걱정 안 해. 나는 그런 사치는 할 수 없어. 너는 집에 가라."

"이제 겨우 일곱신데요. 〈맥닐/레러 뉴스〉를 볼 수도 있잖아요."

"내 걱정은 마. 나는 괜찮아. 너는 뭘 좀 먹고 호텔로 가서 메츠를 봐라."

나는 아버지 침대 옆의 의자에 앉아 포스트 저녁판을 읽기 시작했다. "뉴스 좀 읽어드릴까요?" 내가 물었다

"아니."

"라디오 가져올 생각을 미처 못했네요. 라디오로 중계를 들을 수도 있었는데."

"라디오는 필요 없어."

십오 분 뒤 아버지는 잠이 들었고, 한 시간이 지나도 밤새 그렇게 잠들어 있을 것처럼 깊은 잠에서 빠져나오지 않았다. 내가 레지던트에게 아버지를 위해 처방해달라고 한 수면제를 간호사가 갖다주기도 전의 일이었다. 틀니는 아버지가 둔 대로 침대 옆 탁자에 있었다. 나는 그것을 병원에서 틀니를 넣으라고 준 플라스틱 접시에 넣고 뚜껑을 덮은 다음, 탁자 서랍에 넣어두었다. 이 틀니는 새로운 것으로, 입의 오른쪽 아랫부분을 위해 만든 것이었다. 얼굴이 일그러졌기 때문에 치과 의사는 틀니를 정확하게 맞추느라 고생을 했다. 불과 이틀 전 아버지는 나하고 산책을 나갔을 때 그 틀니를 못 견디고 입에서 뽑아냈지만—"이 염병할 것! 이가 너무 많아!"—막상 손에 쥐었을 때는 어떻게 해야 할지 알지 못했다. 그때 우리는 노스브로드 스트리트를 가로지르고 있었는데 신호등이 막 바뀌려는 순간이었다. "자," 내가 말했다. "저한테 주세요." 나는 틀니를 받아 호주머니에 쑤셔넣었다. 놀랍게도, 그것을 손에 쥐었을 때 무척 기분이 좋았다. 계속 걸어, 아버지의 한 팔을 잡고 안내해 갓돌에 오르면서, 더럽다거나 역겹다고 느끼기는커녕, 뭔가 딱 맞는다는 느낌이 들어 재미있었다. 마치 우리가 이제 공식적으로 희극 듀오라도 된 것 같았다—듀런트가 코로, 에디 캔터가 눈으로 그랬던 것처럼, 잘 맞지 않는 틀니를 이용한 우스개로 어김없이 박수갈채를 받아내곤

하는 어릿광대 옆에서 멀쩡한 사람 역을 연기하고 있는 것 같았다. 끈끈한 침이 잔뜩 묻은 의치를 받아 내 호주머니에 집어넣음으로써 나는 부지불식간에, 내가 소년기를 벗어나면서 우리 사이에, 어떤 면에서는 자연스럽게 생겨났던 신체적 서먹서먹함의 분리선을 넘어가버렸다.

나는 침대 옆에서 몇 분을 더 기다렸고, 그래도 깨어나려는 기색이 전혀 없어 조용히 자리를 떴다. 가다가 간호사 데스크에서 발을 멈추고 아버지가 내일 언제 수술실로 내려갈 예정인지 물어보았다. 그런 다음 복도 끝에 있는 공중전화 박스에서 시카고에 있는 형에게 전화를 걸었다.

"그냥 아무것도 안 하면 안 되니까 이거라도 하는 게 아니기를 바라." 내가 말했다. "그런 느낌이 들어, 아주 약간이지만."

"아버지는 어떠셔?"

"어, 이것도, 다른 모든 것과 마찬가지로, 정면으로 부딪치고 계셔. 다른 데 정신을 파는 걸 조금도 참지 않으려 하셔. 병실에서 텔레비전을 보는 데 삼 달러 오십을 달라니까 아버지가 원무과의 과로에 지친 가엾은 녀석한테 노상강도나 하는 짓이라고 하셨어."

형은 웃음을 터뜨렸다. "고집스러운 영감이시군, 역시나."

"그래, 하지만 이런 상황에서는 고집스러운 영감이 되는 것도 그리 나쁜 일이 아닐 수 있어. 내일 아버지가 수술실에서 나오면 연락할게. 정오쯤 내려가실 거야."

"1번 애비뉴와 30번가가 만나는 곳이요." 나는 다음날 기사에게 말했다. "대학병원입니다."

"호텔에서 잘생긴 년하고 나오던데." 시내를 가로지르기 시작하자 기사가 말했다. 택시를 부르기 직전 나는 호텔 차일 밑에서 오랜 친구의 부인과 이야기를 나누고 있었다. 시내를 거쳐 병원으로 가려고 에식스 하우스에서 나오다가 우연히 만났다.

"네?"

"그 여자 빠를 흔들어대쇼?"

"뭐라고요?"

"그 여자하고 씹하냐고."

후면경에 녹색 눈 한 쌍이 보였는데, 그 공격적인 눈빛이 질문보다 훨씬 섬뜩했다. 호텔 앞에서 이야기를 나누느라 시간을 버리지만 않았다면 나는 그 눈에 내 목숨을 맡기지 않는 쪽으로 결정을 내리고 택시에서 내렸겠지만 아버지가 수술실로 들어가기 전에 병원에 가서 아버지를 꼭 보고 싶었기 때문에 나는 말했다. "사실을 말하면, 그렇지 않아요. 내 친구가 하지요. 그 여자는 그 친구 부인이니까."

"그게 무슨 상관이오? 그 친구는 당신 마누라하고 씹을 할 텐데."

"아니, 다른 친구는 몰라도 그 친구는 그러지 않을 겁니다. 물론 그런 일들이 일어나곤 한다는 건 잘 알고 있지만." 내가 그것을 잘 아는 것은 나 자신이 몇 번 그런 적이 있기 때문이지만, 기사와는 달리 나는 탁자에 바로 내 카드를 모두 꺼내놓고 싶지 않았다. 아직 갈 길이 멀었기 때문이다.

"그런 일은 늘 일어난다오, 친구." 그가 말했다.

기사의 말을 끊는 것은 좋은 생각이 아니라고 보았기 때문에 나는 아주 가볍게 대꾸했다. "뭐, 현실주의자와 이야기를 나누게 되니 좋군요."

그는 경멸감을 감추지 않고 말했다. "그걸 그렇게 부르나?"

나는 처음으로 창밖의 건물들을 눈여겨보다가 그가 파크에서 엉뚱한 방향으로 접어들어 주택지구 쪽으로 달리고 있다는 것을 깨달았다. "이봐요!" 나는 우리가 어디로 가야 하는지 일깨워 주었다.

그는 자기 잘못을 교정하기 위해 동쪽으로 끝까지 가 F.D.R. 드라이브에서부터 남쪽으로 '신호 무시 질주'를 하기로 했다. 그러나 그 드라이브에 도달하는 과정에서 엉뚱한 방향으로 한참을 가기도 했다.

애초에 병원에 열한시 삼십분까지 간다고 생각하고 그보다 훨씬 여유 있게 나섰으나, 호텔 입구부터 드라이브까지 길이 막히는 바람에 택시가 남쪽으로 향하는 차량들의 무거운 흐름을 향해 서서히 나아가기 시작했을 때는 이미 시간이 열한시가 넘어 있었다.

"당신 의사요?" 기사가 물었다. 거울로 보니 그는 호전적인 표정으로 나를 뚫어져라 보고 있었다.

"맞습니다." 내가 말했다.

"무슨 종류?"

"맞혀보세요."

"머리." 그가 말했다.

"맞습니다."

"정신과 의사." 그가 말했다.

"맞습니다."

"대학병원의."

"아니요, 위쪽 코네티컷입니다."

"병원장이오?"

"내가 병원장처럼 보이나요?"

"그렇고말고." 그가 권위적으로 말했다.

"아니요." 내가 말했다. "고용된 의사 가운데 한 명일 뿐입니다. 그걸로 만족하고 삽니다."

"똑똑하군—돈을 쫓아다니지 않아도 되니까."

나는 어느새 스쳐가는 일반적인 승객 이상의 관심을 가진 진짜 전문가라도 되는 양 기사를 살피고 있었다. 그 사람은 마스토돈이었다. 택시는 표준형 세단이었음에도 그의 몸은 앞의 반쪽에서 넘쳐흘렀고 머리는 천장에 닿을 듯 말 듯했다—그의 두 손에서 운전대는 아주 작은 아기, 그가 목을 조르고 있는 아기 같았다. 그의 얼굴 가운데 내가 거울로 볼 수 있는 것은 눈뿐이었는데, 머리에서 튀어나오기만 하면 그의 두 손만큼이나 사람 목숨을 쉽게 끝장낼 수 있는 능력을 갖춘 것처럼 보였다. 그의 분위기는 그가 처음 입을 열고 한 말이 암시한 것보다 훨씬 위협적이었으며, 나는 그와 함께 F.D.R. 드라이브를 '신호 무시 질주'한다는 생각이 마음에 들지 않았다. 특히나 그의 관심이 내가 가고 싶어하는 곳까지 나를 데려다주는 것이 아니라 다른 데 쏠려 있는 게 분명했기 때문이다—굳이 거의 처음부터 엉뚱한 길로 접어들었다는 사실을 고려하지 않더라도.

"이거 아쇼, 닥?" 그가 갑자기 과감함이 지나친 운전 솜씨로 남쪽으로 내려가는 추월 차로로 뛰어들면서 말했다. "무덤에 들어가 있는 우리 아버지는 앞니 네 개가 없소. 내가 그 씨발놈의 아가리에서 날려버렸지."

"아버지를 좋아하지 않았군요."

"아버지는 비열한 자식에다 실패자였는데, 나까지 실패자로 만들고 싶어했소. 불행이란 놈은 물귀신이거든. 아버지는 형을 시켜 길거리에서 나를 두들겨 패게 했지. 형은 나를 두들겨 패고 아버지는 절대 말리지를 않았어. 그러다 스무 살이 된 어느 날 아버지에게 다가가 그 씨발놈의 이빨을 날려버리면서 말했지. '왜 이러는지 알아? 나를 바비한테서 한 번도 지켜주지 못했기 때문이야.' 나는 아버지 장례식에도 안 갔소. 하지만 부모 장례식에 가지 않는 자식들은 많잖아, 안 그렇소?" 갑자기 공허해지고, 방어적으로 비굴해진 목소리로 그가 덧붙였다. "내가 첫번째는 아니잖아요."

거울에서 야만적이고 호전적인 태도는 조금도 감추지 않은 눈이 내 대답을 기다리고 있었다.

"첫번째가 아니죠." 나는 듣고 싶은 이야기를 해주었다.

"우리 어머니라고 나을 것도 없소." 그는 가래를 뱉듯이 "어머니"라는 말을 했다, 마치 그게 단어가 아니고 어쩌다 씹게 된 고약한 것이라도 되는 양. "어머니가 전화를 해 울면서 아버지가 죽었다고 하기에 내가 말했소. '그래, 계속해요, 위대한 영웅을 위해서 울어.' 그러면서 나는 어머니가 얼마나 멍청한 년인지 얘기해줬소."

"힘든 시간을 보냈군요, 그렇죠?"

그 눈에서 확 타오르는 완전한 편집증 때문에 나는 생각할 수밖에 없었다, 칼날을 가볍게 튕겨내라. 하지만 기사가 만일 내가 그의 아버지처럼 앞니 네 개가 빠진 채 무덤에 들어가야 할 필요가 있는, 빈정대는 인간이라고 생각했다면 나를 잘못 본 것이었다. 나는 정신과 의사였고, 스스로를 낮추어 남을 심판하지 않았으며, 다행히도, 그 점이 곧 그에게도 받아들여지는 것 같았다. 그는 결코 어리석지 않았지만, 이런, 신뢰가 부족했다. 이제 세상에 없는 그의 아버지는 바비로부터 그를 지켜주지 못하는 바람에 아주 회의적인 둘째아들을 세상에 풀어놓은 셈이 되었다.

"그럼," 그가 서글픈 목소리로 대꾸했다. "그건 힘들었다고 말할 수 있지." 그러나 그는 머리로 공기를 박아대며 사납게 덧붙였다. "하지만 나는 살아남았어."

"물론 그랬지요."

다음 순간 그는 나를 깜짝 놀라게 했다. 만일 그가 옆자리에 놓인 찻잔을 들고, 새끼손가락을 예의바르게 뻗은 채 우아하게 차를 한 모금 들이켰다 해도 그렇게 놀라지는 않았을 것이다. "닥, 나는 불안정해요."

"댁이?" 나는 믿어지지가 않아 그에게 퍼붓고 말았다. "대체 뭔 소리를 하는 겁니까? 댁은 아버지 이빨을 쳐서 목구멍 너머로 넘겨버렸고, 울고 있는 어머니를 야단쳤어요—지금 몰고 있는 건 댁의 택시죠, 그렇죠?"

"그럼. 두 대 있지."

"두 대—이야, 누구 못지않게 안정되셨네."

"내가?" 그 폭력적인 놈이 나에게 물었다.

"나한테는 그렇게 보이네요."

"나한테 잘해주시네, 닥—요금에서 일 달러를 빼드리겠소. 내가 실수한 것에는 돈 낼 필요 없소." 드라이브에서 34번가로 접어들면서 그는 아량이 더 커졌다. "지금 미터기를 끄고 거기서 일 달러를 더 빼드리겠소."

"그게 좋으시다면. 아주 친절하시군요."

그 말은 지나쳤던 게 아닌가 하는 생각이 들었다. 자신을 친절하다고 했다는 이유로 나를 죽일 준비를 하는 모습을 예상하며 나는 거울을 들여다보았다. 그러나 아니었다. 그는 그 말을 좋아했다. 이 사람도 인간이구나, 나는 생각했다, 그 말의 최악의 의미에서.

병원에 도착해 택시에서 서둘러 내리며 나는 훌륭한 정신과 의사로서 그가 실제로 따를 수 있을 거라고 생각하는 유일한 조언을 해주었다. "계속 주먹질을 하세요." 나는 그에게 말했다.

"어이, 당신도, 닥." 기사는 말했고, 그의 얼굴, 이제 보니 아기 같은 어른의 얼굴, 살이 많이 붙고, 술을 심하게 마시고, 증오에 찬 나이 마흔인 유아의 얼굴이 부서지며 넌더리를 내는 미소가 나타나, 나는 처음으로 전문적 솜씨를 발휘했을 뿐인데 긍정적인 전이가 이루어졌다는 것을 보여주었다. 그는 실제로 그렇게 했다, 나는 그 사실을 깨달았다, 아버지를 멸절했다. 그는 프로이트가 추측하기를 좋아했듯이, 힘으로 아버지의 존재를 지울 만한 소질이 있는 아들들—아버지를 미워하고 두려워하다가, 아버지를 이긴 뒤에는 아버지를 먹어 그를 명예롭게 하는—로 이루어진 원시 부족의 구성원이다. 그리고 나는 주먹을 날리지 못하는 부족 출신이다. 우리는 그런 사람이 아니고 그렇게 할 수 없다, 아버지에게든 다른 누구에게든. 우리는 폭력에 질린 아들들이며, 신체적 고통을 가할 능력이 없고, 때리고 몽둥이질을 하는 데는 소질이 없으며, 설사 그런 일을 당해 마땅한 적이라도 가루로 만드는 일에는 적합하지 않다, 그렇다고 소란을 피우고, 성질을 내고, 한술 더 떠 광포한 행동을 하지 않는다는 것은 아니지만. 우리에게는 식인종과 마찬가지로 이빨이 있지만, 그냥 거기에, 턱에 박혀 있으며, 다른 일보다는 말을 분명히 하는 데 도움을 준다. 우리는 초토화할 때, 없앨 때, 분노의 주먹이나 무자비한 음모나 미친듯이 퍼져나가는 폭력을 이용하는 것이 아니라 우리의 말, 우리의 뇌를, 정신을, 우리 아버지와 우리 사이에

통렬한 심연을 만들어낸 그 모든 것, 바로 아버지들 자신이 우리에게 주려고 허리가 부러져라 노력한 그 모든 것을 이용한다. 우리가 그렇게 영리해지도록 또 예시바 부허*가 되도록 부추기면서도 그들은 그것이 곧 우리가 그들을 고립시키고 우리의 그 모든 강력한 주절거림으로 그들을 어리둥절하게 만들 장비를 갖추도록 하는 과정이라는 사실을 알지 못했다.

대학 일학년 때 마치 내가 아버지의 대역이나 수단인 듯한 느낌이 들었던 것, 감정적으로 내가 아버지 대신 대학에 가 있고, 나만 교육받는 것이 아니라 아버지도 내가 무지에서 구원하고 있다고 상상하게 된 것은 아마도 아버지를 이렇게 철저하게 앞서가는 것에 대한 두려움 때문이었을 것이라는 생각이 든다. 물론 그 정반대의 일이 일어나고 있었다. 내가 밑줄을 긋고 여백에 메모를 하는 모든 책, 내가 듣고 과제를 제출하는 모든 과목은 내가 때 이르게 열두 살에, 아버지가 이민자 부모와 그 모든 자식들을 부양하는 것을 돕기 위해 영원히 학업을 중단한 것과 비슷한 나이에 고등학교에 들어간 이후 우리 사이에 점점 넓어져만 가던 정신적 간극을 더욱 확대시켰다. 그럼에도 도서관과 강의실과 기숙사 책상에서 나를 사로잡고 있던, 아버지와 합쳐진

* 정통 유대인을 위한 학교인 예시바에서 공부하는 학생.

다는 느낌, 헛소리인 게 분명하지만 어떻게 된 일인지 아버지가 내 안에 들어와 살면서 나의 지성과 더불어 자신의 지성을 자극하고 있다는 뜨거운 확신을 나의 합리적 자아는 몇 달 동안 도저히 떨쳐버릴 수가 없었다.

도착해보니 아버지의 병실은 비어 있었다. 침대 옆 탁자에 아버지 물건은 전혀 없었고, 옷장을 보니 옷, 가운, 작은 옷가방이 사라지고 없었다. 가장 무시무시했던 것은 침구를 벗겨낸 벌거벗은 매트리스였다. 나는 다시 간호사 데스크를 향해 복도를 달려내려가며 생각했다. "끝났구나, 끝났구나, 아버지는 최악을 면했구나." 그러나 그곳에 가서 아버지가 몇 분 전에 수술실로 옮겨졌을 뿐이라는 이야기를 듣고 크게 안도했다. 나의 환자, 존속살인 택시 기사와 상담이 길어지는 바람에 늦게 온 것이었다. 아버지는 죽은 게 아니었다. "하지만 바늘을 엉뚱한 곳에 꽂는다면, 아버지의 눈이 멀게 만든다면, 얼굴 나머지도 마비시킨다면……"

다섯시가 다 되었을 때 아버지는 회복실에서 나와 수술을 받은 환자 네 명이 있는 병실로 옮겨졌다. 아버지에게는 상태를 살펴보기 위한 기계가 연결되었고 병실에는 간호사가 이십사 시간 근무했다. 나는 면회 시간이 끝날 때까지 아버지 병상 옆에 앉아 맥박이 일 분에 육십 번이라는 꾸준한 속도를 유지하는 것을 놀란 눈으로 지켜보았다. 막 수술을 마치고 돌아온 방의 다른 환자들은 혈압이 제멋대로 날뛴 반면 아버지의 혈압은 155에서 78로 거의 고정되어 있었다. 물론 화면을 가로질러 꾸준하게 오르내리는 심전도 패턴을 해석할 수는 없었지만, 내가 보기에 변덕스럽거나 박자에서 벗어난 신호를 보내는 것 같지는 않았다. 아버지는 여전히, 시스템으로 보자면, 하나의 경이였으며, 따라서 아무것도 면할 수 없는 운명이었다.

병원에서는 통증을 완화하기 위해 입안에 넣고 물고 있으라고 얼음을 주었다. 나는 계속 아버지에게 얼음을 먹이고, 그릇이 비면 다시 채웠다. 아버지는 입이 너무 아파 말을 하지 못했다. 마침내 할말이 생겼을 때는 짧고 다정하게 끝냈다.

"지금은 기분이 어떠세요?" 아버지가 회복실에서 나온 지 한 시간 정도 지났을 때 물었다.

목소리는 힘이 없었지만 말투는 모질었고 메시지는 아주 분명했다. "죽었으면 좋겠다."

그러나 아버지는 다시는 불평하지 않았다.

건너편 병상에는 목구멍에 바로 튜브를 삽입한, 아주 약하고 늙은 동양인 남자가 있었다. 그는 내장 수술을 했으며 계속 안쓰럽게 구역질을 하면서 가래를 게워올리려 했다. 마흔쯤 되어 보이는 작고 예쁘장한 딸은 놀랄 정도로 능률적이어서 아버지에게 온전히 집중하면서 아버지를 편하게 해주기 위해 이런저런 일을 하며 말없이 돌아다녔지만, 그의 고통을 완화해주는 것은 가능해 보이지 않았다. 그의 얼굴에는 표정이 나타나지 않았지만 몇 분마다 당장이라도 숨이 막혀 죽을 것처럼 튜브와 씨름하는 소리가 들려왔다.

다음날 아침 병원에 도착해 아버지한테 물었다. "좀 주무셨어요?"

"별로. 중국 사람 때문에 다들 잠을 못 잤어."

아버지 병상 옆의 의자에서 이제 일어나 앉은 노인이 튜브와 씨름을 하고 있었고, 딸은 이미 그 옆에서 말없이 아버지를 보살피고 있었다.

"입은요?" 내가 물었다.

아버지는 고개를 저어 여전히 느낌이 끔찍하다는 사실을 알려주었다.

간호사는 아버지가 고통이 너무 심해 의사가 오늘은 퇴원할 수 없다는 결정을 내렸다고 전했다. 아버지는 아직 소변도 보지 못했으며, 병원에서는 소변을 보기 전에는 보내줄 수 없다고 했다. 아버지는 대변도 보지 못했다고 말했고, 화장실로 가서 시도를 해보려고 계속 침대에서 일어났다. 그럴 때마다 나는 아버지를 화장실로 안내한 다음 문밖에 서서 혹시 도움이 필요할지 몰라 대기하고 있었다. 이따금씩 동양인 여자와 나는 각자의 아버지를 돌보는 것을 지켜보며 마주보고 웃음을 지었다.

릴이 면회를 왔다. 세스가 부인 루스와 함께 왔다. 샌디와 헬렌이 시카고에서 전화를 했다. 런던에서 돌아와 있던 클레어가 코네티컷에서 전화를 했다. 조너선은 어디인지는 몰라도 나가 일하고 있던 도로에서 전화를 했다. 그러다가 그날 늦게, 아버지가 저녁으로 나온 물기가 많고 식욕을 일으키지 않는 음식 가운데 먹을 수 있는 것을 먹도록 거들고 있는데 닥터 벤저민이 화려하게 재단한 양복을 입고 사람들이 신경외과의에게 기대하는 자신감을 한껏 발산하며 나타났다. 하얀 셔츠에 타이 차림의 산뜻해 보이는 행정 담당 조수와 함께 왔는데, 조수는 군인 같은 정확성으로 자기 의무를 이행했다. 그와는 대조적으로 아버지는 뒤에서 대충 묶어놓은, 먹을 것을 흘린 병원 가운 차림에 틀니는 빼놓고 얼굴 반쪽은 밑으로 늘어진 모습으로 저녁 쟁반을 앞에 두고 축 처져 있어 자그마한 노파처럼 보였다—그 노파는 아버지의 어머니 버사 잔스테허 로스, 세상을 뜰 무렵 병원에서 본 내 기억 속의 그녀 모습 그대로였다. 대학에서 집에 와 할머니 침대 곁에 서 있을 때 아버지가 할머니에게 음식을 먹여주고 할머니는 아버지에게 이디시어로 중얼거리던 광경이 아주 선명하게 떠올랐다.

벤저민은 우리에게 조직 검사 결과를 알려주었다. 종양은 아주 드문 유형으로 일종의 연골 재질로 이루어져 있었다. "손톱 비슷하다고 보시면 됩니다." 벤저민이 아버지에게 말했다. 양성이었지만 방사선에는 영향을 받지 않았다. 벤저민은 그것을 두 번의 수술을 통해 외과적으로 제거하자고 제안했는데, 수술 한 번에 일고여덟 시간쯤 걸렸다. 처음에는 입을 통해 들어가 그쪽으로 덩어리의 일부를 꺼내고, 그런 다음 몇 달 뒤, 뒤통수를 통해 들어가 나머지를 꺼내겠다는 것이었다.

아마 그에게는 전술적으로 가능한 일이 아니었겠지만, 나는 의사가 나를 옆으로 데려가 먼저 알려주었으면 좋았을 것이라고 생각했다. 그것은 그날 저녁 티스푼으로 잴 만한 힘밖에 남지 않은 노인에게 해주기에는 너무 많은 이야기였다. 의사가 자기 할 말을 한 뒤 아버지는 병원에서 한번 더 가져다준 저녁, 차가운 콩소메와 요구르트와 초콜릿 음료와 젤-O와 폽시클로 이루어진 저녁 쟁반을 오랫동안 바라보았다. 방향과 초점을 잃은 아버지의 눈을 통해서는, 설사 생각이 있다 하더라도 무슨 생각이 담겨 있는지 알아내는 것은 불가능했다. 나는 십 년 동안 아버지의 두개골의 빈 부분에서 몸을 불려온 손톱, 이 아버지의 힘과 마찬가지로 고집스럽고 가차없는 힘으로 아버지 코 뒤의 뼈를 깨고 열어젖힌 뒤 얼굴의 공동 안으로 엄니처럼 밀고 들어온, 아버지와 마찬가지로 완강하고 단단한 물질을 생각하고 있었다.

마침내 아버지는 벤저민이 있다는 사실을 떠올린 듯, 고개를 들고 그에게 말했다. "뭐, 의사 선생, 나한테는 저 건너편에서 나를 기다리는 사람이 많이 있소." 그러더니 그릇을 향해 머리를 내밀고 숟가락을 젤-O에 담가 뭔가를 먹어보려는 시도를 이어갔다.

나는 의사, 조수와 함께 복도로 나갔다. "아버지가 그런 수술 두 번을 어떻게 버텨낼 수 있을지 모르겠네요." 내가 말했다.

"아버님은 강한 분입니다." 의사가 말했다.

"여든여섯 살의 강한 사람이죠. 어쩌면 이걸로 충분한 건지도 모릅니다."

"종양은 임계점에 이르러 있습니다. 그냥 두면 일 년 안에 심각한 문제를 일으킬 것으로 보입니다."

"어디에요?"

"아마 삼키는 데요." 그의 말은 물론 끔찍한 그림을 불러왔지만, 그것은 여덟 시간짜리 수술 한 번이 아니라 이제 두 번에서 아버지가 회복하는 모습을 상상하는 그림보다 훨씬 끔찍하지는 않았다.

"깊이 생각을 해봐야겠습니다." 내가 말했다.

우리는 악수를 했지만 의사는 조수와 걸어가다 다시 몸을 돌려 부드럽게 일깨워주었다. "로스 씨, 일단 무슨 일이 벌어지면 너무 늦어 손을 쓸 수 없을지도 모릅니다."

"이미 너무 늦은 건지도 모르죠." 내가 대꾸했다.

다음날 아침까지도 아버지는 오줌을 누지 못했고, 다른 누구 못지않게 도뇨관을 꽂는 것을 바라지 않았기 때문에 나는 아버지에게 화장실에 가서 세면대의 물을 틀어놓고 오줌이 나올 때까지 앉아 있어보라고 말했다. 아버지는 세 번 화장실에 들어갔고, 마지막에, 이십 분 뒤에, 밖에 나와 효과가 있었다고 말했다. 아버지가 되게 만든 것이었다.

나는 아버지가 평상복을 입는 것을 도운 뒤 형에게 전화를 걸러 가서 곧 퇴원을 해 코네티컷 집으로 가겠다고 말했다. 클레어와 나는 여름을 보내기 위해 그 집에 가 있었다. "자, 이제 할 수 있는 일이 없다는 걸 확실하게 알았어." 나는 형한테 말했다. "수술 두 번은 말도 안 돼. 이것만으로도 아버지가 어떤 모습으로 변했는지 한번 봐야 돼."

아버지의 면도 도구를 옷가방에 넣고 있는데 건너편 노인은 여전히 목의 튜브 때문에 숨이 막혀 괴로워했고 딸은 여전히 소리 없이 아버지를 편하게 해주려고 부지런히 움직이고 있었다. 나는 다가가 그녀에게 작별 인사를 했다.

"아버지는 나아지셨어요?" 그녀가 물었다. 그녀의 영어는 억양이 강해 알아듣기가 힘들었다.

"일단은요." 나는 대답했다.

"그쪽 아버지는 용감함 분이에요." 그녀가 말했다.

"그쪽 아버지도요." 내가 말했다. "늙는 건 소풍이 아니에요, 그렇죠?"

그녀는 웃음을 지으며 악수를 했다. 아마 내가 한 말을 이해하지 못했을 것이다.

병원 밖에서 아주 천천히 주차장을 가로질러 내 차로 다가가는데 아버지가 나에게, 쓴 약을 먹으면 상을 주겠다는 약속을 받은 아이처럼 말했다. "이제 눈 고쳐도 돼?"

아버지는 사과나무, 물푸레나무, 단풍나무를 굽어보는 창이 있는 위층 침실에 묵기로 했다. 그 방에는 나무를 때는 난로가 있고 북아프리카산 밝은색 바닥 깔개가 깔려 있었는데, 아버지가 어머니와 함께 찾아오던 시절에, 또 어머니가 세상을 뜬 뒤 릴과 함께 여름에 시골에서 우리와 주말을 보내러 두어 번 왔을 때 늘 자고 싶어하던 방이었다. 나는 점심식사 뒤 낮잠을 잘 수 있도록 아버지를 위층으로 데리고 올라갔다. 그날 아침 클레어는 다음 며칠 동안 아버지가 먹을 수 있도록 커다란 냄비에 야채 수프를 끓여놓고 정원에서 꽃을 따다 방안 분위기를 활기차게 바꾸었지만, 아버지는 여전히 뜨거운 것을 먹을 수 없었고 병원에서 두 시간 동안 차를 타고 오느라 너무 지쳐 수프 그릇만 빤히 굽어보며 앉은 채 클레어가 편안하게 해주려고 이모저모로 시도해도 아무런 반응을 보이지 않았다.

방에 들어가자마자 아버지는 이불 위에 그대로 누워 잠이 들었다. 하지만 이십 분쯤 뒤 확인을 하려고 갔을 때, 아버지 방 옆에 붙은 욕실의 약간 열린 문을 지나다 아버지가 머리를 두 손으로 감싸쥔 채 변기에 앉아 있는 것을 보았다. 오는 길에도 아버지가 화장실에 가고 싶을지 모른다고 하여 주유소에 두 번 들러야 했다.

“괜찮아요?” 내가 소리쳤다.

“괜찮아, 괜찮아.” 아버지는 말했지만, 나중에 함께 마당을 좀 걸으러 나가자고 하자, 아버지는 혹시 화장실에 가고 싶을지 몰라 밖에서 걷는 것이 걱정된다고 말했다. 아버지는 아직 대변을 보지 못했으며, 나한테 혹시 도움이 될지 모르니 차를 타고 잡화점에 가서 자두주스를 사다달라고 했다. 아버지는 몹시 걱정이 될 정도로 가라앉아 있었으며, 정신적으로나 육체적으로 고갈되어 있었다. 하지만 한번은 거실 밖 복도에 있다가, 아버지가 거실 벽난로 앞의 안락의자에 오그라든 채로 앉아 뭔가 웅얼거리는 소리를 들었다. 알고 보니 그것은 자신의 비참한 신세에 관한 말이 전혀 아니었다. "그 딱한 중국인." 아버지는 그렇게 중얼거리고 있었다.

다음날 아침 아버지는 아침식사 때 기운을 좀 차려 미지근한 차를 마실 수도 있었고, 클레어가 아버지를 위해 준비하고 우유를 좀 넣어 식힌 오트밀을 반 그릇 정도 입안에 넣을 수도 있었다. 내가 아버지 침실로 올라갔을 때도 둘은 식탁에서 계속 이야기를 나누고 있었다—아버지가 이야기를 하는 동안 클레어는 참을성 있게 귀를 기울였다. 처음도 아니었다. 아버지의 어머니는 성자였다는 것, 여덟, 아홉, 열 사람 상을 차렸다는 것, 무일푼으로 문간에 도착한 이민자 친척을 집에 들였다는 것, 무릎을 꿇고 앉아 바깥의 나무 층계를 닦았다는 것…… 나는 아버지 방을 환기시키고, 침대를 정리하고, 병원용 옷가방에서 더러운 것을 모아 그날 오후 우리의 일주일치 빨랫감과 함께 세탁소에 가져다줄 작정이었다. 하지만 침대의 위쪽 시트를 벗기다 아래쪽 시트가 아버지의 피로 더러워진 것을 보았다. 새 파자마의 엉덩이 부분도 마찬가지였다. 나는 파자마를 세탁물 바구니에 던지고, 깨끗한 내 파자마를 갖다놓고, 시트를 벗기고 새로 씌웠다. 아래쪽 시트가 다시 더러워지지 않도록 아버지의 허리 부분이 놓이는 곳에 묵직한 목욕용 수건을 침대 폭만큼 펼쳐 두 겹으로 깔았다. 나는 직장 출혈이 그렇게 심한 것에 놀랐으며 그것을 어떻게 설명해야 할지 알 수가 없었다. 아버지는 아는지 궁금했다.

알아낼 기회는 없었다. 아버지가 클레어와 이야기를 마치자마자—클레어는 아침 설거지를 하면서 결혼 후 어머니와 함께 열었던 작은 신발 가게가 파산한 자세한 경위를 들었다—전날의 신문을 집어들고 다시 화장실로 올라갔기 때문이다. 아버지는 밤에 자기 전에 자두주스를 한 잔 마셨고 아침식사 때도 한 잔 마셨지만 이십 분 뒤 괜찮으냐고 소리쳤을 때 아버지는 무뚝뚝하게, 변기에 앉은 것이 아니라 장외 경마도박장에 앉아 있는 사람처럼, "운이 없네" 하고 말했다.

"곧 나올 거예요." 나는 소리쳤다.

"나흘이야." 아버지가 애처로운 목소리로 말했다.

"조직 검사, 마취, 침대에 누워만 있었던 거—그 모든 게 아버지 시스템을 망가뜨린 거예요. 정상적으로 식사하고, 운동 좀 하면서 하루이틀 보내면 괜찮아질 거예요. 밖에 좀 나가시는 게 어때요? 세스하고 루스가 곧 여기 올 텐데. 제 작업실까지 함께 걸어가요. 제가 편지에 답장하는 동안 포치에 앉아 계시면 되잖아요."

"좀 있다가."

아버지는 그뒤에도 삼십 분이 더 지나서야 완전히 좌절한 모습으로 나타났기 때문에 뭘 물어볼 필요도 없었다. 아래층에서 아버지는 산책을 가지 않겠다며 다시 거실 안락의자에 주저앉았다. 나는 타임스를 들고 소파에 앉아 듀카키스와 부시에 관한 뉴스를 읽어주겠다고 했다. "부시." 아버지가 혐오스럽다는 표정으로 말했다. "그리고 그의 두목 레이-건 씨. 너 그 사람이 팔 년 동안 뭘 배웠는지 아니, 레이-건 씨가? 자고 경례하는 거야. 전국에서 가장 경례를 잘하는 사람이지. 나는 그보다 경례를 잘하는 사람을 본 적이 없어." 나는 아버지에게 타임스의 일면에 나온 기사를 읽어주기 시작했지만, 아버지는 말을 끊더니 위층에 틀니를 두고 왔다며 '아이들'이 그것을 끼우지 않은 자신의 모습을 보는 것을 원치 않는다고 말했다. 그래서 나는 신문을 두고 위층에 올라가 변기 옆의 선반에서 틀니를 챙겼다. 대변을 보려고 헛되이 애를 쓰는 동안 거기에 두었던 것이다. 나는 수도를 틀고 틀니에서 아침 먹은 찌꺼기를 닦아내고 아래층으로 내려오며 생각했다. '아버지의 이, 아버지의 눈, 아버지의 얼굴, 아버지의 장, 아버지의 직장, 아버지의 뇌……' 그리고 그것 말고도 아주 많은 것이 남아 있었다. 더 나빠질 수도 있었고 더 나빠질 것, 훨씬 더 나빠질 것이지만, 이것만으로도 마지막의 시작 치고는 꽤나 큰 괴로움이었다. 침대에 누워 튜브 때문에 숨이 막히는 그 가엾은 중국인이 지나가면서 아버지를 두고 "저 가엾은 유대인" 하고 생각한다 해도 온당치 않은 일은 아닐 것이었다.

우리는 부엌 바로 옆, 여름에 애용하는 방에서 점심을 먹었다. 원래 오래된 농가의 장작을 쌓아두는 방이었던 곳으로 바닥에 돌이 깔린, 소박하고 큰 헛간 같은 방이었다. 지금은 방의 한쪽 면 전체에 유리 미닫이문을 달아놓아 잔디, 돌담, 집 앞으로 펼쳐진 목초지와 밭들이 보였다. 과거 나는 그 방에서 풍경이 마주 보이도록 아버지를 고리버들세공 의자에 앉히곤 했으며, 날씨가 따뜻할 때면 아버지는 아침 내내 그곳에 앉아 흡족한 표정으로 그날의 타임스를 읽었다. 이스라엘에 관한 뉴스를 먼저 읽고 그 다음에는 그날 나머지 시간 동안 대통령에 대한 증오에 불을 지필 수 있는 레이건 행정부에 관한 기사들을 읽었다.

이제, 세스와 루스가 점심을 먹으러 왔기 때문에, 우리 모두 가벼운 대화를 나누고 있었다. 어느 여름날 못지않게 유혹적인 맑은 날이었지만 아버지는 무시무시한 도망 방지 장치가 갖춰진 울타리, 도살장의 우리가 되어버린 몸안에 완전히 고립되어 있었다.

점심식사가 끝날 무렵 아버지는 의자를 뒤로 밀고 부엌으로 향하는 계단으로 걸어가기 시작했다. 식사 중간에 일어서서 자리를 뜬 것이 그것으로 세번째였는데, 위층으로 올라가는 것을 도우려고 나도 함께 일어났다. 하지만 아버지는 내 도움을 받으려 하지 않았다. 나는 아버지가 다시 대변을 보려고 일어선 것이라고 생각했기 때문에 창피해할까봐 고집을 부리지 않았다.

커피를 마시다가 아버지가 아직 안 내려왔다는 데 생각이 미쳤다. 다른 사람들이 이야기를 하는 동안 나는 조용히 식탁에서 일어나 슬며시 집안으로 들어갔다. 아버지가 죽었다고 확신했다.

그러나 아버지는 죽지 않았다, 차라리 죽기를 바라기는 했겠지만.

이층으로 올라가는 층계 중간쯤부터 똥냄새가 났다. 화장실에 갔더니 문이 조금 열려 있었고, 화장실 밖 복도 바닥에는 거친 무명천으로 만든 바지와 팬티가 있었다. 화장실 안에는 아버지가 완전히 벌거벗고 서 있었는데, 막 샤워를 마쳐 몸에서 물이 뚝뚝 듣고 있었다. 냄새가 지독했다.

아버지는 나를 보자 울음을 터뜨리려고 했다. 아버지에게서건 그 누구에게서건 처음 들어보는 쓸쓸한 목소리로 추측하기 어렵지 않은 일을 이야기했다. "똥을 싸버렸어." 아버지가 말했다.

사방에 똥이었다. 발에 밟혀 욕실 매트에 묻었고, 변기 가장자리 너머로 넘쳤고, 변기 아래쪽 바닥에는 한 무더기가 쌓여 있었다. 아버지가 막 나온 샤워 칸막이의 유리에도 튀겼고, 복도에 버려진 옷에도 묻었다. 아버지가 물기를 닦고 있는 수건 귀퉁이에도 묻었다. 보통은 내가 사용하는 자그마한 욕실에서 아버지는 혼자 자신이 어질러놓은 것에서 빠져나오려고 최선을 다했지만, 거의 눈이 먼 상태인데다가 퇴원한 지도 얼마 되지 않아, 옷을 벗고 샤워를 하러 가는 과정에서 모든 것에 똥을 묻히고 말았다. 세면대 위의 걸이에 걸려 있는 내 칫솔의 솔 끝에도 묻은 것이 보였다.

"괜찮아요." 내가 말했다. "괜찮아요, 다 괜찮아질 거예요."

나는 샤워 칸막이 안으로 손을 뻗어 다시 물을 틀고 적당한 온도가 될 때까지 수도꼭지를 움직였다. 아버지 손에서 수건을 받아들고 아버지가 다시 샤워를 하도록 도왔다.

"비누를 들고 처음부터 다시 하세요." 나는 말했고, 아버지는 순순히 다시 비누로 온몸을 문지르기 시작했다. 그동안 나는 옷과 수건과 욕실 매트를 한데 쌓아놓고 복도를 걸어 리넨 장으로 가서 그것들을 담을 베갯잇을 꺼냈다. 아버지에게 줄 새 목욕 수건도 챙겼다. 나는 아버지를 샤워실에서 나오게 하여 곧바로 바닥이 아직 깨끗한 복도로 데려가, 수건으로 몸을 감싸고 물기를 닦기 시작했다. "씩씩하게 노력을 하셨네요." 나는 말했다. "그런데 안됐지만 승산이 없는 상황이었어요."

"똥을 싸고 말았어." 아버지는 말했고, 이번에는 목놓아 울기 시작했다.

나는 아버지를 침실로 데리고 들어갔고, 아버지는 침대 가장

자리에 앉아 계속 수건으로 물기를 닦았다. 나는 밖으로 나가 내 테리 천 가운을 가져왔다. 아버지가 물기를 다 닦았을 때 나는 가운을 입는 것을 도와주고 침대의 위쪽 시트를 걷어내며 들어가 낮잠을 좀 자라고 말했다.

"애들한테는 말하지 마라." 아버지가 말하며 침대에서 시력이 남은 한쪽 눈으로 나를 올려다보았다.

"누구한테도 이야기 안 할게요." 나는 말했다. "쉬고 계신다고 말할게요."

"클레어한테 말하지 마."

"아무한테도요." 나는 말했다. "걱정 마세요. 누구한테나 있을 수 있는 일이에요. 그냥 잊어버리고 푹 쉬세요."

나는 블라인드를 내려 방을 어둡게 한 뒤 문을 닫고 나왔다.

욕실은 어떤 악의에 찬 악당이 집을 턴 다음 자신의 명함을 남겨두고 간 것처럼 보였다. 아버지는 이미 보살폈고 중요한 것은 아버지였기 때문에 나는 문을 닫고 못질을 한 다음 욕실을 영원히 잊어버리고 싶은 마음이었다. '책을 쓰는 것과 같아.' 나는 생각했다—'어디에서 시작해야 할지를 알 수가 없네.' 하지만 나는 조심스럽게 바닥을 가로질러 가서 팔을 뻗어 창을 열었다. 그것부터 시작해야 했다. 그런 다음 뒤쪽 층계를 통해 부엌으로 가서, 여전히 여름 방에서 이야기를 나누고 있는 세스와 루스와 클레어의 눈에 띄지 않도록 물통, 비 그리고 세면대 밑의 장에서 스픽앤드스팬* 한 상자, 페이퍼타월 두루마리 두 개를 들고 위층 욕실로 다시 올라갔다.

그래도 변기 앞에 놓인 똥이 대체로 연속적인 덩어리를 이루고 있어 치우기가 가장 쉬웠다. 그냥 떠서 집어넣고 물을 내리면 그만이었다. 샤워실 문과 창틀과 세면대와 비누 그릇과 조명기구와 수건걸이는 문제될 게 없었다. 페이퍼타월과 비누만 잔뜩 있으면 그만이었다. 하지만 바닥의 좁고 불균등한 틈에 박힌 것, 넓고 오래된 밤나무 판자들 사이에 박힌 곳에서 나는 내 능력을 발휘해야 할 일을 발견했다. 솔은 상황을 악화시키기만 할 것 같았다. 결국 나는 내 칫솔을 꺼내 거품이 이는 뜨거운 물이 든 통에 담갔다 뺐다 하면서 한 번에 틈 하나씩, 조금씩 전진하여 한쪽 벽에서 반대편 벽까지 나아갔고, 마침내 바닥을 내가 할 수 있는 한 최대한 깨끗하게 닦을 수 있었다. 처음 무릎을 꿇고 나서 약 십오 분이 지났을 때 나는 너무 깊이 들어가 닿지 않는 점과 입자와는 그냥 함께 살 수밖에 없다고 판단을 내렸다. 겉으로는 깨끗해 보였지만 창에서 커튼도 떼어내 다른 더러운 것들과 함께 베갯잇에 집어넣고, 클레어의 욕실로 가서 오드콜로뉴를

* 세제 상표명.

좀 가져다, 걸레질을 하고 물로 씻어낸 욕실에 듬뿍 뿌리고, 마치 성수처럼 내 손가락 끝에도 톡톡 튀겼다. 한쪽 구석에 조그만 선풍기를 갖다놓고 튼 다음, 클레어의 욕실로 돌아가 팔과 손과 얼굴을 씻었다. 머리카락에도 똥이 조금 묻어 있어 그것도 씻어냈다.

나는 뒤꿈치를 들고 아버지가 자고 있는 방으로 들어갔다. 아직 숨을 쉬고 있었고, 아직 살아 있었고, 아직 나와 함께 있었다—내가 끊임없이 나의 아버지로 알아왔던 이 사람은 또하나의 좌절을 살아넘겼다. 내가 욕실로 올라가기 전에 서둘러 자신의 몸을 씻어내려는 아버지의 영웅적이고 불운한 노력 때문에, 또 그 수치, 망신을 당했다는 아버지 자신의 느낌 때문에 마음이 몹시 안 좋았지만, 이제 끝이 났고 아버지는 깊이 잠들어 있었고, 그러자 나는 아버지가 죽기 전에 나 자신을 위해 이보다 큰 것을 요구할 수는 없었을 것이라는 생각이 들었다—이 일 또한 옳고, 마땅히 그러해야 하는 대로 이루어졌다. 치워야 하는 것이니까 아버지의 똥을 치우지만, 치우고 난 뒤에는 느낄 수 있는 모든 것이 전에는 느껴본 적이 없는 방식으로 느껴졌다. 물론 이러한 사실을 이때 처음 이해한 것은 아니었다—일단 혐오를 피하고 구토를 무시하고 금기처럼 단단하게 구축된 공포증들을 지나 확 뛰어들면 소중하게 품을 삶을 엄청나게 많이 발견할 수 있다는 것을.

어쩌면 한 번으로 충분할지 모르지만, 나는 연골성 종양에 짓눌린 잠자는 뇌에게 머릿속으로 말을 걸어 그렇게 덧붙였다. 만일 내가 이 일을 매일 해야 한다면 어쩌면 그렇게 신나지 않을지도 몰라요.

나는 악취가 나는 베갯잇을 아래층으로 가지고 내려가 검은 쓰레기봉투에 넣고 아가리를 꽉 묶은 다음, 세탁소에 가져가기 위해 차의 트렁크에 실었다. 일을 다 마치고 나니, 왜 이것이 옳고 마땅히 그러해야 하는 대로인지 그렇게 분명할 수가 없었다. 그러니까 이게 유산이었다. 그것을 치우는 것이 다른 뭔가를 상징해서가 아니라 상징하지 않았기 때문, 살아낸 현실 그 자체 이상도 이하도 아니었기 때문이었다.

그것이 나의 유산이었다. 돈이 아니라, 성구함이 아니라, 면도용 컵이 아니라, 똥이.

다음날 밤에는 아버지가 목욕하는 것을 도왔다. 그날 아침 아버지 침대를 정리하다가 파자마 바지와 시트를 덮은 목욕 타월에서 다시 핏자국을 발견하고, 피가 그렇게 많이 나온 것을 알고 있었느냐고 묻자 아버지는 자기 전에 반신욕을 하지 않아서 생긴 일이라고 대답했다. "하지만 겨우 그런 거라면 앞쪽 욕실에서 목욕을 하시면 돼요." 내가 말했다. "말씀을 하셨어야죠. 꼭 샤워를 해야 할 필요는 없어요."

"엡섬 소금이 필요해."

나는 엡섬 소금 한 상자를 사러 옆 타운에 있는 약국으로 차를 몰았고, 그날 저녁 아버지를 위해 욕조에 물을 받고 엡섬 소금 한 줌을 탔다. 물이 나오는 동안 욕조 가장자리에 앉아 손가락으로 온도를 확인했다—어머니는 팔꿈치로 확인했었다는 게 떠올랐다. 아버지는 내 빨간 테리 천 가운을 입고 변기 뚜껑 위에 앉아 기다리고 있었다. 물을 다 받자 나는 아버지가 들고 나다 쓰러지는 것을 막기 위해 고무로 만든 샤워 매트를 욕조 바닥에 깔았다. 그런 다음 팔을 내밀었지만 아버지는 내가 고집해도 부축을 받으려 하지 않았다. 대신 나를 옆에 서 있게 하고 무릎을 꿇은 다음 몸을 비틀어 한쪽 다리를 물에 넣고 이어 다음 다리를 넣었으며, 물에 들어가자 무릎을 꿇고 천천히 빙글 돌아 앞쪽을 마주보고 앉았다.

"복잡한 동작을 하시네요." 내가 말했다.

"밤에 나 혼자 이렇게 해."

"네, 저는 그냥 여기 앉아 있을게요. 혹시 필요하실지 모르니."

"아, 기분좋네." 아버지가 말하더니 두 손으로 가슴에 물을 모았다. 아버지는 처음에는 약하게, 이어 점점 힘차게 무릎을 구부렸다 펴기 시작했고, 나는 가는 정강이에서 근육이 움직이는 것을 볼 수 있었다. 나는 아버지의 음경을 보았다. 어릴 때 보고는 처음이었던 것 같은데, 당시에는 아주 크다고 생각하곤 했다. 어렸을 때 생각이 맞았다는 것이 드러났다. 굵고 묵직하여, 몸 가운데 그 부분만큼은 전혀 늙어 보이지 않았다. 여전히 얼마든지 쓸 만한 것처럼 보였다. 내 것보다 튼실하다는 것을 알 수 있었다. '잘된 일이군.' 나는 생각했다. '저게 아버지와 어머니에게 기쁨을 좀 주었다면 더욱 좋은 거지.' 나는 처음인 듯 열중해서 그것을 보며 생각이 떠오르기를 기다렸다. 하지만 더 오는 것이 없었다, 나 자신에게 아버지가 죽었을 때를 대비해 내 기억 속에 그 모습을 박아놓으라고 일깨우는 것 외에는. 세월이 흐르는 동안 그것이 아버지가 이 세상에 속하지 않은 존재로 희박해지는 것을 막을지도 몰랐다. '정확하게 기억해야 해.' 나는 스스로에게 말했다. '아버지가 없을 때도 나를 창조한 아버지를 재창조할 수 있도록 모든 것을 정확하게 기억해야 해.' 절대 어떤 것도 잊어서는 안 돼.

아버지는 물에서 노는 아기처럼 힘차게 아래위로 발길질을 했지만 험상궂게 고정된 얼굴 반쪽에서는 아기의 기쁨을 전혀 찾아볼 수 없었다. 아버지는 이 목욕에 대단히 진지하게 임하는 것 같았다. 마치 최근 들어 거의 모든 것이 그렇듯이, 이 목욕도 아주 굳게 결심하고 실행에 옮겨야만 하는 일 같았다.

나는 아버지의 등을 닦아주었다. 몸이 아주 희어졌다는 것이 눈에 들어오는 참에 아버지가 말했다. "이런 일이 내 인생에 또 한번 있었지."

나는 아버지가 무엇을 말하는지 이해하고, 수건에 비누를 묻혀 계속 문질렀다. 그렇게 문지르면 아버지의 힘이 조금이라도 되살아날 것처럼.

"사우스저지로 전근한 뒤의 일이었지." 아버지가 말했다. "막 메이플셰이드 지구를 인계받았을 때였어. 거기에 마흔 명이 있었지. 큰 지점이었어. 비서만 열두 명이었거든. 그런데 한밤중에 사무실에 누군가 있다는 전화를 받았어—누가, 전화 건 사람 말이, 사무실에 침입했다는 거야. 그래서 침대에서 일어났는데, 화장실에 가기 전에 똑같은 일이 벌어졌어. 아마 공포 때문이었을 거야."

"여기요." 나는 아버지에게 비누와 수건을 주고 변기 뚜껑에 다시 앉았고 아버지는 뒤쪽을 살살 씻었다. 그러더니 양손을 각각 엉덩이 옆쪽에 대더니 볼기를 벌렸다. "의사가 이걸 하라더구나." 아버지가 말했다.

"좋네요." 내가 말했다. "좋은 생각이에요. 천천히 하세요."

1956년, 딱 내 나이에 아버지는 메트로폴리탄생명에서 설계사 마흔 명, 대리들, 거기에 일반 외판원들과 열두 명의 비서진이 있는 지점을 맡았다. 아버지는 직원도 자신만큼이나 봐주지 않고 몰아붙이는 관리자였으며, 메이플셰이드 지구 전근은 1948년 뉴어크의 대리에서 승진한 이래 아버지의 세번째 승진이었다. 이 승진의 의미는 더 큰 지점에 대한 책임과 더불어 수입을 늘릴 수 있는 더 큰 잠재력이 주어졌다는 것이었지만 사실 이 지점은 이전 지점보다 훨씬 사정이 나빴고 실적도 좋지 않았다. 아버지는 이전 지점을 어려움에서 구해냈고 더욱 채찍질을 해 그 구역에서 생산성이 높다고 일컬어지는 곳으로 만들어놓았다. 아버지에게 승진은 일반적으로 일종의 좌천이기도 했으며, 아버지는 늘 오르막을 향해 계속 노력을 해야 했다.

나는 앉아서 아버지가 출혈의 원인이라고 말해준 직장루를 따뜻한 물로 달래는 것을 지켜보며 메트로폴리탄 생명보험회사가 자신들이 허먼 로스에게서 얻고 있는 것을 절대 제대로 인식하지 못했다는 생각을 하고 있었다. 그들은 이십삼 년 전 아버지가 퇴직할 때 꽤 괜찮은 연금으로 보답했고 아버지는 일을 하는 동안에도 업적을 증명해주는 수많은 상패와 두루마리와 깃 휘장을 받았다. 물론 수십 명의 관리자들이 아버지만큼 열심히 일하고 또 아버지 못지않은 성공을 거두었겠지만, 전국에 산재한 천 명의 메트로폴리탄 지구 관리자들 가운데 한밤중에 사무실에 침입자가 있다는 통지를 받자마자, 아버지 표현을 빌리면, 공포 때문에 "똥을 싸버린" 사람은 달리 없었을 것이다. 그런 충성에 대해 회사는, 교회가 자신의 대의를 위해 고통을 겪는 순교자들을 시복하듯이, 허먼 로스를 시복해야 했다.

아버지는 자신의 아들인 나에게는 덜 원시적이고 덜 노예적인 방식으로 헌신했을까? 아버지가 나에게 늘 가장 계몽된 방식으로 헌신했던 것은 아니다—사실, 나는 열여섯이 되었을 무렵 이미 그런 헌신에서 빠져나오고 싶었고 그런 헌신 때문에 내가 일그러진다고 생각했지만, 지금은 아버지가 유모차 안의 아기처럼 발길질을 하는 동안 변기 뚜껑에 앉아 아버지를 굽어보면서 그런 헌신에 조금이라도 보답할 수 있어 만족스럽다고 느끼고 있었다.

아버지가 무력해지고 거의 파괴되고 난 뒤에 아들이 아버지를 다정하게 보호하는 것은 별 의미가 없는 일이라고 말할지도 모른다. 그것에 대해 나는 아직 함께 살던 옛 시절 아버지가 엄청나게 건강하여 쓸모없는 조언과 의미 없는 구속과 나 혼자 방에서 내 이마를 치고 절망에 소리를 지르게 만드는 논리로 나를 미치게 만들 때도 아버지의 약한 면(가족의 마찰에 취약한 감정적인 가정적 남자로서, 경제적 불확실성에 취약한 가족 생계를 책임지는 가장으로서, 사회적 편견에 취약한 유대인 이민자의 세련되지 못한 아들로서)은 지금과 마찬가지로 보호하고 있었다고 답할 수 있을 뿐이다. 바로 이런 모순 때문에 아버지의 권위를 거부하는 것이, 경멸만큼이나 슬픔이 가득한 답답한 갈등이 되어버리고 말았다. 나의 아버지는 그냥 여느 아버지가 아니라, 아버지라는 존재에게서 미워할 모든 것을 갖추고 사랑할 모든 것을 갖춘 바로 그런 아버지였다.

다음날 릴이 엘리자베스에서 전화를 걸어 어떻게 지내냐고 묻자, 아버지가 대답하는 소리가 들렸다. "필립이 꼭 어머니 같아."

나는 놀랐다. 처음에는 그것보다는 "꼭 아버지 같아" 하고 말하는 것이 더 어울린다는 생각도 들었으나, 아버지의 묘사는 사실 나의 상식적인 기대보다 더 통찰이 있는 것인 동시에, 훨씬 노골적이고, 뻔뻔스럽고, 또 부러울 정도로 자의식 없이 솔직한 것이었다. 그래, 아버지는 늘 나에게 뭔가, 관습적인 미국 아버지가 가르칠 만한 것이 아니라, 학교에서 가르칠 만한 것이 아니라, 스포츠가 가르칠 만한 것이 아니라, 매력적인 남성이 되는 법 같은 것이 아니라, 예측 가능한 일이지만 허영심이 강할 수밖에 없었던 내 소년기의 갈망, 교육받지 못한 아버지 대신 현명하고 위엄 있는 아버지가 나타나주기를 바라는 갈망으로는 도저히 수용할 수 없는 상스러운 것을 가르쳐주고 있었다. 나는 그런 아버지를 나도 모르게 반쯤 창피해하면서도, 동시에 아버지의 공격받기 쉬운 면, 특히 반유대주의적 차별의 표적이 되기 쉬운 면 때문에 아버지와의 유대는 강해지고 아버지를 얕잡아보는 사람들에 대한 증오는 단단해졌다. 나는 아버지에게 일상어를 배웠다. 아버지 자신이 바로 일상어, 시적이지 않고 표현이 풍부하고 바로 과녁을 노리는 일상어, 그 모든 뻔한 한계와 더불어 그 모든 끈덕진 힘을 지닌 일상어였다.

사실 반유대주의는 바로 지난가을 메트로폴리탄 생명의 최고경영자 존 크리던과 나 사이의 짧은 논쟁의 주제였는데, 그것은 내가 10월에 뉴욕 타임스 북 리뷰에 발표한 자전적 이야기의 결과였다. '집에서 안전하게'라는 제목으로 발표되어 나중에 『사실들*The Facts*』의 첫 장이 된 그 글은 나의 뉴어크 동네를 1930년대와 1940년대에 그곳에서 자라던 유대인 아이들을 보호해주던 성역으로 묘사하고 있었다. 그 시절 나 자신도 한 사람의 미국인으로서 독일과 일본의 위협을 느끼고 있었으며, 아이에 불과했지만, 한 사람의 유대인으로서 "이교도 미국의 최상층과 최하층으로부터 뿜어져나오는 위협적인 힘을 모르지 않았다."

존 크리던이 그의 편지에서 지적한 것은 내가 그 글에서 그 시절 메트로폴리탄생명이 시행하던 사내 차별을 언급한 대목이었다. 크리던은 나에게 몇 년 전 아버지를 만난 사실을 언급한 뒤 아버지가 그때 그런 차별에 관해서 아무런 말도 하지 않았다고 말했다. 크리던은 계속해서 오늘날 메트로폴리탄에는 어떤 종류의 차별도 존재하지 않음을 확신한다고 말했다. 그가 편지를 쓰게 된 직접적 동기는 1940년대 회사의 관리직에 있었던 한 퇴직한 의사가 편지를 보내 내가 타임스에 쓴 글에 이의를 제기한 것이었다. 크리던은 자신의 편지와 더불어 내가 나도 모르는 사이에 부추기게 된 두 사람 사이의 서신 교환의 결과를 동봉했다.

의사가 크리던에게 보낸 편지는 세 문단을 할애해 1930년대와 1940년대에 메트로폴리탄이 차별적이었다고 하는 나의 특성 묘사를 반박했다. 그는 크리던에게 필립 로스가 그렇게 믿는 것에 "충격을 받았으며," 반대의 증거로 "메트로폴리탄에서 가장 유명한 고위 임원은 유대인 루이스 I. 더블린이었는데, 그는 보건 분야 전문 지식과 메트로폴리탄의 이름으로 발표한 통계로 세계적으로 유명해졌으며," 또다른 유대인인 리 프랭클은 "고위 임원으로" 사장이었던 "헤일리 피스크의 실질적인 오른팔이었다"는 사실을 제시했다. 그는 계속해서 말했다. "아마 로스 씨는 자기가 말한 것이 자신의 유년의 인상이었으며 아마 집에서 회사에 관해 표현된 말과 태도를 반영한 것이라는 식으로 방어할 겁니다. 이런 인상을 교정할 방법이 있었으면 좋겠습니다."

크리던은 의사에게 보낸 답장에서 몇 년 전 나의 형을 시카고의 한 저녁식사 파티에서 만나 우리 아버지가 메트로폴리탄에 다녔다는 것, 하급 보험설계사에서 출발해 상당한 규모의 지점을 관리하는 지점장의 자리까지 올라갔다는 이야기를 듣고 아버지를 자택의 사무실로 초대해 점심을 함께한 적이 있다고 언급했다. 크리던은 아버지를 흥미로운 사람이라고 묘사하면서, 그가 한때 메트로폴리탄의 종교적 편견에 관해 갖고 있던 견해가 아들의 자서전에 정확하게 전달된 것이라 해도, 그 이후에는 분명히 바뀌었을 것이라고 덧붙였다.

만일 위대한 미국의 보험회사가 유대인을 차별한 일이 있다고 내가 생각한다는 것에 그 의사가 충격을 받았다면, 나 자신도 그 회사의 탁월한 임원 두 사람—그들의 편지는 다른 면에서는 매우 선한 의도를 갖고 있었는데—이 이런 간단한 역사적 사실을 1980년대 말에도, 심지어 두 사람 자신도, 계속 부정해야 한다고 생각한다는 것을 알고 적잖이 놀랐다. 그러나 만일 이 편지들에 이런 있을 법하지 않은 순진함 외에 다른 짜증나는 부분이 없었다면 나는 나에게는 다른 의견을 가질 만한 이유가 있다는 따뜻하고 짧은 답장을 보내고 거기에서 끝냈을 것이다. 나를 괴롭히고 계속 자극한 것은 그들이 자신들의 회사에 대한 냉정한 인식의 책임을 회사의 이전 관행들보다도 아버지에게서, 증거도 없는 아버지의 '태도'와 '관점'에서 찾겠다고 결심했다는 사실이었다.

나는 이 편지들을 받은 뒤 아버지에게 전화를 걸었다. "보세요, 아버지가 그동안 쭉 메트로폴리탄을 잘못 알고 있었네요. 그 사람들은 유대인을 사랑했어요. 가장 신속하게 승진시켰고요. 다른 모든 것도 그저 유대인의 편집증일 뿐이고요."

나는 내 글에 대한 답으로 의사가 존 크리던에게 보낸 편지를 아버지에게 읽어주었다.

편지를 다 읽자 아버지는 약간 냉소적으로 웃음을 터뜨렸다.

"자, 어떻게 생각하세요?" 내가 물었다.

"대가리에 피도 안 마른 자로군. 그자 이름이 뭐라고?"

나는 이름을 말해주었다.

"더블린은 물론 유대인이었지." 아버지가 말했다. "내 상사 피터프로인트도 유대인이었고. 하지만 유대인이 그 회사에서 기독교인처럼 승진했다고? 그 시절에? 이보세요. 그때 본사에 있던 유대인 수를 세어봐. 한 손도 다 필요 없어."

나는 다음 며칠 오후를 이스트 56번가에 있는 '미국 유대인 위원회'의 문서보관소에서 보냈다. '브나이 브리스 명예훼손 대항 연맹'에 전화를 해 어디에서 보험회사의 차별에 관한 조사를 하면 좋겠느냐고 물었을 때 그곳의 관리자 한 사람이 그쪽으로 가보라고 안내를 해주었기 때문이다. 나는 뉴욕 타임스에 오랫동안 실린 기사들, 미국 유대인 위원회의 '민권부'의 각서, 여러 책과 정기간행물을 살피며 메모를 한 뒤 존 크리던에게 보내는 두 쪽 반짜리 편지를 쓰고 그와 그 의사가 그렇게 쉽게 의심해버린 아버지의 "태도"의 증거를 제시했다.

1987년 12월 10일

크리던 씨에게,

……크리던 씨가 편지에서 말씀하신 대로 소수집단에 대한 임원 승진 기회는 내가 자전적 에세이에서 언급한 시기인 1930년대와 1940년대 이후 크게 확장되었을 것이라고 믿습니다. 1951년 '공정 고용 실행 법령' 통과 이후에는 물론 이전에 차별적이었던 사업체와 산업에도 관리직과 임원 지위에 소수집단 구성원을 선발하고, 고용하고, 승진시키라는 꾸준한 압력이 가해져 성공을 거두었습니다. 그럼에도, 1960년대 말에 이르기까지 연방정부—1966년 3월 20일자 뉴욕 타임스 기사에 따르면—는 "보험회사들이 종교적 차별을 한다는 주장과 관련하여 차별을 시정하고자 하는 조용하지만, 단호해 보이는 활동"을 시작해야 했습니다. 이 기사에 따르면 "그 목적은 고위직이 앵글로색슨 프로테스탄트에게만 제한되어 있을 수도

있는 회사들에서 니그로와 다른 인종 집단만이 아니라 유대인과 로마가톨릭에게도 임원 지위를 개방하는 것이다."

나는 계속해서 1966년 뉴욕주 지방검사 루이스 레프코위츠가 발표한 보험회사 조사 보고서와 아버지가 여전히 메트로폴리탄에서 일하던 1960년에 나온 연구서를 인용했다. 여기에서는 일곱 개 주요 생명보험회사의 본사에서 유대인 임원의 비율이 일곱 개 회사를 다 합쳤을 때 약 3.5퍼센트이며, 그 가운데 3분의 2는 루이스 I. 더블린처럼 역할이 대체로 통계 작업에 제한되거나, 보험회계사, 의사, 변호사, 회계 담당자로 고용된다는 것을 보여주었다. 나는 이렇게 편지를 끝맺었다. "이 모든 연구 결과가 미국 주요 보험사의 역사에서 차별의 관행을 드러낸 것에 비추어 볼 때…… 크리던 씨가 바뀌었기를 바라는 것이 왜 아버지의 '관점'이어야 하는지 궁금합니다. 역사적 사실은 아버지의 관점의 수정을 용납하지 않습니다. 요구되는 것은 소수집단에 대한 보험사 정책의 수정이었으며, 이것은 사실상 연방법과 정부 조사에 따라 이루어졌습니다."

나는 이 편지의 사본을 크리던에게 보냈고, 다음에 만났을 때 아버지에게도 한 부 주었다.

아버지는 편지를 읽은 뒤 내가 한 일을 어떻게 생각해야 좋을지 모르는 것 같았다.

"이런 걸 다 어떻게 알아냈니?" 아버지가 물었다.

"미국 유대인 위원회 문서보관소에서요. 거기서 이틀 동안 오후 시간을 보냈죠."

"아주 괜찮은 사람이야, 크리던 씨는. 나를 집에 있는 사무실로 불러 점심도 함께했어, 알잖아."

"알죠."

"그날 여기로 리무진을 보내서 나를 자기집에 있는 사무실로 데려갔어."

"보세요, 저도 그 사람이 괜찮다고 믿어요. 그냥 그의 역사 감각에 작은 구멍이 두어 개 있다는 뜻이에요."

"그래, 네가 그걸 그 사람한테 잘 보여줬네, 좋아."

"그래요, 저는 그 사람이 아버지에 관해 쓴 게 마음에 들지 않았어요—아버지가 아버지의 마음을 바꾸었기를 바란 게. 엿같은 소리죠."

"나한테 엄청나게 잘해줬어, 메트로폴리탄은. 퇴직한 뒤에 내가 연금을 얼마를 받은 줄 알아? 바로 지난주에 역에서 그 생각을 해봤어. 이십오만 달러가 훨씬 넘더라고."

"그건 껌값이에요. 아버지는 그 두 배의 가치가 있어요."

"팔학년 교육밖에 못 받은 사람인데? 내게 그런 가치가?" 아버지는 웃음을 터뜨렸다. "나한테는 아무것도 없었어, 정말 아무것도. 어머니하고 나는 완전히 무일푼이었는데 그 사람들이 나를 채용했어. 나 같은 사람한테 그런 일이 일어난 건 경이로운 거야."

"경이는 무슨 경이예요. 아버지는 노력했어요. 그 사람들을 위해 피땀을 흘렸다고요. 아버지한테는 역사가 있고 그 사람들도 마찬가지예요. 차이는 아버지는 자신의 역사를 솔직히 인정하고, 자신이 '아무것도 아니었다'고 말하는데, 그 사람들은 자기 역사를 인정하는 걸 좋아하지 않는다는 거예요. 그 편지로 보자면 말이에요."

"그 사람들은 진실을 좋아하지 않지. 그게 뭐가 그렇게 특이하니? 부탁 좀 하자. 이걸로," 아버지는 내 편지를 들어올렸다. "끝이다."

그래, 이것은 새로운 일이었다—아버지가 내가 쓴 것에 관해 언짢은 표시를 한 것은. 나는 나의 주커먼 소설들에서 네이선 주커먼의 아버지가 아들의 유대인 묘사에 화를 내는 것으로 설정했지만, 운명은 나에게 내 책에서 절대 어떤 것도 비판하지 않는 맹렬하게 충성스럽고 헌신적인 아버지를 주었다—아버지를 노하게 한 것은 내 책이 반유대주의이자 자기혐오라고 공격한 유대인들이었다. 아니, 아버지가 신경이 곤두선 것은 내가 유대인에 관해 쓴 것 때문이 아니라, 알고 보니, 내가 이번에 이방인에 관해 쓴 것—이방인에게 이방인에 관해 쓴 것, 자신의 상사였던 이방인에게 쓴 것 때문이었다.

"제 편지 때문에 아버지 연금을 갖고 장난을 치지는 않을 거예요—그걸 걱정하시는 거라면요."

"나는 아무것도 걱정하지 않아." 아버지가 말했다.

"물론 아버지를 언짢게 하려는 건 아니었어요. 정반대였죠."

"언짢은 게 아니야. 하지만 편지를 더 보내지는 마라."

하지만 아버지의 장례식에서 사촌 앤은 남편 피터와 함께 어느 날 저녁 아버지를 찾아갔을 때 아버지가 서류철로 가더니 그 편지를 꺼내 아버지의 변호사였던 피터에게 자랑스럽게 보여주었다고 말해주었다. 하지만 나한테는 다시 그 이야기를 한 적이 없었고, 나는 메트로폴리탄의 누구에게서도 답장을 받지 못했다.

아버지는 조직 검사 뒤 일주일 동안 코네티컷에 우리와 함께 있었고, 엘리자베스로 돌아갈 준비가 되었을 때는 입안에 통증이 거의 남지 않아 다시 식욕을 과시하며 음식을 먹을 수 있었다. 병원에서 잃었던 몸무게도 다시 찾았고, 아침식사 후, 또 오후에 한번 더 짧은 산책을 할 힘도 회복했다. 매일 아침 아버지는 부엌으로 들어와 통나무처럼 잤다고 말했으며, 저녁에는 식사를 마친 뒤 클레어와 커피를 놓고 마주앉았고, 내가 책을 읽거나 야구를 보러 슬쩍 빠져나간 뒤에도 오랫동안 부엌에 남아 클레어에게 가족과 그 구성원들이 미국에서 겪은 흥망을 이야기해주었다. 그것은 지루한 이야기였고, 가족 외부에서 성장한 사람에게는 대체로 의미 없는 이야기였으며, 짐작건대, 아버지 자신도 이제 엄청나게 반복해온 이야기였을 것이다(이 사람이 죽고, 이 사람이 결혼하고, 이 사람이 돈을 잃고, 이 사람이 부인을 잃고, 이 사람이, 다행히도, 마침내는 괜찮아졌다). 그러나 아버지는 매일 밤 그 이야기를 했고, 〈왕과 나〉에서 〈이것은 어리둥절한 일이야〉를 사천번째 부르는 율 브리너만큼이나 새로운 느낌으로 이야기했다. 매일 밤 클레어는 부엌 식탁에 앉아 귀를 기울였고, 지루해서 눈꺼풀이 내려왔지만, 이 구불구불 이어지는 기나긴 이야기가 전개되는 절박감에는, 또는 평범한 이민자 가정의 현세적 운명이 팔십칠 년이 지나도 아버지에게 여전히 발휘하고 있는 듯한 최면 효과에는 적잖이 감명을 받았다. 1936년에 죽은 형 찰리가 패니 스피처와 어떻게 결혼했는지, 패니가 십사 년 뒤 죽고 나서 찰리가 어떻게 소피 래스커와 결혼했는지, 소피가 어떻게 밀턴, 로다, 케니, 지넷의 어머니가 되었는지, 1942년에 지넷이 어떻게 불과 스물여덟의 나이로 죽었는지, 스물아홉에 죽은 활달하고 일을 잘 풀어나가던 형 모리스는 할아버지가 구두끈의 끝부분을 마무리하던 퍼시픽 스트리트에 어떻게 구두끈 공장을 세웠는지, 모리스가 어떻게 집 두 채에 차고 네 개를 갖게 되었는지, 모리스가 죽으면서 어떻게 씀씀이가 헤픈 부인에게 큰 재산을 남겼고, 부인은 모리스가 죽은 뒤 어떻게 벨리를 샀는지. "벨리 자동차는 들어봤니? 찾아보거라. V-e-l-i-e. 커다란 무개 자동차야. 다 사라졌지, 엘라가 다 팔아버렸어. 그런 뒤에 엘라는 재혼을 했어. 엘라는 어떤 남자하고 결혼했고 그 남자는 엘라를 임신시켰는데 엘라는 자기 뱃속에 혹이 생긴 줄 알았어. 그 남자는 육군 대위였는데, 그자가 엘라의 돈, 모리스가 남긴 재산을 다 가져갔지. 그자는 독일로 갔고, 엘라한테 가죽을 사게 했어—하지만 엘라의 아버지, 클라인 아저씨가 미국 은행에 돈을 내야 한다고 하자 그자는 선적 청구서를 내놓으려 하지 않았어. 클라인 아저씨는 에이번 애비뉴 모퉁이에 싸구려 잡화점을 열고 있었지—아냐, 클린턴 애비뉴구나, 클린턴하고 헌터던 스트리트가 만나는 곳—" 이것은 아버지의 『신명기』, 아버지의 이스라엘 역사였으며, 아버지의 퇴직 후 카리브해 유람선에서든 플로리다의 호텔 로비에서든 병원 대기실에서든 어쩌다 아버지 맞은편에 어느 정도 오래 앉아 있게 된 사람 가운데 적어도 이 거룩한 문서의 축약본이라도 들어보지 못한 사람은 없었다. 가끔 아버지가 어머니와 여행을 하다 우연히 만난 이방인들 가운데는 아버지가 이야기를 하던 중간에 벌떡 일어나 자리를 뜬 사람들도 있다고 알려졌는데, 그런 경우 어머니가 감히 나서서 아버지한테 어떻게 전혀 모르는 사람이 찰리의 벨몬트 애비뉴 구두 가게나 퍼시픽 스트리트의 구두끈 공장 옆에 있던 모리스의 영화관에 흥미를 가질 수 있겠느냐고 이야기를 해도 아버지는 전혀 못 알아듣는 것, 아니, 알아듣고 싶어하지 않는 것 같았다. 그 모든 궁핍과 재건과 재생, 그 모든 사람들, 그 모든 죽어감, 그 모든 일—어떻게 인간이라면 감동을 받고, 심지어, 궁극적으로는 경외감에 사로잡히지 않겠는가, 아버지가 미국에서 우리 로스 집안이 인내하고 견디어낸 이야기에 그러는 것처럼?

주말에 나는 아버지를 엘리자베스의 집으로 데려다주는 길에, 먼저 맨해튼에 들러 안과 의사에게 갔다. 우리는 이제 종양은 잊고 그냥 눈 수술을 하는 것 외에 다른 방법은 없다고 결정을 내려놓고 있었다. 아버지는 그날 오후 수술 전 검사를 받고, 7월 초에 휴일이 낀 주말을 보낸 뒤 백내장 제거를 위해 병원에 다시 갈 계획이었다. 형이 그 과정에서 아버지를 수발하기 위해 비행기를 타고 오고 있었다.

아버지는 오른쪽 눈이 구십 퍼센트 멀었기 때문에 다른 쪽 눈을 수술하면 아마 서너 주 동안은 실질적으로 앞을 보지 못할 거다, 의사는 우리에게 그렇게 말했다. 회복기 동안 아버지를 돌봐줄 사람을 찾을 시간 여유가 거의 없었지만, 다행히도, 하루 이틀밖에 전화를 돌리지 않았는데도, 1971년 첫번째 형수가 암으로 죽은 뒤 오 년 동안 샌디가 두 아들을 기르는 것을 도와주었던 형의 이전 가정부 잉그리드 부딘이 마침 맨해튼의 한 가족을 위해 하던 일이 끝났다는 것을 알게 되었다. 잉그리드는 아버지가 백내장 수술을 받고 퇴원하는 날부터 일을 시작해 아버지가 릴과 함께 12월에 웨스트팜비치로 넉 달 동안 떠날 때까지(아버지가 웨스트팜비치로 가는 것을 종양이 허락한다면) 계속 일을 해주겠다고 했다. 잉그리드는 이제 사십대로, 아주 선하고 똑똑하고 믿을 만한 여자였으며, 그녀가 형네 집에 있는 동안 어머니와 아버지도 그녀와 아주 가까워졌기 때문에, 바로 이 순간에 그녀가 아버지를 돌봐줄 수 있다는 것은 놀랄 만한 행운으로 여겨졌다. 잉그리드는 맨해튼에서 버스를 타고 와 하루에 여덟 시간, 일주일에 닷새 또는 엿새 동안 음식을 하고, 장을 보고, 청소를 해주기로 했는데, 우리에게 가장 마음이 놓이는 것은 아버지가 집에 붙어 있을 수밖에 없을 때 하루종일 그녀가 동무를 해준다는 점이었다. 샌디와 나는 아버지가 잉그리드의 보수를 주기 위해 양도성 예금증서나 저축 계좌를 헐지 않을 것임을 알았기 때문에 비용을 우리가 반씩 부담하고 아버지가 세상을 뜬 뒤 유산으로 메우기로 의견을 모았다. 아버지에게는 잉그리드에게 삼 년 정도는 보수를 줄 만한 돈이 있었다. 아버지가 그렇게 오래 살 가능성이 크지는 않았지만.

내려가는 차 안에서, 이제 우리와 함께 보낸 일주일이 끝나고 전과 마찬가지로 모든 것이 거대하게 웅크린 채 아버지를 압도하는 상황이 오자 사기가 급전직하로 저하된 것을 보고 나는 잉그리드가 있으면 많이 다를 것이라고 말했다—백내장 수술과 마찬가지로 긍정적인 역할을 할 것이라고. 잉그리드가 집에 있고 시력이 회복되면 아버지는 릴에게 덜 의존하게 될 것이고, 그러면 병 때문에 악화된 둘 사이의 긴장도 다시 관리 가능한 수준으로 돌아갈 거다.

그러나 그런 이야기를 하고 나자 아버지는 내가 전혀 예측하지 못한 방향으로 나아갔다. "릴이 갑자기 유대인이 됐어." 아버지가 말했다. "전에는 내가 예배에 끌고 나가야 했거든. 나를 알기 전에는 나간 적도 없었어. 릴은 회당이 어디 있는지도 몰랐지. 그런데 수술 전 금요일에 나를 혼자 두고 예배를 보러 간 거야. 내가 말했지. '개도 주인 옆을 지켜. 사람들은 벗삼으려고 개를 사는데, 당신은 나한테서 달아나는군!'"

"음," 나는 말했다. "개가 아주 좋은 예는 아닐 수도 있었겠네요. 제가 보기에는 릴이 그런 비교에 기분이 안 좋았을 수도 있었겠어요."

하지만 아버지는 재미있어하거나 누그러질 분위기가 아니었다. 오히려, 이제 집으로 향하게 되니, 미움이 생기는 분위기였다. 나는 아버지의 표현 가운데 일부가 혹시 집에 데려간다는 이유로 나를 미워하는 마음의 위장이 아닐까 하는 생각을 했다. 아니면 아버지가 구태여 닥터 벤저민이나 닥터 마이어슨이나 작가 아들인 나한테 묻지 않은, 그렇게 학교에 다니고, 학위를 따고, 매끄러운 문장과 교묘한 단어들을 사용해도 아버지 자신의 답보다 조금이라도 더 납득이 되는 답을 내놓을 수 없다는 것을 알기에 묻지 않은 질문 때문에 분노하는 것인지도 몰랐다. 왜 사람은 죽어야 하는가? 그것은, 그 질문은 누구라도 격분하게 할 만했다. 아버지는, 젠장, 다른 사람들에게는 이제 아닐지 몰라도, 자기 자신에게는 여전히 불가결한 존재였다. 그런데 왜 죽어야 하는가? 뇌가 있는 자라면 대답해보라!

"뭐 하나 제대로 못해." 아버지가 말했다.

"누가요?"

"어머니는 잘했어. 어머니는 뭐든 제대로 했지."

"네, 그래서 그것 때문에 어머니는 세상에서 유일한 사람이 된 거죠. 이제 릴을 그만 닦달하시는 게 좋을 것 같아요."

"야, 플로리다에 내려가면 내가 들어가 함께 살 수 있는 여자들이 많아. 나와 함께 있으면 아주 좋아해."

조금 전, 나는 아버지가 하루에 열 내지 열두 시간씩 회사에 나가 있을 때 모든 것을 제대로 한 것처럼 보일 수도 있었던 어머니가 말년의 몇 년 동안은 아버지에게 그렇게 완벽해 보이지 않았다는 점을 상기시키는 잔인한 짓을 할 수가 없었다. 지금은, 1981년에 아버지에게 열광하던 밸 하버의 여자들—당시 아버지는 막 상처를 하고 매일 정오에 콘도미니엄 수영장에 나타나 십오 분 동안 천천히 꼼꼼하게 자유형을 한 뒤 트렁크 수영복에 가운을 걸치고 해를 받으며 앉아 엘리자베스 Y에서 들은 우스개로 '아가씨들'을 웃겼다—이 1988년에도 그 남자와 함께 있고 싶어 안달하지는 않을지도 모른다는 점을 상기시킬 수가 없었다.

어차피 내가 그런 것들을 상기시켜줄 필요도 없었다. 가만히 있어도 일이 초 뒤에는 아버지도 거기에 생각이 미쳐 전보다 더 화를 냈다. 이번에 그 대상은 아버지가 별로 좋아하지 않는(내 추측으로는 그녀도 아버지를 별로 좋아하지 않았다) 릴의 여동생이었다.

"왜 릴은 그 여자하고 결혼하지 않는 거야?" 아버지가 다그쳤다. "하루에 열여섯 시간씩 전화를 하고 있는데—왜 자기 여동생하고 어서 그냥 결혼해버리지 않는 거야!"

하지만 릴이 한때 결혼하고 싶어했던 사람은 아버지였다. 다만 아버지는, 이제 어머니와 결혼생활을 하는 유부남은 아니었지만, 어머니와의 결혼생활과 결혼한 유부남이나 다름없었다. 얼마 전 아버지는 조금 부드러워진 분위기에서 나에게 말했다. "가끔 어머니가 릴을 나에게 보냈다는 생각이 들어." 나는 이런 공상적인 이야기에 놀랐다. 전혀 아버지답지 않았기 때문이다. 하지만 그것이 무슨 해가 되겠냐 싶어—심지어 그것이 아버지의 양심을 달래주고, 죽은 어머니에 대한 정절을 지속시키는 수치와 죄책감을 약간 줄여주지 않을까 하는 생각도 했다—이렇게 말했다. "누가 알겠어요? 어쩌면 그랬을지도 모르죠." 아버지는 릴을 전심으로 사랑한다기보다는(아무리 아버지라 해도 산전수전 겪은 사람으로서 그런 것을 기대하지는 않았다) 릴에게 아버지의 독특한 씨족 내에서, 아버지에게 비할 데 없는 역사가 된 것과 동등한 자리를 부여할 길을 찾으려 애를 쓰고 있는 것 같았다. 아버지는 누구든 아픈 사람에게는 늘 훌륭하게 관심을 기울이고 헌신했는데, 릴이 두 번 유방 절제술을 받는 동안 일 년에 걸쳐 릴을 보살피고 그뒤에도 그녀가 건강을 되찾도록 도왔을 때보다 사랑하는 남편의 역할에 더 가까워진 적이 없었을 것이다. 하지만 릴은 오직 환자로서만, 사랑하는 아내라는 자리에 조금이라도 가까이 다가갈 수 있었다. 아버지 자신이 비틀거리자, 아버지 자신이 점점 도와줄 손이 필요해지자, 그녀는 불완전했기 때문에 아버지가 이제는 자신의 어머니와 더불어 여성성의 모범으로 떠받드는 베스 로스의 지위에는 절대 이를 수 없는 운명에 처하게 되었다. 로맨틱하게 반해 있던 상태가 일단 지나가자, 아버지는, 특히 끝으로 갈수록, 어머니에게 그랬던 것만큼 억제하지 않고 릴에게 자신의 속을 쏟아냈다.

분노가 쏜살같이 밀려오면서 순간적으로 지쳐 아버지는 머리를 앞으로 숙이고 잠이 들었다. 684번 도로에서 잠이 깼을 때 아버지의 분노의 대상은 이제 운전하는 사람들과 운전 자체였다. 어떤 사람이 내 앞에서 차선을 바꾸자 아버지는 혐오스럽다는 표정으로 말했다. "저자는 도대체 뭔 짓을 하는 거야?" 누군가 왼쪽에서 빠른 속도로 나를 추월해가자 아버지가 소리쳤다. "이제는 오십오 마일 속도 제한을 지키는 사람이 없는 거야?" 그다음에는 "이 염병할 트럭들!" 그다음에는 "담배를 피우다니! 저 여자는 아기가 차에 타고 있는데도 담배를 피워!"

"진정하세요." 내가 말했다.

"지금 저 사람들은 손에 전화기를 쥐고 있어. 뛰어난 발명품일세. 운전을 하면서 전화기에 대고 말을 하다니! 어쩌면 잉그리드가 에이브를 도와줄 수 있을지도 몰라." 아버지는 갑자기 그렇게 말했다.

"네? 무슨 이야기예요?"

"어쩌면 잉그리드가 에이브를 도와줄 수 있을지도 모른다고."

아버지는 되풀이했다. "에이브는 끔찍한 년하고 살고 있거든."

에이브는 아버지가 날씨가 좋으면 매일 함께 보건 운동을 하려고 어울리는 아흔세 살 이웃이었다. 에이브는 총기가 있었고 놀랍게도 꼿꼿한 자세로 움직였으며, 그 나이의 남자치고는 걸음걸이에도 자신이 있었다. 다만 아버지와 함께 오후에 블록을 한 바퀴 돌러 나갈 때는 보도의 금이 간 시멘트에 발이 걸려 넘어지지 않도록 둘이 팔짱을 꼈다. "절름발이와 장님이지." 아버지는 자기 둘을 그렇게 비꼬았다. 가끔 그들은 노스브로드 스트리트를 따라 약국까지 내려갔고, 때로는 서로 동행해 이발소에 갔는데, 어느 날은 차를 몰고 갔다가 둘이 막 시장 예비선거 투표를 마치고 돌아오던 두 사람과 마주친 적도 있었다. 예비선거 결과는 이미 결론이 난 것이나 다름없지만, 아버지는 나에게 말했다, 투표를 한다는 게 자신과 에이브에게 뭔가 할일을 주었다. 어디를 다녀왔든 에이브가 자기 아파트로 돌아갈 때마다 아버지는 말했다. "저 친구는 지금부터 오 분 뒤면 나를 봤다는 것도 잊어버릴 거야."

아버지한테 종양 이야기를 하러 갔던 날은 내가 막 나쁜 소식을 전한 뒤 아버지가 자신에게 닥칠 일을 생각하며 소파 한쪽 구석에 쭈그러져 있을 때 에이브가 전화를 했다. 내가 일어서서 전화를 받았더니 에이브였다. 팽팽한 목소리에 진짜로 활력이 넘쳤다. "여보세요, 허먼?" "아니요, 필립인데요." 내가 말했다. "아버지가 산책하고 싶어하나?" "지금은 앉아서 이야기를 하고 싶어하셔요, 에이브. 어쩌면 나중에는 갈지도 모르겠네요." 십 분이나 지났을까 다시 전화벨이 울렸다. "아버지가 산책하고 싶어하나?" "아니요, 에이브, 지금은 아닌 것 같아요." 두번째로 전화를 끊은 뒤 나는 어머니 장례식 전날 밤, 다른 이웃인 윌킨스가 미친 사람 같은 웃음소리로 아버지에게 겁을 주려 했을 때처럼 수화기를 아예 내려놓았다.

"뉴욕의 잉그리드 전화번호가 뭐지? 잉그리드한테 에이브 이야기를 해야겠다."

"아버지, 에이브는 그냥 놔두세요, 네? 당분간은 잉그리드가 아버지만 도와주게 하자고요."

"일단 이 염병할 눈만 고치고 나면! 보이기만 하면 은행에도 갈 수 있고, 치과에도 갈 수 있고, 아무도 필요하지 않을 거야."

"네, 이제 두어 주면 고치게 될 거예요. 데이비드 크론이 가능한 한 빨리 수술 날짜를 잡으려고 백방으로 노력을 했어요. 그래서 오늘 그 사람을 보러 가는 거고요."

"밀리 이모가 세상을 떴을 때 앤이 전화를 했고 나는 그 자리에서 무너져 앤과 통화를 하며 삼십 분 동안 울었다. 내가 그 얘기 했니?"

앤은, 기억하겠지만, 어머니의 여동생 밀리의 딸이었다.

"삼십 분 동안 울었어." 아버지가 말했다. "내가 누구 때문에 그렇게 울었는지를 깨달았어, 넌 알겠냐? 네 어머니야. 네 어머니가 죽었을 때 나는 병원을 뛰어다니며 소리쳤어. '내 마누라 어디 갔어? 너희는 내 마누라를 위해 뭘 하고 있는 거야?' 나는 울 여유가 없었어, 너무 화가 나서 말이야. 하지만 밀리가 죽었다는 이야기를 들었을 때는, 밀리가 어머니의 마지막 한 부분이었고, 그래서 아기처럼 운 거야."

우리가 웨스트사이드 하이웨이에서 맨해튼에 진입하고 있을 때 아버지는 세번째로 잠에서 깨어나, 체념을 하고 약간 수줍은 목소리로 말했다. "어쩌면 잉그리드가 나를 끝까지 돌봐줄 수도 있겠구나."

"그것도 가능하죠." 나는 말했다.

그 아이들은 투사라서 싸웠고, 또 유대인이라서 싸웠어

약 일 년 정도가 지났을 때, 갑자기, 아버지는 평형을 잃기 시작했다. 그전에 백내장을 제거했고—왼쪽 눈의 시력이 거의 완벽하게 돌아왔다—릴과 함께 평소처럼 넉 달을 머물 계획으로 플로리다로 갔다. 12월에는 팜비치에서 샌디 쿠빈이 그전 봄에, 뇌 전문 외과의가 수술을 받지 않으면 비교적 단기간에 아버지 상태가 훨씬 악화될 것이라고 하고 나는 아버지가 다시는 플로리다를 보지 못할 것이라고 생각했던 때, 초대했던 결혼식에 참석하기까지 했다.

아버지는 3월 말에 엘리자베스로 돌아왔고 나는 아버지가 돌아온 것을 환영하러 갔으며, 아버지의 상태가 내가 한 달 전 플로리다로 찾아갔을 때보다 많이 나빠졌다는 것을 알았다. 두통이 거의 매일 찾아오기 시작했으며, 안면마비는 심해진 것 같았고, 그 바람에 이제 말을 거의 알아들을 수 없을 정도로 발음이 부정확했으며, 서 있을 때면 겁이 날 정도로 자세가 불안정했다. 집에 돌아오고 나서 어느 날 밤늦게 아버지는 욕실에 가려고 침대에서 나왔다가 균형을 잃고(또는 순간적으로 앞이 깜깜해져서) 쓰러졌다. 아버지가 욕실 바닥에 십 분쯤 쓰러져 있었을 때 릴이 잠에서 깨 아버지가 부르는 소리를 들었다. 아버지는 갈비뼈에 심한 타박상을 입은 정도였지만, 정신적 충격은 엄청났다.

이 무렵 한 친구가 나에게 사망 선택 유언, 그의 어법을 사용하자면, 회복에 대한 합리적 기대가 없는 극도의 신체적 정신적 장애가 생길 경우 어떤 종류든 생명 지원 장치를 거부하겠다고 미리 선언하는 법적 문서 이야기를 해주었다. 서명자는 자신이 할 수 없을 경우 누가 필요한 의학적 처치 결정을 내릴 것인지 지정한다. 나는 변호사에게 전화를 해 뉴저지에서도 사망 선택 유언이 유효하느냐고 물었고, 그녀가 유효하다고 대답했을 때, 두 통, 아버지의 것 한 통과 내 것 한 통을 작성하라고 지시했다.

다음주에 나는 차를 몰고 뉴저지로 가서 아버지, 릴 그리고 아버지가 집에 왔기 때문에 다시 가정부로 일하고 있던 잉그리드—그전 7월, 아버지가 백내장을 제거한 직후에 일을 시작했다—와 함께 저녁을 먹었다. 나는 그날 오후 지역의 작은 식당에서 서명하고 공증을 받은 나의 사망 선택 유언장, 그리고 내 변호사가 아버지를 위해 준비한 사망 선택 유언장—아버지가 할 수 없을 경우 형과 나에게 의학적 결정을 내릴 권한을 위임하는 내용이었다—을 들고 갔다. 나는 나 자신을 위해 작성한 사망 선택 유언을 아버지에게 보여주면, 아버지의 유언장에 서명하는 일이 불길하다기보다는 상식적인 것으로, 나이나 신체 조건에 관계없이 어른이라면 해야만 하는 것으로 보일 수도 있을 거라고 기대하고 있었다.

그러나 도착을 해서 아버지가 욕실에서 낙상한 것 때문에 여전히 몹시 우울하다는 것을 알게 되자 사망 선택 유언 이야기를 하는 것이 그전 해에 뇌종양 이야기를 했던 것보다 훨씬 힘들다는 것을 알게 되었다. 실제로 나는 이야기를 하지 못했다. 잉그리드는 커다란 칠면조를 메인으로 저녁을 준비했고 나는 와인을 좀 가져갔는데, 저녁 식탁에 오래 앉아 있는 동안 나는 사망 선택 유언이 무엇이고 내가 왜 아버지가 거기에 서명하기를 바라는지 설명하는 대신 내가 막 다 읽은 책 이야기를 해 아버지의 마음이 가능한 한 죽음에서 멀어지게 하려고 애를 썼다. 나는 그 며칠 전 산책을 하러 나가 브로드웨이 북쪽의 한 유대 문헌 서점을 구경하다가 그 책을 집어들었다. 책 제목은 『유대인 권투 선수 명예의 전당』으로 문서보관소에서 나온 서른아홉 명의 권투 선수의 오래된 사진과 각 선수당 한 장章 분량의 전기를 수록한 것이었는데, 그들 가운데 다수는 아버지가 젊은 시절 링에서 활동하던 세계 챔피언 또는 타이틀 도전자였다. 내가 어릴 때 아버지는 형과 나를 뉴어크 로럴 가든에서 열리는 목요일 밤 권투 시합에 데려가곤 했는데, 나는 이제 권투에 흥미를 잃었지만 아버지는 여전히 텔레비전으로 권투를 구경하는 것을 무척 좋아했다. 나는 아버지에게 옛날 유대인 권투 선수 이름을 몇 명이나 댈 수 있을 것 같으냐고 물었다.

"글쎄," 아버지는 말했다. "에이브 아텔이 있고."

"맞아요." 내가 말했다. "아텔이 페더급 챔피언일 때 아버지는 아주 어렸어요."

"내가? 나는 아텔이 싸우는 걸 본 것 같은데. 또 이름이 뭐더라, 귓불이 커다란…… 레빈스키—배틀링 레빈스키. 그 사람도 챔피언이었어—맞지?"

"라이트헤비급 챔피언이었어요."

"당연히 베니 레너드가 있고. 루비 골드스타인이 있고. 그 사람은 심판이 됐어."

"레너드도 마찬가지예요. 옛날 세인트닉 경기장에서 심판을 보다가 급사했어요. 기억나세요?"

"아니, 기억 안 나는데. 하지만 루 텐들러가 있었어. 그 사람은 나중에 레스토랑을 열었어. 나도 거기에 들르곤 했지, 필라델피아에서. 스테이크하우스였어. 멋진 인물들이었어. 가난한 아이들이었지, 유색인처럼, 그래서 권투에서 노력을 한 거야. 하지만 대부분은 돈을 낭비하고, 가난하게 죽었지. 유일하게 돈을 번 사람은 텐들러였던 것 같아. 텐들러, 아텔, 레너드는 아주 생생하게 기억나. 바니 로스도. 엄청난 선수였지. 나는 로스가 뉴어크에서 싸우는 걸 봤어. 버미 데이비스도 있네—그 선수도 유대인이었어. 슬랩시 맥시 로젠블룸도 있었어. 당연히 그 사람들을 기억하지."

"슬랩시 맥시가 라이트헤비급 타이틀을 놓고 다른 유대인과 싸웠다는 거 아세요?" 내가 말했다. 나도 이 사실은 바로 전날 밤 『유대인 권투 선수 명예의 전당』 책에 붙은 '유대인끼리 세계 타이틀 쟁탈전을 벌인 선수들'이라는 부록을 훑어보다가 알게 되었다. 이 명단은 예상보다 길었는데, '레스터 브롬버그의 역대 최고 유대계 미국 권투선수 10'이라는 명단이 실린 부록 바로 앞에 나왔다. "에이비 베인이라는 선수와 싸웠어요." 내가 말했다.

"그래. 에이비 베인." 아버지가 말했다. "그 녀석은 여기 저지 출신이었지—뉴어크, 힐사이드, 이 지역 근처를 돌아다녔어. 그 녀석은 부랑자였거든. 모두 부랑자였지. 너도 어떤지 알잖니. 그 아이들은 여기서 컸고, 힘든 생활을 했어, 슬럼, 무일푼, 그 아이들은 늘 역경과 맞섰지. 기독교 종교도 역경이었어. 그 아이들은 두 가지 전투를 해야 했지. 그 아이들은 투사라서 싸웠고, 또 유대인이라서 싸웠어. 사람들은 두 사람을 링에 집어넣어. 이탈리아인과 유대인, 아일랜드인과 유대인. 그러면 그 사람들은 진심인 양 싸웠어, 상대를 다치게 하려고 싸웠지. 거기에는 늘 어느 정도의 증오가 있었어. 누가 위에 있는지를 보여주려고 했어."

이런 생각의 흐름에서 아버지는 어린 시절 친구인 찰리 래스커스를 떠올렸다. 그는 동네를 떠난 뒤 뉴욕 폭력배 두목인 롱기즈월먼 밑에서 킬러 노릇을 했다.

"찰리는 아이 때부터도 쓸모가 없었어." 아버지가 말했다.

"어떤 식으로요?" 내가 물었다.

"초등학교 때 여선생을 책상에 묶어놓았어."

"설마요."

"그랬다니까. 그래서 쫓겨나 무학년제 초등학교에 가게 되었는데 결국은 롱기 밑에서 사람들을 죽이게 됐지. 나쁜 무리였어, 찰리하고 그의 친구들은. 모두 '서드 워드' 주변의 유대인 아이들이었어. 폴란드 녀석들이 턱수염이 있는 유대인을 죽이곤 했지, 내 말은 서드 워드에서 그랬다는 거야, 유럽에서만이 아니라. 그래서 유대인 아이들이 갱단을 만들었지—이름도 있었는데 잘 기억이 안 나네—이 아이들이 폴란드 녀석들을 죽였어. 직접 죽였다는 거야. 모두 쓸모없는 녀석들이었지. 아버지는 그 아이들을 '이디셰 부랑자들'이라고 부르곤 했어."

"찰리 래스커스는 어떻게 됐어요?"

"죽었지. 죽었어. 자연사. 그렇게 나이가 많지는 않았는데. 악당도 죽어." 아버지가 말했다. "그게 죽음에 대해서 말할 수 있는 거의 유일하게 좋은 점이라고 할 수 있겠구나—개자식들도 데려간다는 게."

뉴스에서 메츠의 성적을 확인한 뒤인 열시 반쯤, 아버지는 적어도 그 순간에는 우울에 파묻혀 있는 것 같지 않아서 나는 거의 사용하지 않는 물건—오래된 서류 가방—에 넣어서 약간 공식적인 분위기를 풍기며 들고 갔던 사망 선택 유언장, 아버지의 것과 내 것을 들고 다시 차를 몰아 뉴욕으로 돌아가며, 아버지가 모든 가능성 가운데에서도 가장 씁쓸한 것과 마주하도록 강요하려 한 것은 잘못이었을 수도 있다고 생각했다. '이미 겪을 만큼 겪으셨어.' 나는 그렇게 생각하고 집으로 갔으며, 잠이 오지 않아 부록 5에 실린 유대인 세계 챔피언과 도전자들 약 쉰 명의 승패 기록을 연구하며 밤을 보냈다. 거기에는 바로 저지 출신인 에이비 베인도 포함되어 있었는데, 그는 48전을 이겼고—31전은 KO승이었다—11전을 졌으며, 묘하게도, 이 책에 따르면, 무승부가 31전이었다.

그러나 다음날 아침 일찍, 아버지가 걱정으로 지칠 기회를 주지 않고 나는 얼른 아버지에게 전화를 해 연설을 하기 시작했다. 나는 아버지에게 내 변호사가 사망 선택 유언을 해야 한다고 나에게 제안했던 일, 그녀가 나에게 그 기능을 설명한 일, 그게 좋은 생각 같아 내 것을 준비하는 김에 아버지 것도 한 부 작성해 달라고 부탁한 일을 이야기했다. 나는 말했다. "제 걸 읽어드릴게요. 들어보세요." 당연히도, 아버지의 반응은 내가 두려워했던 것과는 전혀 달랐다.

내가 지금 상대하는 사람이 평생 사람들과 그들이 가장 생각하고 싶어하지 않는 것에 관해 이야기해온 사람이라는 것을 내가 어떻게 잊을 수가 있었는지. 어린 시절 토요일 아침에 아버지와 함께 회사에 가면 아버지는 나한테 말하곤 했다. "생명보험은 세상에서 가장 팔기 힘든 거야. 왜인지 아니? 고객이 이길 수 있는 유일한 길은 죽는 것뿐이기 때문이지." 아버지는 죽음을 다루는 이런 계약서에는 노련하고 지식이 풍부한 전문가였으며, 나보다 훨씬 익숙했다. 내가 전화에 대고 각 문장을 천천히 읽어나가자 아버지는 마치 내가 보험증권에 작은 글자로 적힌 틀에 박힌 문구를 읽기라도 하는 것처럼 사무적인 반응을 보였다.

"내가 임박한 사망을 앞둔 인공 생명 지원 조치 가운데 구체적으로 거부하는 것은 다음과 같다. (a)박동이 멈춘 심장의 전기

또는 기계적 소생." 나는 읽어나갔다.

"응." 아버지는 말했다.

"(b)내가 마비되었거나 입으로 영양을 섭취할 수 없을 때 비강위 튜브를 통한 음식 공급—이건 코로 음식을 넣는다는 뜻이에요."

"응, 그래."

"(c)내가 나 스스로 호흡을 유지할 수 없을 때 기계를 이용한 호흡."

"응."

나는 계속해서 읽어나가, 아버지가 결정할 수 없는 상태일 때 아버지에 대한 의학적 결정을 내리는 사람으로 형과 내 이름을 적은 곳까지 갔다. 그런 다음 말했다. "어때요? 어떻게 생각하세요?"

"보내라, 서명할 테니."

그것으로 끝이었다. 나는 보험사 직원의 아들 같은 느낌이 든 것이 아니라 내가 보험사 직원이 된 느낌, 죽어야만 이길 수 있는 고객에게 처음으로 보험증권을 판 보험사 직원이 된 느낌이었다.

몇 주 뒤 5월의 어느 금요일 클레어와 나는 아버지와 저녁을 먹으러 갔고, 그날 저녁의 중심은, 내가 아는 한, 잉그리드의 멋진 부야베스, 아버지가 먹고는 싶어하지만 도저히 발음은 하지 못하는 요리가 될 것이었다. 아버지는 편의상 '발라부스테'라고 불렀는데, 이것은 무엇을 가리키는지 알아들을 수 있는 동시에 재치가 넘치는 근사치 발음이었다. 이것은 이디시어로 '가정주부'에 대한 찬사였기 때문인데, 잉그리드가 우리를 위해 준비하는 요리의 푸짐함과 더불어 그녀가 이 집에서 금세 수행하게 된 편안한 관리자 역할을 요약하고 있는 듯했다.

이제 아버지는 방에서 방으로 이동할 때마다 아파트 벽에 두 팔을 뻗어 균형을 잡아야 했음에도—또 넘어지지 않으려고 아주 조금씩만 발을 내디뎌야 했음에도—잉그리드가 있다는 것 때문에 자신이 취약한 상태라는 생각에서 많이 벗어날 수 있었고, 그 결과 (나의 순진한 기대와는 반대로) 릴에 대한 비판을 늘릴 수 있었다. 나는 아버지가 릴에게서 잘못된 점을 더 찾아내는 것이 가능하다고 생각하지 않았지만, 릴의 불완전함에 관한 한 아버지는 성한 눈이 한쪽뿐이었음에도 현미경이나 다름없었다.

"칸탈루프 멜론도 하나 살 줄을 몰라." 아버지는 어느 날 아침 전화로 역겹다는 듯이 말했고, 그 무렵에는 나도 릴이 할 수 없는 일이라는 일반적 주제에 관해서는 들을 만큼 들은 터라 이렇게 대답했다. "보세요, 칸탈루프는 사기 어려운 거예요—잘 생각해보면 가장 사기 어려운 거라고 할 수도 있어요. 칸탈루프는 사과하고는 달라서, 아시잖아요, 겉만 봐서는 안이 어떤지 알 수가 없어요. 저 같으면 칸탈루프를 사느니 차라리 자동차를 사겠어요—칸탈루프를 사느니 차라리 집을 한 채 사겠어요. 저는 가게에서 열 번에 한 번 괜찮은 칸탈루프를 사면 운이 좋다고 생각해요. 냄새를 맡아보고, 코를 대고 킁킁거리고, 엄지로 양쪽 끝을 눌러보고, 다른 걸 냄새 맡아보고, 엄지로 또 눌러봐요—여덟, 아홉, 열 개를 이런 식으로 살펴보고 난 뒤 마침내 하나를 고르는데 그걸 집에 가져와서 저녁 때 잘라보면 맛도 없고 바위처럼 단단해요. 칸탈루프를 잘못 고르는 일에 관해 제가 말씀을 드릴게요. 우리 모두 잘못 골라요. 우리는 칸탈루프를 살 수 있게 만들어진 사람들이 아니라고요. 부탁드릴게요, 험, 그 여자 좀 그냥 놔두세요. 똥 같은 칸탈루프를 사는 건 릴만의 약점이 아니니까요. 그건 인간의 약점이에요. 릴은 지금 전체 인간 가운데 어쩌면 일 퍼센트만 제대로 할 수 있는 일 때문에 박해를 받고 있는 거라고요—그 사람들도 반은 대충 때려잡았을 거예요."

"뭐," 아버지는 내가 빈틈없이 나가자 약간 주춤하여 우물쭈물했다. "칸탈루프는 가장 작은 문제일 뿐이고……" 하지만 한동안은 내 앞에서 릴에 관해 더 불평을 하지 않았다.

어쨌든 금요일 저녁에 아버지, 릴, 잉그리드, 세스와 루스 등과 함께 엘리자베스에서 저녁을 먹게 되었을 때, 우리 식탁의 중심은 온다는 것을 내가 미리 알지 못했던 손님이었다. 약간 놀랍게도 우리의 손님은 식탁에 앉으며 내게 이미 집에서 부인과 함께 저녁을 먹었다고 말했다. 그는 중세의 음유시인이나 유랑극단처럼 우리가 저녁을 먹는 동안 자기 이야기를 하기 위해—특히 나에게 이야기해주기 위해—초대받은 것처럼 보였다.

그는 월터 헤르만으로, 강제수용소 두 군데에서 살아남은 사람이었으며, 1947년 뉴어크에 도착했을 때는 독일어밖에 할 줄 몰랐다. 아우슈비츠에서 막 나온 그는 불과 스물두 살로, 어떻게 했는지 어딘가에서 돈을 조금 구해, 동업자와 함께 내가 다니던 고등학교에서 챈슬러 애비뉴를 따라내려가면 바로 나오는 조그만 식료품점을 샀다. 거기에서 시작해 그 건물 전체를 사고, 이어 다음 건물을 사고, 그렇게 가다가 결국 1950년대 중반에 뉴어크에 갖고 있던 수많은 소유권을 다 팔아버리고—그곳의 부동산 시장에서 바닥이 무너져내리기 직전 모피 사업—전쟁 전 독일에서 그의 가족 사업이었다—에 진출하여 아주 큰 부자가 되었다. 아버지는 엘리자베스 Y에서 그를 알게 되었다. 아버지가 아직 차를 운전할 수 있어 일주일에 서너 번 Y에 나갈 때 두 사람은 거기에서 카드놀이를 하곤 했다. 월터가 전시 경험에 관한 책을 쓰고 있었기 때문에 아버지는 그에게 나를 한번 만나보라고 초대한 것이었다. 아버지가 글을 쓰고 싶어하는 사람을 나와 만나게 해준 것은 이번이 처음이 아니었다. 주택 근저당이나 연금 펀드에 관해 글을 쓰고 있는 사람에게는 내가 해줄 수 있는 일이 전혀 없다고 말했지만 아버지는 개의치 않았다. 아버지는 나의 편집자 친구들인 에어런 애셔나 데이비드 리프의 사무실 전화번호를 달라고 나에게 압력을 넣었으며, 나를 거치지 않고 직접 그들을 상대했다. 몇 년 전에는 아버지의 친구가 쓴 원고 가운데 하나—부동산 사업에 관한 책이었다—를 에어런에게 보냈고, 이것이 당시 에어런이 근무하던 하퍼앤드로우에서 출간되어 성공을 거두기도 했다. 아버지는 중개인 수수료를 받았고, 에어런은 우리 둘을 맨해튼으로 불러내 점심을 샀다. 그뒤로는 아버지를 막으려고 해도 막을 수가 없었다.

저녁식사 전에 모두 거실에서 한잔하고 있는 동안—월터는 우리보다 먼저 도착해서 아버지에게 샴페인 한 병을 선물했다—나는 몇 주 전 내가 아버지에게 전화로 헌터 대학 문학 수업에서 아우슈비츠 수용소에 관한 책인 타데우쉬 보로프스키의 『신사 숙녀 여러분, 가스실로』와 트레블링카 수용소에 관한 책인 지타 세레니의 『저 어둠 속으로*Into That Darkness*』를 읽고 있다고 말했을 때 아버지가 이 친구 이야기를 했던 기억이 났다. 오랜 세월에 걸쳐 대학 교수로서 내가 하는 일이 아버지에게는 늘 약간 어렴풋하여, 이따금씩 도대체 수업 시간에 뭘 가르치느냐고 묻고 그러면 나는 설명해보려고 애를 쓰곤 했다. 내가 강제수용소에 관한 책 두 권에 관해 이야기하자 아버지가 말했다. "Y에 아우슈비츠에 있었던 친구가 있는데. 그 친구도 책을 쓰고 있어. 놀라운 사람이야." "그래요?" "네가 좀 도와줄 수도 있겠구나." "저는 제 책을 쓰는 저를 돕느라 안간힘을 쓰고 있어요." "하지만 조언은 좀 해줄 수도 있지." "아버지, 조언할 게 아무것도 없어요. 조언이란 건 없어요." "에어런 애셔는 어떨까?" "뭐가 어때요?" "그 친구가 또 옮겼니? 아직 거기 있어?" "그로브에요? 네." "전화번호 좀 다시 다오." "아버지 친구가 책을 다 쓰기는 한 거예요?" "말했잖아—지금 쓰고 있다고." "기다렸다가 책을 다 쓰면 에어런한테 전화하는 게 어때요?"

그것이 월터가 부야베스 저녁식사 자리에 나타나기 전까지 내가 그와 책에 관해 마지막으로 들은 것이었는데, 식사 자리에서 아버지는 그에게 지시했다. "보여줘, 저 아이한테 자네 번호를 보여주라고, 월터."

그때 우리는 식탁에 앉아 있었는데, 마침 아버지와 월터(여분의 의자를 바로 내 옆에 끌어다놓고 앉아 있었다) 사이에 앉아 있던 잉그리드가 식탁 건너편에 앉은 클레어와 루스에게 부야베스에 무엇이 들어갔는지 설명하고 있었기 때문에 아버지는 그들의 대화를 누르고 말을 해야 했다. "자네 번호를 보여주라니까!" 아버지가 친구에게 다시 소리쳤다.

꽤 따뜻한 밤이어서 월터는 반소매 셔츠만 입고 있었기 때문에—가벼운 스포츠 재킷은 이미 벗어서 의자 등받이에 걸쳐놓았다—그가 손목을 조금 비틀자 나는 그의 팔뚝에 있는 번호를 읽을 수 있었다. 월터는 그렇게 하면서 아버지에게 말했다. "틀림없이 이미 본 적이 있을 텐데요, 뭐."

사실이었다. 형수의 부모가 홀로코스트 생존자였고, 이스라엘에서 생존자들을 보았고, 물론, 뉴욕에서 마주치게 되는 온갖 종류의 사람들의 팔에서 수용소 번호를 보는 것은 특별한 일이 아니었다. 또 그전 해에는 '이반 뇌제'라고 알려진 트레블링카 수용소의 간수 존 뎀얀유크의 예루살렘 재판에 참석하여 몇 주 동안 적어도 여남은 명의 생존자들 사이에 앉아 있기도 했다. 아마 내가 번호를 보고 가장 충격을 받은 생존자는 이탈리아 작가 프리모 레비였을 것이다. 1986년 나는 뉴욕 타임스를 위해 그와 긴 인터뷰를 하려고 토리노로 갔으며, 함께 있는 나흘 동안 신비하게도 가까운 친구가 되었다—아주 가까워졌기 때문에 내가 떠날 시간이 오자 프리모는 말했다. "우리 가운데 누가 동생이고 누가 형인지 모르겠소." 우리는 마치 다시는 못 볼 사람들처럼 감정이 복받쳐 포옹을 했다. 실제로 우리는 다시 만나지 못했다.

그때 우리는 아우슈비츠에 관해, 젊은 시절 그가 그곳에서 보낸 열두 달과 그가 수용소에 관해 쓴 무거운 두 책에 관해 길게 이야기했으며, 그것이 인터뷰의 핵심이 되었다. 이것은 프리모 레비가 자신의 토리노 아파트 건물에 있는 깊은 계단통—매일 갈 때마다 우리의 대화에 대한 큰 기대를 안고 올랐던 그 다섯 층계를 품은 계단통이었다—꼭대기에서 몸을 던져 자살하기 딱 여섯 달 전에 타임스의 일요일 북 섹션에 실렸다. 나는 혹시 프리모 레비와 월터 헤르만이 아우슈비츠에서 만나지 않았을까 궁금했다. 그들은 비슷한 나이였을 것이며 독일어로 서로 소통할 수 있었을 것이다—프리모는 생존 가능성을 높여줄지 모른다고 생각하여 아우슈비츠에서 '지배자 민족'의 언어를 배우려고 열심히 노력했다. 월터는 자신의 생존을 어떤 식으로 설명할까? 그는 무엇을 배웠을까? 그 책이 아무리 아마추어의 작품이고 소박하게 쓰였다 해도 나는 그런 것이 책의 주제가 될 것이라고 예상했다.

월터는 원고로 짐작되는 것이 든 커다란 마닐라삼 봉투를 무릎에 올려놓고 있었다. 식사를 하면서 그는 내 귀에 대고 꾸준히 베를린에서 보낸 자신의 부르주아적 유년기, 댄스 수업, 라틴어 공부에 관해서, 기적적으로 전쟁에서 살아남은 어머니, 나치가 죽인 아버지에 관해서 이야기했다. 그는 어린 시절 독서—"하이네" 하고 그는 음미하듯 자기 손가락 끝에 입을 맞추며 말했다—에 관해서 이야기했으며, 프란츠 베르펠의 작품을 얼마나 좋아했는지 이야기해주었다. 이어 자신이 베를린에 몇 년 동안 숨어 있다가 나치에게 잡혀 처음에는 벨젠, 그다음에는 전쟁이 끝나기 불과 몇 달 전에 아우슈비츠로 옮겨졌다고 말했다.

"베를린에서요?" 내가 물었다. "어떻게 베를린에 숨어 있을 수가 있었나요?"

"여자들. 여자들하고 함께. 나는 베를린에 남은 유일한 남자였소. 열여덟, 열아홉 살이었지. 독일 남자들은 모두 군대에 가고 유대인 남자들은 모두 사라졌소. 나는 여자들이 숨겨주었지." 그는 개구쟁이처럼 웃음을 지었다. "내 책은 엘리 비젤처럼 쓰거나 새뮤얼 피사르처럼 쓴 게 아니오. 엘리 비젤은 내가 보기에는 천재요. 나는 그런 비극적인 책은 쓰지 못해요. 나는 수용소에 가기 전에는 아주 행복한 전쟁을 치르고 있었소."

월터는 무릎에 있는 봉투를 열었고 그가 거기에서 꺼낸 것은 책의 원고가 아니라—아직은 아니라—그가 책을 쓸 자격이 있다는 증명서라고 할 만한 것으로서 처음 내놓은 물건이었다. 그는 나의 부야베스 그릇 옆 리넨 탁자보 위에 변색된 양피지처럼 보이는 작고 낡은 조각을 내려놓았다. 그것은 독일이 그에게 1930년대 말에 발급해준 손때 묻고, 접힌 자국이 선명한 신분증명서였다. 나는 월터 헤르만에게도 제삼제국의 다른 모든 유대인 남성에게 그랬던 것과 마찬가지로 아리아인 당국이 '이스라엘'이라는 중간 이름을 주었다는 것을 알 수 있었다. 서류 한쪽 모퉁이의 사진은 십대 후반의 소년, 늘씬하고 입술이 두툼하고 얼굴빛이 거무스름하여 왠지 타르타르인처럼 보이는, 결코 아도니스가 아닌 소년의 모습을 보여주었다. 사진은 한 오십 년 된 것임에도 내 옆에 있는 남자와 분명히 닮은 데가 있었다. 그러나 현재 육십대 중반에 이른 월터는 저지의 다른 품위 있는 부유한 사업가들과 마찬가지로 자신만만해 보였지만, 당시의 그 소년은 베를린의 여자들에게 남은 유일한 남성이기보다는 한쪽 구석에 떨어져 프란츠 베르펠을 읽고 있는 것이 훨씬 자연스러운 사람처럼 보였다.

사진에서 이마 위로 길게 내려와 퐁파두르처럼 보이는 스타일로 다듬은 검은 머리카락은 전쟁 뒤 일주일이 지나자 다 빠졌다. 수용소에서 해방된 후 티푸스에 걸려 죽을 뻔했을 때 하룻밤 새에 다 빠졌다, 그는 그렇게 말했다. 거실에서 우리 가족과 처음 만나고 나서 일이 분도 안 되는 시간 동안 자신에 관해 해준 이 이야기를 들으며 나는 월터가 자신의 기억을 가라앉혀두는 쪽을 좋아하는 생존자가 아니라는 것을 알았다.

그에게는 원고로 들어가기 전에 내놓을 추가 증명서가 있었다. 그가 나에게 설명한 바에 따르면 이것은 담배 종이 묶음의 바깥 포장으로, 그는 아우슈비츠에서 어머니에게 반대 면에 연필로 아주 짧은 편지를 썼다. 어머니는 독일 어딘가에 숨어 있었고, 그런 편지가 어머니에게 가려면 무언가 노력이 필요했을 것이다. 어쨌든 어머니는 분명히 그것을 받았고, 보관했고, 미국에 가져왔다. 그래서 1989년 여기 뉴저지에 아들이 1944년에 쓴 유언일 수도 있는 글이 모습을 드러내게 된 것이었다.

"돌려 보자고." 아버지가 나에게 말했고, 그래서 월터의 제삼제국 신분증과 2인치 폭의 아우슈비츠 편지는 나에게서 클레어에게로, 클레어에게서 세스와 루스에게로 넘어갔는데, 이 둘은 각각 1957년과 1961년에 태어났으며, 팔에 번호가 있는 수다스러운 낯선 사람만큼이나 두 가지 문건에도 곤혹스러워하는 것 같았다. 그들은 문건을 릴에게 넘겼고, 릴은 사진을 보고, "월터, 정말 예시바 부허처럼 보이네요" 하고 말하더니, 아버지에게 넘겼고, 아버지는 "난 Y에서 봤어" 하고 실용적인 정신을 지닌 잉그리드에게 넘겼고, 그녀는 마치 손에 쥔 것이 수표를 현금으로 교환할 때 내민 신분증이나 되는 것처럼 완전히 객관적인 입장에서 각 문건을 살폈다. 마침내 두 문건은 소유자에게 돌아갔고, 소유자는 그것을 다시 봉투에 넣은 다음 다른 것을 꺼냈는데, 이번에도 원고가 아니라 최근 손자들의 생일잔치에서 찍은 아이들의 폴라로이드 사진 몇 장이었다. 이것도 식탁을 한 바퀴 돌았고, 그제야 월터는 봉투에서 그의 책의 샘플 원고 대여섯 장이

든 투명한 플라스틱 폴더를 꺼내 나에게 주었다.

"나는 매킨토시로 작업을 해요." 그가 나에게 말했다. "필립은?"

"여전히 타자기를 씁니다." 내가 말했다.

나는 클레어가 월터라는 인물에게 별 매력을 느끼지 못했다는 것을 알 수 있었지만—돌아오는 차 안에서 월터를 어떻게 생각하느냐고 물었더니 그녀는 그를 소름끼치는 노출증 환자라고 묘사했다—식탁에서 나와 그의 대화를 쫓고 있는 사람은 그녀뿐이었다. 모든 사람에게 동시에 말을 하느라 여념이 없는 곡마단장인 아버지는 월터와 나의 이야기를 듣다 말다 하는 정도였으며, 다른 사람들은, 월터가 그들에게 관심을 잃었듯이, 월터에게 관심을 잃었다. 나는 그를 어떻게 파악해야 좋을지, 그가 자신의 아우슈비츠 시절을 만나는 모든 사람에게 이렇게 들이대는지, 클레어에게 노출증으로 보인 것이 혹시 아버지가 대학 수업 시간에 강제수용소에 관한 책을 읽는 작가 아들의 도움을 얻게 해주겠다는 약속 때문에 조금 강하게 나타난 것은 아닌지 알 수가 없었다.

"독일어로 썼소." 내가 폴더에서 원고를 꺼내는데 그가 설명했다. "번역은 내가 했고. 하지만 이제 내 독일어는 그렇게 좋지 않고 글을 쓸 때의 영어는 그저 그럴 뿐이오. 그래서 딸한테 줘서 영어를 고쳐달라고 하고 있소." 그는 나에게만 작게 말하고 있었다. "내 딸이 어떻게 생각할지 모르겠소. 그 아이는 내가 베를린에서 어떻게 살아남았는지 몰라요. 그런데 이건 자식이 보통 생각하는 부모의 모습이 아니라서. 물론 딸아이는 결혼을 했지만, 그래도 아버지란 게……"

내용은 이러했다. 우리는 이제 막 끝냈을 뿐인데 나의 물건은 다시 거대해졌다……나의 주스의 샘이 그녀의 달콤한 구멍 안으로 흘러들어갔다……그녀의 입술이 나의 부푼 음경으로 내려왔다……오, 다시 해줘, 그녀가 말했다, 오 내 사랑, 다시……그녀의 옷이 아래로 흘러내리면서 내 눈에 바르바라의 것보다 웅장하고 헬렌의 것보다 큰 젖통이 드러났다……나는 절정에 올랐다……그녀는 절정에 올랐다……황홀했다.

그러는 동안에, 나는 생각했다, 홀로코스트는 진행되고 있었다.

"그래, 필, 어떻게 생각하니?" 아버지가 물었다. 식탁의 모두가 내 쪽을 보았지만, 월터만큼 진지한 눈길로 바라보는 사람은 없었다.

"아직 다 안 읽었어요." 나는 말했다.

그녀는 전시의 서른다섯 살 난 여자만이 그럴 수 있겠다 싶을 만큼 남자에 굶주려 있었다. 그녀는 나를 자신의 욕조에서 목욕시켰다. 물이 빠져나가는 동안 나는 등을 뒤로 기댔다. 그녀는 마치 열 코스짜리 식사라도 되는 것처럼 내 자지에 달려들었다. 내 아들아, 그녀는 말했다, 내 아들아. 그때까지 누가 그걸 이렇게 삼켜준 적은 없었다. 오직 카트리나만이 그녀와 견줄 만했다. 이것 좀 봐, 그녀가 말했다, 경이로운 물건이야! 나는 다시 절정에 올랐다. 그녀는 다시 절정에 올랐다. 나는 다시 절정에 올랐다.

계속 그런 식이었다.

나는 다 읽고 나서 아무 말 없이 원고를 폴더에 도로 넣었다. 월터가 말했다. "이건 샘플일 뿐이오."

"더 있군요."

"아주 많지. 출판할 수 있겠소?"

"출판 걱정은 다 쓴 다음에 해도 늦지 않습니다."

"다 썼소. 딸아이가 영어를 봐주기만 하면 돼요."

"애셔는 어떻겠니?" 아버지가 나에게 물었다.

나는 어깨를 으쓱했다. 물론 월터는 아버지에게 이 원고를 보여주는 것은 꿈도 꾸지 않았을 것이고, 아버지도 그것을 읽어보게 해달라고 말할 생각은 떠오르지도 않았을 것이다. 아버지가 원하는 것은 그저 히틀러에게 피해를 본 유대인이자 Y에서 만난 친구를 돕는 것뿐이었다.

내가 어깨를 으쓱한 것에 아버지가 짜증을 내는 것이 보였다—동시에 어리둥절한 표정이기도 했다. 홀로코스트에 관한 책에 관심이 있다는 건가 없다는 건가?

"나한테 줘, 월터." 그가 말했다. "내가 에어런 애셔하고 얘기해서 처리할 테니까. 데이비드 리프는 어떠냐?" 아버지가 나에게 물었다.

"네," 내가 말했다. "언제나 데이비드한테 부탁할 수 있죠."

"나한테 그 친구 전화번호가 있던가?" 아버지가 물었다. "번호 안 바뀌었니?"

"안 바뀌었어요."

"그래—도대체 어떻게 생각해?" 아버지는 다시 물었고, 이제 격분을 감추지 못하고 있었다.

나는 두 손으로 아무 의미 없는 손짓을 하고, 싹싹하게 미소를 지었다.

"아드님은 책임질 수 없는 이야기를 하는 분이 아니네요." 월터가 아버지에게 예의바르게 말했다.

"그래……" 아버지는 혐오스럽다는 듯이 웅얼거리고 다시 발라부스테를 먹기 시작했다.

바로 이틀 뒤 전화로 아버지가 말했다. "너한테 우편물을 보내마. 월터가 오늘 오후 여기 왔었다. 너한테 줄 게 있다는구나."

"아버지, 제발 그 책 원고는 이제 그만이요."

"너한테 말한 코트야. 사진하고 정보를 두고 갔어. 너한테 우편으로 보내달라고 하더라고."

디저트를 먹은 뒤 월터는 클레어와 나에게 영화배우를 위한 완벽한 코트가 있다고 말했다. "올해의 겨울 컬렉션을 위해 만든 거지요—아주 특별해서 세상에서 극소수의 여자만 소화할 수 있소. 발목까지 오는 검은담비인데, 내가 본 중에 가장 부드럽고, 가장 무게가 안 나가는 검은담비에, 여름 흰담비로 멋진 숄칼라를 달았소. 블룸 양에게 맞게 손을 볼 수 있는데 아마 아주 멋질 거요." 그건 어느 모로 보나 십만 달러가 훨씬 넘게 팔릴 텐데, 월터는 우리에게 말했다, 아들한테 말을 하면 흥미로운 제안을 할 수 있게 될 거다. "아주 특별해요, 이 모피는." 그는 덧붙였다. "그런 코트는 딱 두 벌만 만들었거든." "내가 둘 다 사죠." 내가 말했다. "안됐지만 하나만 남았다오." 그가 대답했다.

이 발목까지 오는 여름 흰담비와 검은담비 코트, 세상에서 딱 하나 남은 것이자 우리에게 딱 맞는 것을 최저가로 주겠다면서 그가 보여준 웃음기 없는 열성적인 태도를 보면서 나는 프리모 레비가 『이것이 인간인가』에서 수감자들 사이의 금지된 물물교환과 거래를 묘사하는 장章을 떠올렸다. 배급된 빵이 가장 일반적인 통화 단위였지만, 게슈타포 막사에서 가장 먼 수용소 구석에서는 누더기가 된 셔츠 조각에서부터 입안에 있는 금니에 이르기까지 모든 것이 계속 거래되었다. 월터는 젊은 시절 아우슈비츠의 그 거래자들 가운데 가장 뻔뻔스러운 사람으로 꼽히지 않았을까, 아니면 이런 자본주의적 열정은 미국에 오면서 얻게 된 것일까? 나는 아버지에게 말했다. "아버지 친구는 쉽게 단념하지 않는군요."

"그 친구가 이스라엘에 마흔다섯 번 갔다 온 거 아니?"

"거기 가서는 뭘 파는데요?" 내가 물었다.

"이런 잘난 척하는 녀석."

"월터도 마찬가지예요, 제가 이렇게 말해도 괜찮다면 말이에요. 아주 해로운 유대인이에요. 고맙게도 유대인의 해로움 또한 수용소에서 안 죽고 살아남은 거죠. 그 사람 책이 뭐에 관한 건지 아세요?"

"코트 사진을 우편으로 보내주마."

"가지고 계시다가 릴한테나 사주세요. 제 말은 이 책—이게 무슨 이야기인지 맞혀보세요."

"글쎄, 그 친구가 갇혔던 이야기겠지."

"아니, 아니에요." 내가 말했다.

"그 친구가 독일에 있던 시절 이야기로군."

"포르노그래피예요. 알고 계셨어요?"

"나는 아무것도 몰라. 전혀 읽어보지를 않았거든."

"다 씹하는 이야기예요. 페이지마다. 이걸 읽으면 저 같은 건

겁쟁이처럼 보인다니까요."

"그래? 설마." 아버지는 잠시 약간 멍한 것 같았다.

"그래서 아버지가 저한테 물어봤을 때 아무 말도 안 한 거예요. 저는 거기에서 다 함께 앉아 저녁을 먹고 있었는데, 그 자리에서 그 사람이 저한테 이걸 줬는데, 이게 포르노그래피였단 말이에요." 나는 이제 웃음을 터뜨리고 있었고, 아버지도 같이 웃었다.

"그런데 어쩌냐, 그 친구는 방금, 삼십 분 전에 떠났는걸." 아버지가 말했다.

"네, 뭐, 이 여자가 나를 빨아주고, 저 여자가 나를 씹해주고, 나는 나치 독일에서 좆이 가장 크고."

우리가 여전히 웃고 있을 때 아버지가 말했다. "어쩌면 『포트노이의 불평』 같은 베스트셀러가 될지도 모르잖아."

"물론이죠. 홀로코스트에 관한 포르노그래피 베스트셀러."

"그럴 것 같아."

"뭐, 그쪽으로는 처음이겠네요." 내가 말했다.

"딸이 그걸 손보고 있다던데." 아버지가 말했다.

"딸이 아마 깜짝 놀라게 될 거예요."

아버지는 조금 더 웃음을 터뜨리다가 말했다. "오늘 지팡이 샀다."

"어떤 지팡이요?"

"샌디가 샀으면 하더구나. 아래가 넷으로 갈라진 거."

"짚어보셨어요?"

"그럼. 거기 익숙해지게 되는 게 싫어. 거기 의지하고 싶지 않거든."

"산책하러 나가서 사용하셨어요? 도움이 되던가요?"

"그럼, 당연하지. 도움이 됐어. 에이브를 붙들고 있을 필요가 없어. 사실 에이브가 좀 늘어지기 시작했거든."

"두 분이 산책하면서는 무슨 이야기를 해요?"

"옛날 얘기를 하게 되지. 옛날 코미디언들. 하워드 브러더스. 루 홀츠. 캔터. 베니. 그리고 노래도 함께 불러. 에이브가 그걸 좋아해. 너 루 홀츠 기억나니? 그 사람은 이러곤 했어, '땅신이 꺼기 있어봤수, 촐리?'"

"그 말을 한 게 그 사람이에요? 종종 궁금했는데. 늘 클레어한테 그 말을 하는데 그 코미디언이 누군지는 몰랐거든요. 그 사람은 저보다 앞선 세대예요, 루 홀츠는. 땅신이 꺼기 있어 봤수, 촐리?"

"그렇지. 우리는 해리 로더 얘기도 해. 그러다가 내가 해리 로더에 관한 노래를 불러주면, 에이브도 따라 불러. 그런 식으로 매일 왔다 갔다 걷는 거지. 에이브는 해리 로더를 아주 좋아했어. 스코틀랜드 코미디언이지. 나는 뉴어크의 팰리스에 갔을 때 그 사람을 보곤 했어. 그 사람이 나와서 노래 한 곡을 부르곤 했지. 지금은 잊어버려서 기억을 좀 떠올려봐야겠구나. 그 사람은 구부러진 지팡이를 들고 나오곤 했고, 스코틀랜드 노래를 부르곤 했지. 에이브가 그 노래를 좋아해. 늘 그 노래를 부르지. 아주 끝내주게 재미있어."

"네, 그러니까 아버지한테는 옛날 뉴어크와 옛날 베를린이 차이가 있는 거네요."

"그럼. 가엾은 월터."

"가엾은 월터를 너무 안쓰러워하지 마세요. 어련히 자기를 알아서 챙기겠어요. 한창때 꽤나 즐겼던데요, 뭐."

"그래? 너 그 얘길 믿는 거냐? 거기 있는 그걸 다 믿어?"

"아버지는 아니에요?"

"누가 알겠어? 어쩌면 그 친구는 그냥 책을 쓰고 있는 건지도 모르지."

코네티컷에서 아버지의 생일을 축하하자던—어머니가 팔 년 전에 세상을 뜬 뒤 매년 8월에 그렇게 했던 대로—우리 가족의 계획은 취소해야 했다. 여름이 가면서 아버지의 건강이 훨씬 악화되었기 때문이다. 끝이 넷으로 갈라진 새 지팡이가 있어도 이제는 바깥을 산책하는 것은 물론이고 아파트를 혼자 돌아다니는 것조차 매우 위험했다. 에이브와 팔짱을 끼고 노래를 부르는 일은 갑자기 끝났으며, 간헐적으로 뭘 삼킬 때도 문제가 생기기 시작했다. 액체를 삼키려고 할 때 특히 심하게 기침을 하거나 숨이 막혔다. 아버지는 이런 곤란을 싹 낫지 않는 감기와 연결시켰지만 사실은 커지는 종양이 뇌에서 삼키는 메커니즘을 제어하는 부분에 간섭하기 시작했기 때문이었다.

아버지와는 달리 나는 이런 상황에 대비가 되어 있지 않은 것은 아니었다. 일 년여 전 닥터 벤저민이—내가 병원에 뇌 수술을 받지 않겠다고 말한 뒤—나에게 다음에는 삼키는 데 문제가 생길 가능성이 높다고 경고를 했기 때문이었다. 나는 닥터 와서먼에게 연락을 하여 아버지를 위해 해줄 수 있는 일이 있다면 뭐가 있겠느냐고 물었다. 병원에서는 몇 가지 검사를 해보더니 아버지가 먹는 것을 기도로 흡입하기 시작했다면서 이렇게 기도를 통해 먹고 마시는 것이 허파로 들어가면 기관지폐렴에 걸릴 위험이 있다고 이야기해주었다. 해럴드 와서먼은 나에게 말했다. "드시지 않는 게 나을 겁니다." 나는 그 말에 놀라서 그게 도대체 무슨 뜻이냐고 물었고, 해럴드는 아버지의 위로 관을 꽂아 그것을 통해 영양을 공급함으로써 폐렴에 걸릴 위험을 피할 수 있다고 설명했다. 위루胃瘻 형성술, 그것을 그렇게 불렀다. "침은 어떻게 하지요?" 내가 물었다. "뱉어내야죠. 그것도 기계로 깨끗하게 처리할 수 있습니다." 나는 그런 대답을 들었다.

이제 대가를 치르는구나, 나는 생각했다, 수술을 하지 않겠다고 결정한 결과였다. "끔찍해지고 있어." 나는 형에게 말했고, 다음 몇 주 동안 형과 나는 아버지가 새로 생긴 문제를 감기 탓으로 돌리도록 내버려두었다. 그런 곤란이 극적으로 악화되기 전에는—곧 그렇게 될 것이라는 이야기를 들었지만—아버지에게 문제의 진짜 원인을 설명하여 더 우울하게 만들 수 없었기 때문이다. 그러나 아버지 자신도 뭔가 심각한 일이 생겼다고 느끼고 있었다. 내가 전화로 먹는 게 좀 편해졌느냐고 물었을 때 어려워진 적이 없었다고 부인하기 시작했기 때문이다. "그냥 달콤한 액체를 마시지 못하는 것뿐이다." "그냥 음식이 너무 뜨거울 때만 그래." 등등. "가래가 올라와, 감기 때문에. 목은 수술 안 받을 거야." 아버지는 그렇게 말했다. "누가 수술을 하자고 그러나요. 하지만 삼키는 데 문제가 좀 있기는 한 것 같네요." "없어. 괜찮아."

그때가 여름이었기 때문에 나는 매일 아침 아직 시원할 때 빠르게 사 마일을 걷고, 오후에는 매일 그렇듯 거의 끝낸 소설 작업을 하고 난 뒤 수영장에 삼십 분 수영을 하러 갔다. 아버지에 대한 걱정에도 불구하고 나는 몇 년 새 그렇게 건강하다고 느낀 적이 없었으며, 새 소설 『기만*Deception*』의 수정이 끝나갈 무렵이라 책을 끝낼 때면 늘 찾아오는 달콤한 안도감도 맛보고 있었다. 하지만 8월 초 어느 날 오후 수영을 하러 갔다가 예기치 않은 일이 벌어졌는데, 다만 이번에는 아버지가 아니라 나에게 벌어졌다는 게 특별한 점이었다—한차례 가볍게 수영을 한 뒤 머리가 쪼개질 듯 아프고 심장이 미친듯이 뛰었으며 숨이 너무 가빴다. 나는 수영장 가장자리에 매달려 혼잣말을 했다. "불안증이네. 내가 뭘 그렇게 불안해하는 거지?"—정신 신체 관계를 연구하는 사람들이 등장하기 전에는 신체에 탈이 난 사람들이 분별력 있게도 구태여 관심을 가지지 않던 종류의 문제였다. 나는 아버지 앞에 놓인 일 때문에 단지 사기만 떨어진 것이 아니라 더 큰 것이 쇠약해져 있었다. "내가 두려움을 느끼고 있구나." 나는 혼잣말을 했다, 오랜 기간에 걸쳐 아버지가 뇌종양 때문에 겪어오던 비참한 상태가 이제 아버지의 위에 영양 공급을 위한 관을 영구적으로 꽂으려 하는 데서 절정에 이르고 있었기 때문에.

그러나 나의 진단은 틀렸다. 내가 불과 한차례 수영을 한 뒤 두려움을 느낀 것은 오십육 년 살아오는 동안 심장으로 가는 거의 모든 주요 동맥이 팔십에서 백 퍼센트 폐쇄되어 엄청난 심장마비가 멀지 않은 일이 되었기 때문이었다. 나는 수영장에서 숨을 헐떡이며 나오고 나서 스물네 시간 뒤 긴급 5중 바이패스 수술에 의해 심장마비로부터—그리고 아버지보다 먼저 무덤으로 가는 일로부터—구원을 얻었으며, 아버지는 나를 묻는 일을 피할 수 있었다.

수술 전날 밤 새벽 두시, 증상이 깜짝 놀랄 만큼 악화되자 대여섯 명의 인턴, 레지던트, 간호사는 나의 나빠지는 상태를 모니터하는 기계들 주위를 바삐 맴돌기 시작했고, 외과의에게는 계획을 바꿔 즉시 수술하는 게 어떻겠느냐고 전화가 갔다. 나는 평생 그 순간만큼 아버지와 하나가 되었던 적이 없었다는 것을 깨달았다. 대학 때 아버지를, 내가 나 자신만큼이나 성장시켜야 한다는 책임감을 느끼던 지적 난쟁이를 몰래 나와 함께 수업에 들여가던 때 이후로 우리 삶이, 비록 똑같지는 않다 해도, 그렇게 서로 얽히고 섬뜩하도록 호환 가능했던 적이 없었다. 이 작은 의학적 소동의 중심에서 나는 아무런 힘을 쓰지 못한 채, 지금 아버지의 삶의 매 순간에 넘쳐나는 불가피성과 대면했고, 충격 속에서 그런 자각은 점점 선명해졌다.

다른 점은 물론 수술 뒤에 나는 다시 태어났다고—다시 태어나는 동시에 출산한 듯하다고—느꼈다는 것이었다. 수술 전 몇 년인지 모르게 아마도 정상적인 피의 이십 퍼센트밖에 공급받지 못한 채로 작동해야 했을 내 심장은 원하는 모든 피로 충만했다. 나는 밤이면 병원 침대에서 내 심장이 아주 작은 아기처럼 내 다리에서 빌려와 새로 부착한 동맥을 통해 이제 막힘없이 돌고 있는 이 피를 한껏 빤다고 상상하며 웃음을 짓곤 했다. 이것이 자기 아기를 젖먹일 때의 짜릿함이로구나, 나는 생각했다—거친 북소리 같은 수술 후의 박동은 내 것이 아니라 그 아기의 것이었다. 그래서 야간 간호사가 듣지 못하게 나는 이 아기에게 아주 작게 소곤거렸다. "빨아라, 그래, 빨아, 다 빨아라, 네 거니까, 모두 네 거니까, 널 위한 거니까……" 나는 평생 그렇게 행복한 적이 없었다.

그렇게 되풀이되는 환상과 거기에 수반되는 간절한 읊조림 가운데 얼마나 많은 부분이 생명을 구했다는 행복감의 결과이고 얼마나 많은 부분이 다섯 시간 동안의 심한 마취의 영향이 사라지지 않고 남은 결과인지는 모르겠으나, 흉부 벽의 통증 때문에 지속적인 잠이 불가능했을 때에도 내가 나 자신의 새로 태어난 심장에 피를 빨리고 있다는 생각은 몇 시간 동안 가장 강렬한 기쁨을 주었으며, 이 시간 동안은 내가 어머니들이 맛보는 정신이 나갈 듯한 희열에 자웅동체로서 참여하고 있다고 느끼는 데 어떤 상상력도 동원할 필요가 없었다. 지금 돌이켜보니, 바이패스 수술을 하기 전날 밤의 불안하고 불확실한 시간에는 저녁 식탁에서도 자신의 필멸성 때문에 목이 메는 약해져가는 아버지와 위치가 바뀌었다고, 서로 호환될 수 있다고—심지어 아버지의 대리 희생자가 되었다고—느끼게 되었듯이, 수술 뒤의 그 첫 몇 밤의 환희에 찬 몽상 동안에는 나 자신을 양육하는 어머니의 대역에 가까이 다가가 있었다. 나는 그 침대에 혼자 누운 심장병 환자가 결코 아니었다. 나는 넷으로 이루어진 가족이었다.

완전히 회복되기 전에는—아니면 영원히, 그것이 보장될 수 있다고 생각했다면—아버지에게 소식이 전해지는 것을 막고 싶었으나 그것은 불가능했다. 수술 전 목요일 저녁—내 상태가 악화되기 불과 몇 시간 전—나는 심장 병동의 병상에서 아버지에게 전화를 걸어, 코네티컷 집에 있는 척하면서, 갑자기 문학 모임에서 몸이 아파 참석 못하게 된 작가를 대신해 참석해달라는 요청을 받아 주말 내내 뉴헤이븐에 가 있어야 하고, 아마 일요일 저녁에 돌아와서야 전화를 할 수 있을 것이라고 말했다. "얼마나 준다냐?" 아버지가 물었다. "만 달러요." 나는 불쑥 약간 부풀린 액수를 내뱉었다. 아버지가 기분이 좋을 수밖에 없어서 더 자세히 물어볼 생각을 하지 않게 될 만한—내 생각이 맞았다—액수였다. "좋네." 아버지의 말투에는 내가 그 정도는 마땅히 받아야 한다는 뜻이 담겨 있었다. 수술 뒤 약 육십 시간 정도 지난 일요일 저녁 나는 다시 전화를 해 혹시 내 목소리에 기운이 없다면 모임에서 주말 내내 이야기를 했기 때문이라고 설명했다. "돈은 받았어?" "그럼요. 일 달러짜리로 주던데요. 외바퀴 손수레에 담아줬어요." "그래," 아버지는 웃음을 터뜨렸다. "수입이 짭짤한 주말이었구나."

다음 며칠 동안 나는 매일 아침 내가 평소와 같은 생활을 하고 있다고 믿게 만들었다—그러나 어느 날 오후 병원 홍보실에서 전화를 하여 뉴스와 포스트로부터 나의 정확한 상태를 묻는 전화를 받았다고 말했다. 홍보 담당자는 아무런 정보도 주지 않았다고 분명하게 말했지만, 그럼에도 신문에 뭔가 실릴 것 같다고 알려주려고 연락을 한 것이었다. 지금 몸과 마음이 약해진 아버지가 다음날 아무 생각 없이 가십 칼럼을 보다가 그 소식과 마주칠 경우—또는 누가 막 신문에서 나에 관해 읽은 것을 아버지에게 전화로 알려줄 경우—무슨 일이 생길지 몰라 나는 온 힘을 그러모아 뉴저지로 전화를 했다.

내가 심장 바이패스 수술을 성공적으로 마쳤다고 말하자(일단 5중이라는 이야기는 빼놓았다), 아버지는 잠시 어리둥절해했다.

"그러면 내가 그동안 누구하고 얘기를 한 거지?"

나는 아버지한테 전화를 한 사람은 나라고, 분명히 나라고, 하지만 지금과 마찬가지로 병원에서 전화를 한 거라고 설명했다. 나는 잘 회복하는 중이라고 아버지를 안심시키고, 의사는 내가 주말이면 퇴원하게 될 것으로 예상하고 있다고 말해주었다.

그러자 놀랍게도 아버지는 화를 냈다. "네가 대학 다닐 때 어머니가 수술을 받았는데 우리가 너한테 이야기하지 않은 거 기억나니? 네가 그걸 알고 뭐라고 했는지 기억나?"

"아니요, 기억나지 않는데요."

"너는 그랬어, '우리가 가족이에요, 가족이 아니에요?' 화가 나서 날뛰었지. 너는 그랬어, '다시는 나를 "봐줄" 생각 하지 마세요.' 혀로 아주 채찍질을 해댔지."

"보세요, 제가 수술실에 있는 동안 아버지가 지루하게 기다리지 않았다고 해서 더 나빠진 건 없잖아요."

"수술실에 얼마나 있었는데?"

나는 두어 시간을 쳐내고 말했다. "아버지는 그동안 기다리실 필요가 없었어요." 나는 말했다. "지금도 감당할 일이 많은데."

"그건 네가 결정할 게 아니야."

"험, 제가 결정했어요." 나는 분위기를 가볍게 만들려고 웃음을 터뜨리며 말했다.

하지만 아버지는 계속 심각했다—심지어 불길하기까지 했다. "그래, 다시는 그러지 마라." 아버지는 마치 한평생이 우리 앞에 놓여 있는 것처럼 나에게 경고했다.

병원에 있는 동안 매일 낮과 매일 밤, 그리고 집에서 천천히 회복하던 처음 몇 주 동안, 나는 아버지한테 기도했다. "죽지 마세요. 제가 기운을 차릴 때까지 죽지 마세요. 제가 제대로 해낼 수 있을 때까지 죽지 마세요. 제가 무력한 상태일 때 죽지 마세요." 가끔 병원에서 전화를 할 때 그 기도 소리가 입으로 나오는 것을 간신히 막았다. 지금의 나는 내가 아버지한테 말없이 부탁했던 것을 아버지가 알아들었다고 믿는다.

"아버지 몸은 어떠세요?" 나는 아버지한테 묻곤 했다. "나?" 아버지가 대답했다—"아주 좋지. 에이브의 아흔네번째 생일잔치를 열어줬다. 잉그리드가 포크롤과 파슬리포테이토를 만들었어. 세스와 루스가 오고, 리타, 에이브, 잉그리드, 나, 릴. 재미있는 시간을 보냈지. 에이브는 먹을 수 있어, 하느님의 축복이지. 걸을 수 있고 먹을 수 있고 다음날에는 심지어 파티를 했다는 걸 기억도 했어."

약 여섯 주 뒤, 내가 아버지를 보러 갈 수 있게 되었을 때, 아버지는 다시 나를 놀라게 했다. 하지만 이번에는 거의 아이처럼 변명하는 태도를 보였기 때문이다. 나는 아버지가 그동안 뭘 그렇게 섭섭해했는지 파악할 수가 없었는데, 그것은 한편으로는 바로 지난번에 내가 아버지를 보러 갔을 때 이후로 아버지한테서 일어난 변화에 나 자신이 몹시 당황하고 있었기 때문이었다. 나는 아버지를 보면서 평생이 흐른 것 같다고는 쉽게 말할 수 없다 해도, 일 년이 흐른 것 같다고는 말할 수 있었다. 에이브에게 아흔네번째 생일 파티를 열어준 사람 자신이 나이를 헤아릴 수 없이 늙은 사람이 되어버린 것 같았다. 일그러진 얼굴에 몸은 완전히 오그라들었다. 검은 안대를 하고 완전히 무기력하게 앉아 있어, 심지어 나도 이 사람이 내 아버지라고 알아보기 힘들 지경이었다. 평소 앉는 소파 끝자리에 몸을 기대고 앉은 모습을 보니 누가 일으켜주지 않으면 그 자리에서 움직이지도 못할 것처럼 보였다. 한 달 전에 심하게 다친 발가락—다시 욕실에서 정신을 잃고 쓰러졌다—은 이제야 좀 낫기 시작했다. 그러나 나중에 보니 새 보행 보조기의 도움을 받아도 혼자서는 한 걸음이나 두 걸음 이상 떼어놓지를 못했다.

소파 건너편 옷장 위에는 오십이 넌 된 스냅사진을 확대한 것이 걸려 있었다. 저지 해변에서 상자형 사진기로 찍은 것으로, 형과 나도 액자에 넣어 각자의 집에 잘 보이게 걸어둔 것이었다. 우리 가족이 매년 여름 한 달 동안 방 하나를 빌리고 부엌을 이용할 수 있는 특전까지 얻었던 브래들리비치 민박집 바깥마당에서 우리가 포즈를 취한 사진으로, 수영복을 입은 한 로스가 다른 로스 바로 뒤에 서는 식으로 셋이 서 있었다. 1937년 8월이었다. 우리는 네 살, 아홉 살, 서른여섯 살이었다. 우리 셋은 각자 위로 몸을 똑바로 세워 전체적으로 V자를 만들었다. 나의 아주 작은 샌들 두 개가 V자의 뾰족한 바닥이었고, 아버지의 넓고 단단한 두 어깨—그 사이에 샌디의 장난꾸러기 같은 밝은 얼굴이 정확히 중앙에 있었다—에서 V자의 당당한 두 세로선이 빠져나왔다. 그래, 승리Victory를 나타내는 V는 그 사진 어디에나 적혀 있었다. 승리의 V, 휴가Vacation의 V, 직립하고 구부러지지 않은 수직성Verticality의 V! 거기 우리가 있다, 남성적인 선, 훼손되지 않고 행복하게, 발생기에서 성숙기를 향해 위로 올라가는 선!

사진 속 남자의 건강한 견고함을 소파 위에서 저렇게 괴로움에 시달리는 상태와 하나의 이미지로 합치는 것은 불가능한 일이기도 했고 불가능한 일이 아니기도 했다. 나의 모든 정신적 힘을 동원하여 그 두 아버지를 합쳐 하나로 만드는 것은 당혹스럽고, 심지어 섬뜩한 일이었다. 하지만 나는 갑자기 반세기 전, 그 사진을 찍던 바로 그 순간을 완벽하게 잘 기억할 수 있다고(또는 나 자신이 기억했다고 생각하도록 만들 수 있다고) 실제로 느꼈다(또는 나 자신이 느끼게 만들었다). 심지어 우리의 삶은 시간을 통해 걸러지는 것처럼 보일 뿐이라고, 사실은 모든 일이 동시에 일어나고 있다고, 나는 거의 무너진 채 내 발치에 있는 아버지와 함께 여기 엘리자베스에 있는 것만큼이나 내 위로 우뚝 솟은 아버지와 함께 브래들리에 돌아가 있기도 하다고 믿을 수 있었다(또는 나 자신이 믿게 만들 수 있었다).

"왜 그러세요?" 나는 아버지가 나를 보는 것만으로도 울음을 터뜨릴 만큼 마음이 상한 상태라는 것을 깨닫고 물었다. "아버지—저는 이제 괜찮아요." 내가 말했다. "아버지도 아실 수 있잖아요. 저를 보세요. 보시라고요. 아버지, 왜 그래요?"

"내가 거기 있었어야 했는데." 아버지는 갈라지는 목소리로 말했고, 입이 마비로 제대로 움직이지 않았기 때문에 이제 말은 말이라고도 할 수 없을 정도였다. "내가 거기 있었어야 하는데!" 아버지는 이번에는 격노하여 되풀이했다.

병원에서 내 곁에 있었어야 했다는 뜻이었다.

아버지는 삼 주 후에 죽었다. 1989년 12월 24일 자정 직전에 시작되어 다음날 정오 직후 끝난 열두 시간의 시련 동안 아버지는 평생에 걸친 고집스러운 끈기를 멋지게 분출하며, 마지막으로 과시하며 숨 한 번 한 번을 위해 싸웠다. 볼 만한 광경이었다.

아버지가 죽던 날 아침 일찍, 아버지는 집의 침실에서 황급히 병원 응급실로 옮겨졌고, 나는 그곳에 도착했을 때 아버지를 돌보는 의사가 '특별 조치'를 취할 준비를 하며 아버지에게 호흡기계를 연결하는 장면과 마주쳤다. 그게 없으면 가망이 없었다. 물론, 말할 필요도 없이—의사는 덧붙였다—기계가 아버지의 호흡 기능을 공격하기 시작한 것으로 보이는 종양의 진전을 돌려세우지는 못하겠지만. 의사는 또 나에게 법적으로 아버지에게 일단 기계를 연결시키면 자력으로 다시 호흡을 유지하지 못하는 한 기계를 떼지 못한다고 알려주었다. 즉시 결정을 내려야 했고,

형은 여전히 시카고에서 비행기를 타고 오는 도중이었기 때문에 나 혼자 결정을 내려야 했다.

나는 아버지한테 사망 선택 유언의 조항들을 설명하고 서명까지 하게 했으면서도 어째야 좋을지 알지 못했다. 기계를 연결만 하면 아버지가 숨을 쉬고자 하는 이 괴로운 전투를 계속 감당할 필요가 없다고 하는데 어떻게 내가 연결하지 말라고 한단 말인가? 아버지가 삶, 딱 한 번만 우리가 우리의 것으로서 알게 되는 삶을 끝내야 한다는 결정을 어떻게 내가 감당할 수 있단 말인가? 사망 선택 유언 이야기를 꺼내기는커녕 나는 그것을 무시하고 "뭐라도! 어떻게 해서라도!" 하고 말하기 직전이었다.

나는 의사에게 아버지와 둘이서만 있게 해달라고, 응급실의 소란 한복판이었지만 가능한 한 우리 둘만 있게 해달라고 부탁했다. 나는 거기 앉아 아버지가 계속 살려고 안간힘을 쓰는 것을 지켜보며 종양이 아버지한테 이미 한 짓에 초점을 맞추려고 노력했다. 그것을 보는 것은 어렵지 않았다. 그때쯤 아버지는 들것 위에서 조 루이스*와 백 라운드는 싸운 사람처럼 보였기 때문이다. 나는 아버지가 호흡 유지 장치를 달고 생명을 유지할 수 있다 해도 반드시 다가올 수밖에 없는 비참한 상황을 상기했다. 나

* 유명한 프로 권투 선수.

는 그 모든 것, 모든 것을 보면서도 한참을 그렇게 앉아 있을 수밖에 없었다. 그러다 나는 최대한 아버지한테 가까이 몸을 기울이고, 아버지의 움푹 파이고 망가진 얼굴에 내 입술을 갖다 대고 간신히 힘을 내 마침내 속삭일 수 있었다. "아버지, 보내드릴 수밖에 없겠어요." 아버지는 몇 시간째 의식을 잃고 있어 내 말을 들을 수 없었지만, 나는 스스로 충격을 받고 놀라고 울면서 다시, 또다시, 나 자신이 그 말을 믿을 때까지 아버지한테 그 말을 되풀이할 수밖에 없었다.

그뒤에 내가 할 수 있는 일은 아버지의 들것을 따라 병실로 가, 그들이 아버지를 내려놓은 병상 옆에 앉아 있는 것뿐이었다. 죽는 것은 일이었고 아버지는 일꾼이었다. 죽는 것은 무시무시했고 아버지는 죽고 있었다. 나는 아버지의 손을 잡았고, 그래도 그것은 아직 아버지 손의 촉감이었다. 나는 아버지의 이마를 쓰다듬었고, 그래도 그것은 아직 아버지의 이마처럼 보였다. 나는 아버지가 이제 귀에 담을 수 없는 이야기를 수도 없이 했다. 다행히도 그날 아침 내가 아버지한테 한 말 가운데 아버지가 이미 알지 못하는 것은 없었다.

그날 나중에, 아버지 침실의 옷장 맨 아래 서랍에서, 형은 단정하게 접힌 기도용 숄이 두 장 담긴 얇은 상자를 발견했다. 이것은 아버지가 버리지 못했다. 아버지는 이것을 Y 탈의실에 갖다두지도 못했고 조카의 아들들에게 주지도 못했다. 낡은 숄은 내가 집으로 가져갔고, 남은 숄은 아버지를 묻을 때 입혔다. 장의사가, 집에서, 우리에게 아버지가 입을 양복을 고르라고 했을 때 나는 형에게 말했다. "양복? 아버지는 회사에 가는 게 아니잖아. 아냐, 양복은 아니지—그건 의미 없어." 아버지는 수의를 입고 묻혀야 한다, 나는 말했다, 그것이 아버지의 부모가 묻힌 방식이고, 유대인이 전통적으로 묻힌 방식이라고 생각했기 때문이다. 하지만 그렇게 말하면서도 수의라고 의미가 있는 것인가—아버지는 정통파도 아니었고 두 아들도 전혀 종교적이지 않은데—게다가 어쩌면 문학적인 허세를 부리는 것이거나 혹시 약간 히스테리에 사로잡혀 경건한 체하는 것일 수도 있겠다, 하는 생각이 들었다. 나는 그래야만 한다는 것을 알면서도, 나의 보험사 직원 아버지 같은 도시의 속인, 평생 일상에 뿌리를 내리고 산 완강한 남자가 수의를 입고 있으면 정말 괴상하고 어울리지 않을 것이라고 생각했다. 하지만 아무도 나에게 반대를 하지 않았고, "벌거벗은 채로 묻어요" 하고 말할 배짱은 없었기 때문에, 우리는 우리 조상의 수의로 아버지의 주검을 감쌌다.

나는 보호자 없는 아이들의 어렴풋한 집단 속에 끼어 부두에서 있는 꿈을 꾸었는데, 이 아이들은 소개疏開되는 것을 기다리는 것일 수도 있고 아닐 수도 있었다. 부두는 저 아래 뉴어크 항구에 있었지만, 약 오십 년 전의 뉴어크 항구, 아버지와 에드 삼촌이 멀리 자유의여신상과 대서양으로 열린 만에 정박한 배들을 구경시켜주려고 데려가던 곳이었다. 어린 시절 뉴어크가 해안도시라는 점을 누가 일깨워주면 나는 늘 놀랐다. 항구는 늪지 너머, 새로운 뉴어크 활주로 건너편에 있어, 동네의 삶과는 멀리 떨어져 있었기 때문이다. 손에 이끌려 항구로 가 부두에 서서 배들을 쳐다보고 저 너머 만을 내다봐야 비로소 잠시나마 우리의 2.5 가족 주택*들이 모인 아늑하고 씨족적인 거리에서 어린 친구들과 스툽볼**을 하는 동안은 상상도 못했던 지리적 광대함과 만나게 되었다.

꿈속에서 배 한 척, 중간 크기에 중무장을 한 회색 배, 오래된 미군함이 장비를 다 떼어버리고 완전히 기능이 정지된 상태로 둥둥 떠서 눈에 띄지 않게 해안 쪽으로 다가왔다. 나는 아버지가 배에 있을 것이라고, 어찌된 영문인지 몰라도 승무원들 사이에 있을 것이라고 기대하고 있었지만, 배에는 생명이 없었고 지휘하는 사람의 모습도 전혀 보이지 않았다. 그 죽음처럼 고요한

---

* 일층과 이층에 한 가족씩, 그리고 꼭대기에 젊은 부부나 혼자 사는 사람이 살도록 지은 주택.

** 주택 앞쪽 층계에서 하는 공놀이.

이미지, 참사의 후유증을 그린 광경은 무시무시하고 기괴했다. 재난으로 모든 생명체가 사라진 유령 같은 선체가 오로지 해류의 안내만 받으며 해안을 향해 다가오고 있었고, 부두에 모인 우리는 소개되기 위해 한데 모여 있는 아이들일 수도 있고 아닐 수도 있었다. 분위기는 내가 열두 살 때, 유럽 전승 기념일의 승리를 불과 몇 주 앞두고 루스벨트 대통령이 뇌출혈로 사망했을 때와 똑같이 가슴이 터질 것 같았다. 루스벨트의 관을 워싱턴에서 하이드파크로 옮기는 열차는 검은색 천을 드리운 채 무겁고 엄숙하게 시내의 철로 옆에 빽빽하게 들어찬 애도하는 군중을 통과해갔다—북으로 가는 그 침묵의 몇 초 동안에는 심지어 평일의 뉴어크마저 거룩해졌다. 결국 꿈을 견딜 수가 없어 나는 잠을 깼고, 풀이 죽었고 무섭고 슬펐다—그 순간 나는 아버지가 배에 탄 것이 아니라 아버지가 바로 배라는 것을 알았다. 소개되는 것은 생리학적으로 바로 그렇게 되는 것이었다, 추방당하고, 튕겨 나오고, 태어나는 것.

나는 새벽까지 눈을 뜨고 누워 있었다. 이 꿈은 아버지가 두번째 뇌 MRI를 받을 예정이던 7월 말 아침 전 불과 몇 시간 동안 내 잠을 방해했다. 해럴드 와서먼에게 아버지가 음식을 삼키는 문제에 관해 닥터 벤저민한테 이야기를 해보라고 부탁했더니 벤저민은 사진을 찍으라고 명령했다. 아버지가 MRI를 찍고 집에

간 뒤 내가 그에게 전화를 해 “어떻던가요?” 하고 물었을 때 그는 대답했다. “늙은 사람들, 젊은 사람들, 건강해 보이는 사람들, 아파 보이는 사람들—모두가 안에 뭔가 있지요.”

그 두번째 MRI를 찍기 전날 밤 아버지의 죽음에 관한 꿈을 꾸었다는 것은 전혀 주목할 만한 일이 아니고, 사실 그 꿈이 아버지의 몸을 바탕으로 만들어낸 것도 마찬가지였다. 나는 날이 밝을 때까지 침대에 누워 그 단편적인 무성 꿈 영화 안에 압축된 가족의 모든 역사를 생각했다. 그의 이민자 부모가 삼등칸에 실려 대서양을 건너온 것에서부터 시작해 앞으로 나아가려는 그의 격렬한 싸움, 방해가 되는 수많은 힘들과 맞붙어 이기려던 싸움—학교 교육도 제대로 받지 못한 가난한 아이로서, 이방인이 운영하는 거대 보험회사에서 일하는 유대인 근로자로서—을 거쳐 뇌종양으로 인해 허약한 난파선으로 변신하는 데서 끝나기까지, 우리 둘에게 의미 있는 모든 것이, 아버지 인생의 거의 모든 주요 주제가 거기에 요약되어 있었다.

해안으로 맹목적으로 표류해오는 망가진 군함…… 애처로운 은유와 시적으로 변한 유추에 저항감을 느끼는 나의 완전히 깨어 있는 정신이라면 나의 아버지, 삶의 끝에 이른 아버지의 이런 그림을 허락할 가능성이 없었다. 오히려, 잠이 그 지혜로 친절하게도 나에게 이 어린아이가 그려낸 것처럼 소박한, 그러나 진실이 그렇게 풍부한 비전을 가져다주고, 나 자신의 고통은 소개되려고 뉴어크 부두에 선 아버지 없는 작은 인물, 한때 영웅적 대통령의 서거에 온 국민이 그랬던 것처럼 멍하니 애도하고 있는 인물로 그렇게 적절하게 표현해준 것이었다.

그러고 나서 약 여섯 주 뒤의 어느 날 밤, 새벽 네시 무렵 아버지는 두건이 달린 하얀 수의 차림으로 다가와 나를 책망했다. 아버지는 말했다. "나는 양복을 입었어야 했어. 너는 잘못한 거야." 나는 비명을 지르며 깨어났다. 수의 안에서 불쾌한 표정이 역력한 아버지의 죽은 얼굴이 내다보고 있었다. 그리고 아버지가 한 유일한 말은 비난이었다. 내가 아버지에게 영원히 엉뚱한 옷을 입혀놓았다고.

아침에 나는 아버지가 이 책, 내 직업의 꼴사나움에 어울리게, 아버지가 아프고 죽어가던 내내 내가 써오던 이 책을 가리킨 것임을 깨달았다. 꿈은 나에게 내 책이나 내 인생에서는 아니더라도, 적어도 내 꿈에서는 내가 영원히 그의 어린 아들로서 살 것이라고, 어린 아들의 양심을 갖고 살 것이라고 말하고 있었다, 아버지가 나의 아버지가 아니라 모든 아버지로서 계속 살아서 내가 하는 모든 일을 심판하듯이.

어떤 것도 잊지 말아야 한다.

지은이 **필립 로스**

1998년 『미국의 목가』로 퓰리처상을 수상했다. 그해 백악관에서 수여하는 국가예술훈장을 받았고, 2002년에는 미국 예술문학아카데미 최고 권위의 상인 골드 메달을 받았다. 필립 로스는 전미도서상과 전미도서비평가협회상을 각각 두 번, 펜/포크너 상을 세 번 수상했다. 2005년에는 『미국을 노린 음모』로 미국 역사가협회상을 수상했다. 또한 펜 상 중 가장 명망 있는 펜/나보코프 상(2006)과 펜/솔 벨로 상(2007)을 받았다. 2018년 85세의 나이에 심장마비로 사망했다.

옮긴이 **정영목**

서울대학교 영문학과를 졸업하고 동 대학원을 졸업했다. 전문번역가로 활동하며 현재 이화여대 통역번역대학원 교수로 재직중이다. 옮긴 책으로 『로드』 『선셋 리미티드』 『제5도살장』 『미국의 목가』 『에브리맨』 『울분』 『포트노이의 불평』 『굿바이, 콜럼버스』 『네메시스』 『죽어가는 짐승』 『달려라, 토끼』 등이 있다. 『로드』로 제3회 유영번역상을, 『유럽문화사』로 제53회 한국출판문화상(번역 부문)을 수상했다.

문학동네 세계문학

아버지의 유산

1판 1쇄 2017년 11월 30일 | 1판 5쇄 2022년 3월 18일

지은이 필립 로스 | 옮긴이 정영목
기획 강윤정 | 책임편집 김영수 | 편집 김봉곤 강윤정
디자인 김마리 최미영 | 저작권 박지영 형소진 이영은 김하림
마케팅 정민호 이숙재 박보람 한민아 김혜연 이가을 안남영 김수현 정경주 이소정
브랜딩 함유지 함근아 김희숙 정승민
제작 강신은 김동욱 임현식 | 제작처 한영문화사(인쇄) 신안문화사(제본)

펴낸곳 (주)문학동네 | 펴낸이 김소영
출판등록 1993년 10월 22일 제2003-000045호
주소 10881 경기도 파주시 회동길 210
전자우편 editor@munhak.com | 대표전화 031) 955-8888 | 팩스 031) 955-8855
문의전화 031) 955-8895(마케팅) 031) 955-2679(편집)
문학동네카페 http://cafe.naver.com/mhdn | 트위터 @munhakdongne
북클럽문학동네 http://bookclubmunhak.com

ISBN 978-89-546-4902-5 03840

www.munhak.com

미 국 현 대 문 학 의 거 장

필립 로스

P h i l i p R o t h

미국의 목가(전2권) **정영목** 옮김

지금껏 필립 로스가 써온 소설 중 가장 강렬하다. 예술의 경지에 이른, 맹렬하고 충격적인 작품. _뉴욕 타임스

1998 퓰리처상 수상 | 타임 선정 '20세기 100대 영문소설'

나는 공산주의자와 결혼했다 **김한영** 옮김

광대하면서도 내밀한 비극에 숨이 멎는 듯하다. 작가라면 누구나 이런 작품을 쓰고 싶어할 것이다. 나 또한 다시 한번 필립 로스에게 매혹당했다. _신경숙(소설가)

휴먼 스테인(전2권) **박범수** 옮김

『미국의 목가』의 철학적 버팀목일 뿐만 아니라 웅대하고 감동적이다. _뉴욕 타임스

2001 펜/포크너 상 수상

굿바이, 콜럼버스 **정영목** 옮김

필립 로스가 계속 단편소설만 썼다 해도 그는 여전히 우리 시대 최고의 작가가 되었을 것이다. 그의 데뷔작이자 유일한 소설집인 『굿바이, 콜럼버스』는 그만큼 훌륭하다. _래리 다크(편집자)

전미도서상 | 다로프상 수상

포트노이의 불평 **정영목** 옮김

출간 당시 미국 도서관들이 금서로 지정하고 호주에선 금수 조치되어 펭귄북스가 밀매까지 단행했던 20세기 최고의 문제작!

타임 선정 '20세기 100대 영문소설'